ger unter Verwendung
zzari

1uttenz/Basel

Ale:
Ves

ISBN 978-3-7296-0896-2

www.zytglogge.ch

Alexandra Lavizzari

Vesals Vermächtnis

Zytglogge

Zante

Er lebte noch, wenn auch kaum, als die Galeere am Morgen des fünfzehnten Oktobers 1564 in die Bucht von Porto Peloso einlief.

Nach Zypern hatte das Meer angefangen zu toben, Inselbrocken waren in den Himmel geschaukelt und die Möwen zu Fischen geworden, deren Flossenschläge im schäumenden Gewölk ihn über Tage verwirrt hatten bis fast zur Bewusstlosigkeit. Die Galeere, seit Jaffa seine Welt, war über Nacht ins Wanken geraten, und der Boden, den er im Leben immer nur fest und unverrückbar unter den Füßen gespürt hatte, ihm plötzlich so flüssig vorgekommen wie das Meer selbst, nie still.

Er hatte Angst gehabt. Angst, dass alles, was er war, sein Leib, seine Seele, sein Wissen, dem Wasser anheimfallen und sich darin auflösen würde. An Tau und Reling hatte er sich festgekrallt, um nicht über Bord zu fliegen, und die Augen dabei aufgerissen, damit der Schlaf ihn nicht zum Spielzeug der Winde und Wellen mache. Er hatte gebetet.

Und zwischen einem Brechreiz und dem folgenden mitangesehen, wie die Besatzung die dahingesiechten Pilger, seine Weggefährten, ohne viel Federlesens in die aufgebrachte See gekippt hatte. Der Kapitän hatte keine Gnade gekannt; wer nicht mehr atmete, den sollten die Haie haben, noch warm, bevor die Seuche um sich griff. Die Körper hatten eine Weile auf dem Wasser geschwebt, mit ausgebreiteten Armen, an denen die Kleider flatterten, als wären sie Segel. Dann waren sie gegen den Schiffsrumpf geklatscht und strudelnd in die Tiefe gesunken, das Meer hatte weiter getobt, und noch immer war kein Land in Sicht gewesen, nur hier und dort, verstreut, ein Fels.

Gefleht hatte er, auch das. Wie ein Bettler war er von Matrose zu Matrose getaumelt und hatte mit seinen Ängsten hausiert. Sollte er wie Luca Stefaneschi oder Sandro Fava dem Fieber erliegen, wolle er nicht wie sie enden, auf keinen Fall. Er sei kein Mann der Meere, hatte er gestammelt, man möge ihn am nächsten Strand zurücklassen, in Chania oder Kythira, wo auch immer, der Ort spiele keine Rolle. Es war ihm ernst gewesen: lieber an der Sonne vertrocknen als im Bauch eines Fisches ersticken, in einer Nacht voller Säfte, zermalmtem Grät und Salz. Die Matrosen hatten gelacht, ansonsten nichts gesagt, und er hatte lange nicht begreifen wollen, dass postum einzulösende Versprechen ihren Preis haben. Zwei Dukaten hatten die Kerle ihm schließlich abgeknöpft, das hatte seinen Trotz geschürt. An Bord war er jedenfalls nicht gestorben.

Unter eiternden Lidern nahm er beim Erwachen etwas Blaues wahr, das weder schwankte noch schäumte, sowie hinter dem sandigen Halbmond das Grün von Ried und Marsch: Land! War er gerettet? Er wagte es erst zu denken, als die Anker fielen und das Schiff mit der Straffung der Ketten zum Stillstand kam.

***

Oktober – ein milder Monat auf Zante. Die panischen Mittagsstunden hatten ausgeglüht, vom Meer strichen

6

Brisen über die Insel und mischten noch einmal den Duft von Lorbeer und Piniennadeln auf, bevor der Sommer mit dem letzten Gezirp der Zikaden der Zeit weichen würde, in der in Hainen und Tälern die Oliven von den Bäumen geschlagen wurden. Manche Bewohner meinten, Oktober sei der beste Monat auf der Insel, der erträglichste.

Trotzdem hatte sich Girolamo Mazzi eben in diesen Tagen zum Entschluss durchgerungen, Zante zu verlassen und die Rückkehr nach Venedig zu wagen. Die Geschäfte liefen schlecht; er hatte zu wenig Kunden auf diesem venezianischen Hinterposten, und entlang den Küsten lauerten zu viele Piraten, dalmatische, türkische, sizilianische, die die Schiffe abfingen, auf deren Fracht von Gold und Gemmen er zum Arbeiten angewiesen war.

Am dreizehnten Oktober hatte Mazzi seinen letzten Korund in eine Brosche gefasst, am vierzehnten die Schlüssel der Werkstatt seinem Lehrling übergeben und am fünfzehnten in der Früh sich nochmals aufgemacht nach Skopos. Seit seiner Ankunft vor zwei Jahren hatte er den Berg oft erklommen, allein oder seltener, mit etwas Glück, in Begleitung eines jungen Bauern: Demetrio, Vlasos, Giannis oder wie sie alle geheißen hatten, austauschbare sonnenverbrannte Jünglinge bis auf einen, dessen Haut so weiß und samten gewesen war wie die Perlen, die er für reiche Kundinnen fädelte.

An diesem fünfzehnten Oktober war Mazzi allein unterwegs. Das Wissen, Zante in wenigen Tagen auf immer den Rücken zu kehren, stimmte ihn schwermütig. Alles, was er Dutzende Male gesehen und kaum beachtet hatte auf diesem Pfad, Stein und Baum, selbst die raschelnde Flucht von Echsen, mahnte ihn an den Abschied, der ihm bevorstand. Er betrachtete die aufgeschossenen Disteln am Wegrand und erkannte zum ersten Mal Schönheit, wo er früher nur abschreckendes Gewucher gesehen hatte. Auch die Farbe des Meeres schien ihm von leuchtenderem, lebendigerem Marin als jenes, das er bald an die Riva degli Schiavoni würde schwappen sehen. Er würde es vermissen, dieses ionische Blau, und er wusste auch schon, dass er es später vergeblich in den erstarrten Tiefen der Saphire suchen würde.

Mazzi stieg ohne Hast, andächtig wie auf einer Pilgerreise. Nach Agrissi gab es Stationen, an denen er seine Schritte verlangsamte. Vor dem Mauerstück des verlotterten Hofes, hinter dem er Giannis verführt hatte, machte er sogar Halt und versuchte sich zu erinnern, ob er in seinen mageren Armen glücklich gewesen war.

Weiter oben, beim Baumstrunk, war es Evros, an den er denken musste. Der arme Junge, ein Bub noch, hatte sich an dieser Stelle einmal zu Boden geworfen und gedroht, vom nächsten Felsen zu springen. Wie ein kleines Kind hatte er geschluchzt, haltlos, mit zuckenden Schultern und das Gesicht am Schluss ganz rot und aufgedunsen. Die Mutter mochte sich über die feine Kette an seinem Hals gewundert haben, es sei denn, er habe ihr, des Lügens müde, seine Liebe zum venezianischen Goldschmied aus freien Stücken gebeichtet; genau erinnerte sich Mazzi nicht mehr, es war ihm damals auch ziemlich gleichgültig gewesen. Zu diesem Zeitpunkt hatte er das Auge ohnehin schon auf einen andern geworfen. Evros' Tränen hatten ihn jedoch gerührt. Er hatte vergessen, dass man aus Liebe weinen kann. Hilflos hatte er neben dem Jungen gestanden und gewartet, dass er sich ausheule. Ein Vogel hatte auf Augenhöhe über dem Meer Spiralen geflogen, diesen hatte er verfolgt, bis er nach einem Sturzflug hinter den Felsen verschwunden war. Im Nachhinein befremdete es Mazzi, dass das Glitzern des Fisches, den der Vogel in Sekundenschnelle aus den Wellen gehoben hatte, sich lebhafter in seine Erinnerung eingeschrieben hatte als der lange, traurige Sommertag mit Evros.

Als Mazzi schließlich den Gipfel erreichte, war es spät; Mittag, das Licht fahl und die Aussicht nicht die farbliche Augenweide, die er sich erhofft hatte. Kap Kyllini flimmerte am Horizont, aber es mochte auch nur Dunst sein. Mazzi, den die Filigranarbeit mit den Jahren kurzsichtig gemacht hatte, blickte mit zusammengekniffenen Augen in die Weite und sah doch nur einen hauchdünnen Strich zwischen Wasser und Himmel, mehr eine Schliere, von der er nicht einmal sicher war, ob es sie wirklich gab.

Die Bucht von Porto Peloso aber, die zu seinen Füssen lag, wenn er sich um hundertachtzig Grad drehte, die gab es, er sah sie deutlich, eine weite, zwischen zwei Küstenfelsen gefasste Wölbung; Strand soweit das Auge reichte, und weit und breit kein Mensch, nur mitten im Sand, der ihn blendete, ein Stück Treibholz. Mazzi fand es nach genauerem Hinsehen indessen so groß und so seltsam gewinkelt, dass er, statt über denselben Weg wieder nach Agrissi zurückzukehren, die westliche Flanke von Skopos zur Bucht hinunterstieg. Am Fuß des Berges angelangt, war er sich über das Strandgut im Klaren und beschleunigte seine Schritte.

Der Mann musste schon längere Zeit an der Sonne gelegen haben, denn seine Kleider, schwarz bis auf die Halskrause und von feinstem Damast, waren vollkommen trocken. Er hielt den linken Arm schützend über die Augen, während der rechte eine Ledertasche umfasste. Ein Levantiner, dachte Mazzi, jedenfalls kein Hiesiger. Niemand auf der Insel trägt solche ausgefallenen Schnallenschuhe, niemand ein derart weit geschnittenes Wams.

Mazzi ging in die Hocke, um sich zu vergewissern, dass der Fremde noch atmete. Der Brustkorb bewegte sich nicht, aber aus den Lippen, die voll und aufgesprungen wie eine reife Frucht aus dem Krausbart hervorleuchteten, entwich ein leises Pfeifen.

Die Spuren im Sand, Fußabdrücke, die Mazzi bis zum Meeressaum zurückverfolgte, schienen darauf hinzudeuten, dass der Fremde von einem Schiff aus an Land gegangen war. Aber von welchem? Und warum war es nicht in den Hafen von Zante, sondern hier, mitten in die Bucht eingelaufen? Zum zweiten Mal an diesem Tag durchforschte Mazzis Blick das Meer, als könnte es ihm eine Antwort liefern. Er fand keine.

Also begann er seine Fragen an den Gestrandeten selbst zu richten. Er sprach auf Italienisch, mit dem typischen, säuselnden Akzent seiner Heimatstadt; etwas anderes hatte er nicht gelernt. «Ehi, amico, hörst du mich? Was ist mit dir? Wer bist du?»

Der Mann wollte sprechen, brachte aber nur einen gurgelnden Laut heraus. ‹Nichts› meinte Mazzi zu verstehen, als er das Ohr dicht an seinen Mund hielt, dann ‹Lehrer› und schließlich – auch das hielt er für möglich – ‹immens›. Auf Italienisch klangen sie ähnlich, diese Wörter, und keines machte Sinn.

Mazzi wiederholte seine Fragen; zweimal, dreimal nacheinander fragte er nach seinem Namen. Einen Namen, mehr brauche er nicht.

Doch aus dem Mund, den Mazzi inzwischen wie ein Orakel anstarrte, angst- und hoffnungsvoll, kam nichts mehr, kein Wort, kein Geröchel, kein Wimmern, gar nichts. Sekunden verstrichen, in denen Mazzi nur die plätschernden Wellen hörte und aus dem Tal das Aneinanderreiben spröder Riedhalme, durch die der Nachmittagswind blies. Er hörte die Geräusche überdeutlich, als würden sie in ihm selbst erzeugt, während rund um ihn die Welt in ein schweres, lähmendes Schweigen versank.

Für den Bruchteil einer Sekunde herrschte angespannte Ewigkeit; Mazzi, dem das Grauen der letzten Pestseuche auf der Insel noch in den Knochen saß, wusste nur zu gut, was sie bedeutete. Als er seinen Trinkbeutel über den Armseligen hielt und sah, wie das Wasser sich in den Mundwinkeln sammelte und ungetrunken über Kinn und Krause in den Sand rann, entfuhr ihm bei der Bekreuzigung ein leiser Fluch.

Sein erster Gedanke, nachdem er sich wieder gefasst hatte, war: Nichts wie abhauen, nie dagewesen sein. Der Wind würde seine Spuren verwischen, und er selbst auf dem Rückweg nach Zante, die Nächte waren zum Glück noch lau, irgendwo unter freiem Himmel übernachten, möglichst weit von der Bucht entfernt. Wer würde dann je erfahren, dass er den Toten gesehen hatte?

Doch Mazzi zögerte. Er glaubte an die Macht des Schicksals und nicht an die Unverbindlichkeit des Zufalls. Es war Donnerstag, Jupiter regierte diesen Tag, und die Stunde, im Zeichen des Planeten Mars, vielleicht schon der Sonne, war für große, mutige Taten günstig. Abhauen zählte nicht zu ihnen. Außerdem hatte der Fremde gesprochen. Ein einziges Wort hatte er gesagt, eines, das vielleicht nicht einmal ihm gegolten hatte, aber es war ausgestoßen worden, und dies hatte genügt, um eine Verbindung zu ihm herzustellen.

Tatsächlich fühlte Mazzi, ohne dass ihm ganz wohl dabei war, dass sein Schicksal sich an diesem Nachmittag mit jenem des Unbekannten verknüpft hatte und er ihm nun etwas schuldete. Abhauen war keine Lösung; vor der Erinnerung an das letzte Wort eines Sterbenden konnte er ohnehin nicht flüchten. Es hallte in ihm nach, bald diese, bald jene Bedeutung annehmend, und wie auch immer Mazzi versuchte, es sich aus dem Kopf zu schlagen, indem er etwa den Sonnenstand prüfte oder die Bucht nach Zeichen einer menschlichen Gegenwart absuchte, es kehrte zurück, war da in der Klarheit seines Klanges: ein Geheimnis. Genau wie der Tote selbst.

Vorsichtig schob Mazzi dessen Arm zur Seite und entdeckte darunter ein wohlgefälliges Gesicht. Das Kinn markant unter dem schwarzen Bart; die Nase von scharfer Kontur und gegen die Nasenflügel zu fleischig wie der Mund, der, halboffen, den Blick auf kleine spitze Zähne gewährte.

Aber dann – was für Augen in diesem Gesicht! Groß und tiefbraun stachen sie aus ihren eitrigen Höhlen heraus und entbehrten doch jeglicher Spur von Wärme. Der Tod war es nicht, der sie ihnen entzogen hatte, die Iris funkelte, von der einsetzenden Verschleierung noch kaum gedämpft. Etwas anderes war hier im Spiel, das den Widerspruch von Temperatur und Farbe erzeugte, etwas Unbequemes, das Mazzi im Wesen des Toten selbst vermutete. Er hätte schwören können, dass dieser Mensch die Welt auch lebend mit derselben kalten Entrücktheit betrachtet hatte, mit der er ihm nun entgegenstarrte.

Mazzi schaute weg und überlegte, was er mit dem Leichnam tun sollte. Begraben, ja, aber ohne Hilfe? Und vor allem: Ohne Belohnung? Als Goldschmied war ihm auf den ersten Blick aufgefallen, dass der Tote weder Ring noch Kette an sich trug. Nicht einmal einen Goldknopf fand er, und die Ledertasche enttäuschte ihn ebenso; außer einem Bündel Schriften enthielt sie, eingenäht ins Futteral, bloß die lächerliche Summe von zweiundzwanzig Dukaten. Mazzi hatte keine Skrupel; nachdem er dem Toten die Arme über der Brust gekreuzt und die Augen geschlossen hatte, steckte er das Geld ein und machte sich auf die Suche nach einer guten Seele, die ihm bei der Bestattung helfen würde.

Weit hinten im Tal, wo der Boden wieder gegen eine Hügelkette zu anstieg und die Marsch in karges, von Ziegen abgegrastes Wiesenland mündete, fand Mazzi eine Hütte. Zwei Bauern, Brüder oder gar Zwillinge, saßen auf einer Bank neben der Tür, ihnen zu Füssen ein leerer Korb.

Kräftige Burschen, stellte Mazzi fest und trug ihnen sogleich in einfachstem Griechisch sein Anliegen vor, hin und wieder mit Gesten ergänzend, was ihm in Worten zu wenig Gewicht zu haben schien: Ein Toter, Schaufeln, Aufschütten, ein Kreuz. «Man muss ihn begraben», sagte er zum Schluss in seiner Muttersprache, «es ist unsere christliche Pflicht.» Mazzi machte das passende Gesicht dazu und wies nach einer kurzen Pause mit der Hand Richtung Meer, bereit, kehrtzumachen und den beiden, die bis dahin geschwiegen hatten, vorauszugehen.

Die Männer machten jedoch keinerlei Anstalten, sich zu erheben; der eine wackelte nur immer mit dem Kopf und scharrte mit seinen Füßen in der Erde, der andere stierte trotzig am Besucher vorbei. Vielleicht sind die beiden tumb, dachte Mazzi, aber was macht das schon? Auch Tumbe können schaufeln. Er wollte nicht aufgeben; ereiferte sich, gestikulierte und redete so laut auf die beiden Männer ein, bis eine Alte aus der Hütte humpelte und sich zwischen ihn und die Männer stellte.

«Haben wir nicht schon genug Tote begraben während der Pest?», keifte sie ihn an. «Soll das große Verrecken wieder von vorn beginnen? Lass meine Söhne in Ruh und scher dich zum Teufel. Geh, kehr zu deinem Toten zurück und krepiere ihm nach. Die Pest bringst du mir aber nicht ins Haus. Verstanden?»

Mazzi staunte über die Heftigkeit ihrer Wut. Er musste die Furie beim Käsen unterbrochen haben; an ihren Händen klebte Käsebruch, Krümel von makellosem Weiß, die in der Luft herumflogen, als sie ihn fuchtelnd aus ihrem Grundstück zu vertreiben versuchte.

«Was wartest du? Los, mach, dass du wegkommst von hier, du Hund.»

Mazzi blieb nichts anderes übrig, als unter Flocken und Flüchen das Weite zu suchen. Der Umweg über ein Seitental brachte ihn zu andern Höfen, die meisten verlassen, von Feigenbäumen und Gestrüpp überwuchert oder halb abgebrannt. Wo er Hühner und Esel sah, schöpfte er Hoffnung, aber die Bauern begegneten ihm mit demselben Misstrauen wie die Alte; kaum sprach er vom Toten, wichen sie in weitem Halbkreis vor ihm zurück, als sei er selbst der Tote, oder sie scheuchten ihn mit ihren Stöcken weg. Des Redens leid, nahm er schließlich mit der Schaufel Vorlieb, die einer ihm aus Mitleid nachwarf, und kehrte bei Sonnenuntergang allein zum Strand zurück.

Wie groß und tief ein Grab ist im Vergleich zu ein paar Quadratmillimetern feinstem Goldblech! Mazzis Hände waren fürs Feilen, Treiben und Meißeln gemacht, nicht fürs Schaufeln. Er brauchte Stunden, um am Taleingang ein knietiefes Loch auszuheben, und weitere Stunden, bis dieses als würdige Ruhestätte mit geraden und einigermaßen parallelen Rändern vollendet war. Durch die Hitze eines langen Sommers hart geworden, bröselte der Schlick unter der Schaufel und rieselte von der Seite immer wieder in die Mulde zurück. Mazzi schwitzte und fluchte, nannte sich selbst einen Idioten, dass er, statt in seinem Bett zu schlafen, sich für einen Menschen abrackerte, der möglicherweise ein Verbrecher oder Mörder gewesen war. Nur wenn sein Blick von der Erde abschweifte und auf den armen Teufel fiel, der allein und unerkannt am Strand lag, wusste er für ein paar Sekunden wieder, warum er schaufelte.

Arcturus und Betelgeuse leuchteten am Himmel – Letzterer kein gutes Omen –, als Mazzi den Leichnam endlich ins Grab stieß und mit den ausgehobenen Erdbrocken zudeckte. Die Ledertasche beschloss er zu behalten, sie würde noch ein paar Jahre taugen.

In der Nacht bettete er den Kopf darauf, und als der Tag anbrach, schüttete er, kaum hatte er sich geräkelt und das letzte, inzwischen hart gewordene Stück Brot verzehrt, deren Inhalt vor sich im Sand aus. Er suchte Indizien, denn es widerstrebte ihm, nach Zante zurückzukehren, ohne zu wissen, wem er den letzten Dienst erwiesen hatte.

Quart und Folio flatterten aus der Tasche, teils handgeschrieben, teils gedruckt, darunter viele stockfleckig. Mazzi seufzte. Buchstaben waren nicht seine Welt. Des Lateinischen kaum kundig und überhaupt im Lesen wenig geübt, fand er allein schon das Überfliegen mühselig. Er stolperte über Begriffe wie *ulna*, *spatula* und *patella* und ärgerte sich, dass er sie nicht verstand. Dann wieder stachen ihm Ortsnamen ins Auge, die er zwar vage kannte, aber weder auf einer Landkarte hätte platzieren noch richtig aussprechen können.

Zunehmend ungeduldig, denn ihm schien, er habe schon mehr als genug für den Unbekannten getan, stopfte Mazzi die Papiere in die Tasche zurück, wusch sich Hände und Gesicht im Meer und suchte einen Rückweg, der ihm den Aufstieg auf den Berg ersparen würde.

Als er Stunden später die ersten Häuser von Agrissi zwischen den Olivenhainen erblickte, hatte Mazzi die Begegnung in der Bucht von Porto Peloso schon fast vergessen. Andere Sorgen plagten ihn: Ihm drohte in Venedig der Scheiterhaufen, das war schlimm genug; aber schlimmer fand er, dass er nach zwei Jahren von seinem Exil aus noch immer nicht in Erfahrung hatte bringen können, wer unter seinen Geliebten, Zuan oder Marco, ihn damals beim Rat der Zehn angezeigt hatte. Darüber grübelte Mazzi am Morgen des sechzehnten Oktobers 1564, unterwegs zum Hafen von Zante mit einer Tasche voll Papieren unterm Arm, über deren Besitzer er nichts wusste außer die Todesstunde.

Venedig

In den *botteghini* bei der Rialtobrücke begann das Gerücht umzugehen, Girolamo Mazzi sei zurück. Einige behaupteten, aus dem Totenreich, andere, aus dem Gefängnis, was ungefähr auf dasselbe, schwer zu glaubende Wunder hinauslief.

Ein Tuchhändler wollte den Goldschmied jedoch eines Abends tatsächlich beim Besteigen der Fähre auf dem Canal Grande beobachtet und später ein Kürschner ihn im Menschengewühl des Ghettos gestreift haben, jedes Mal in einen schwarzen Karnevalsmantel gehüllt und mit der Larve über den Augen; aber untrüglich er. Schließlich sichtete ihn auch seine Mutter am frühen Morgen des dreiundzwanzigsten Oktobers in der Nähe von San Zanipolo, eben in der *calle*, wo ihn die berüchtigten *Signori della Notte* zwei Jahre zuvor in einer buchstäblichen Nacht-und-Nebel-Aktion aus dem Bett gezerrt hatten, um ihn den Inquisitoren auszuliefern.

Bianca Felicin traute ihren Augen nicht. Zuerst schrieb sie die Vision eines Schattens, der wenige Schritte vor ihr aus dem Nichts ins dämmernde Herbstlicht trat, dem Nebelrest zu, der noch in den Gassen hing. Auch die Ausdünstungen der Kräuter in ihrem Korb machte sie für ihre verwirrten Sinne verantwortlich, rief aber doch auf gut Glück «Giò, Giò!», als der Schatten sich von ihr fortzubewegen begann, und wunderte sich kaum, dass ihre Rufe unerwidert in den Gassen hallten. Der Schatten, dünn, behände, lockte sie durch ein Mäander von *campi*, Stiegen und Brücken; immer wieder verlor sie ihn und erspähte ihn an unerwarteter Stelle wieder.

Eine ganze Weile trieb er dieses Versteckspiel mit ihr, bis sie sich mit einem Mal allein unter Ratten am Ufer des Rio dei Mendicanti fand, schweißgebadet und beschämt, einem Traumgebilde bis an den sumpfigen Rand der Stadt gefolgt zu sein. Je länger sie aber aufs Wasser starrte, das jetzt in der aufgehenden Sonne zu glitzern begann, als erwachte darin eine Brut winziger Fische zum Leben, desto sicherer wurde sie, dass die Vision sie nicht getrügt hatte; diesmal nicht. Deutlich hatte sie unter der Augenlarve das Profil ihres Sohnes erkannt, die auffallend gewölbte Stirn, die spitze Nase, und unverkennbar war doch seine Gangart, federnd wie die eines Jungen, obwohl er die Dreißig überschritten hatte. Ja, wenn die Mutter ihr eigenes Fleisch und Blut nicht erkennt, auch uneheliches, wer dann?

Dass dieses Kind, ihr einziges, sich damals in der Nacht seiner Verhaftung auf dem Weg zum Dogenpalast von den Signori jäh losgerissen und vor deren Augen kopfüber in den Kanal gesprungen war, hatte unter Bianca Felicins Nachbarn für Heiterkeit gesorgt. Man hatte den Goldschmied für diesen Streich bewundert, und sie, die Mutter, zu einem solch mutigen Sohn beglückwünscht.

Bianca aber hatte bei der Kunde sogleich ihr Trauerkleid aus der Truhe geholt. Nur zu gut kannte sie die Abscheu des Sohnes vor dem übel riechenden Wasser Venedigs, und noch vertrauter war ihr seine Angst, eine weibische fast, vor körperlichem Schmerz. Er musste gewusst haben, ihr Giò, dass der nächtliche Gang ins Verließ und die folgenden, über Tage sich hinschleppenden Befragungen bloß der Auftakt zur Tortur bedeutet hätten. Für einen, der nie schwimmen gelernt hatte, war der Sprung ins Wasser ein Akt der Verzweiflung gewesen und nicht des Mutes. Hatten ihr die Monate, die auf jene unselige Nacht gefolgt waren, nicht Recht gegeben? Wie bei einer Wunde war das Wasser des Kanals über dem Flüchtigen vernarbt, und das Strahlen in den Gesichtern der Nachbarn, als sie anfangs noch von seiner Heldentat sprachen, entsprechend schnell erloschen. Doch nun war sie es, die Mutter, die strahlte: Das Wasser hatte den Sohn nicht behalten.

In ihr Mietszimmer an der Calle del Paradiso zurückgekehrt, riss sich Bianca Felicin als erstes das schwarze Tuch vom Leib und schlüpfte in ein helleres Kattunkleid mit engem Mieder und einer Taille, deren Höhe vor noch nicht so langer Zeit Mode gewesen war. Sie war fülliger geworden in den letzten zwei Jahren, die Brüste quollen über, an den Oberarmen spannten die Ärmel, aber es störte sie nicht. Seit der letzte Galan sie wegen einer jungen Römerin sitzengelassen hatte, wollte sie niemandem mehr gefallen, nicht einmal sich selbst.

Das Tragen von Schwarzem hatte ihr behagt, weil sie ihren Körper darunter zum Verschwinden bringen konnte, all die Schrunden, Wulste und Runzeln und an den Beinen das Geäder, das ihre Haut umflocht wie die Kanäle Venedigs. Jetzt aber fürchtete sie, dass die Trauer um einen Lebenden Unglück bringen würde. Womöglich hatte ihr Sohn nur das Kleid gemieden und nicht sie; hatte in ihm den Tod erkannt, dem er, einmal entronnen, kein zweites Schnippchen würde schlagen können. Hätte ich Grau oder Braun getragen, wäre es vielleicht anders gekommen, überlegte sie, während sie das Mieder schnürte; aber noch ist nicht alles verloren. Venedig ist klein, jeder begegnet hier jedem, es ist nur eine Frage der Zeit – und dieser könnte, wer weiß, mit ein paar Münzen sogar nachgeholfen werden.

Die Hoffnung stimmte Bianca Felicin heiter. Summend schüttete sie die Kräuter, die sie in der Früh in den Lagunenfeldern gesammelt hatte, auf dem Tisch aus, säuberte sie und hing sie in Büscheln an einer Schnur zum Trocknen aus. Bei der Sache war sie nicht. Sie vergaß, die Luke zu schließen, während sie ihre Infusionen kochte, ließ die verdächtigen Aromen, den süßlichen der Valeriana und den herben des Johanniskrauts, in die *calle* hinausströmen, ohne zu bedenken, dass ihr diese Düfte eine Denunziation für Hexerei einbringen konnten, sollten sie in die falsche Nase geraten.

Und als vom Markusturm die Nona schlug und Fra Baldino anklopfte, begrüßte sie ihn auf dem Flur so laut und herzlich, dass der Geistliche sie unwirsch ins Zimmer zurückstieß und, die Larve noch über den Augen, hinter verriegelter Tür des Leichtsinns schalt.

«Bianca, *cretina*, wo bleibt dein Verstand? Wenn man mich hier findet, sind wir beide des Todes! Und um Himmels Willen schließe diese Luke! Weder sehen noch hören darf man mich hier.»

«Ach, ja, ich vergaß. Aber Fra Baldino, seid mir bitte nicht böse. Ich bin heute ganz durcheinander, denn etwas Wunderbares ist geschehen. Mein Sohn, mein Giò, ich habe … er …»

«Nun, was ist mit ihm?»

«Er lebt! Und zwar hier in Venedig, ich habe ihn heute Morgen mit eigenen Augen gesehen.»

Der Franziskaner griff achselzuckend zum nächsten Stuhl, nahm endlich die Larve ab und setzte sich gegenüber der Kräutermischerin an den Tisch.

«Ihr glaubt mir nicht. Aber ich schwöre es, ich habe Giò gesehen.»

«Schon gut, schon gut. Schwören brauchst du deswegen nicht. Doch verlieren wir keine Zeit. Deine Geschichte kannst du mir ein anderes Mal erzählen. Erledigen wir das Geschäft. – Da, nimm.» Mit diesen Worten zog Fra Baldino einen Stofffetzen unter der Kutte hervor, wickelte ihn behutsam auf und schob Bianca den Inhalt zu.

«Zwölf Hostien, wie ausgemacht. Sind sie auch gesegnet?»

«Klar, wie immer: *Hoc est enim corpus meum.* Soll ich die Formel vor dir nochmals wiederholen, damit du mir vertraust?»

Bianca wackelte sanft mit dem Kopf. «Nein, das ist nicht nötig, ich vertraue Euch. Wir kennen uns schließlich seit Jahren.»

Fra Baldino grinste: «Deine Vertrauensseligkeit ist rührend. Wird dir nie bange beim Gedanken, dass dein Ruf von meinen Segenssprüchen abhängt?»

«Nein, solange der Eure von meinem Schweigen abhängt, brauche ich nichts zu fürchten. Wir sitzen im selben Boot.»

«Aber mit dem Segen ist es anders. Ich kann immer behaupten, deine Kräuter seien zur falschen Zeit gepflückt worden oder deren Wirkstoffe durch zu lange Mazeration vernichtet worden. Wie könntest du nachweisen, dass ich dich betrüge?»

«Ihr betrügt mich nicht, denn meine Zaubertrunke haben noch nie versagt, oder fast nie.»

«Trotzdem solltest du dich vorsehen. Deinesgleichen lebt gefährlich. Die Inquisitoren sind wieder wie besessen hinter euch her.»

«Ich weiß. Der Papst ist mild, dafür nehmen die Dominikaner ihre Rolle umso ernster. Am Ende der *calle* haben sie letzte Woche die Deutsche geschnappt, und Isabella Zeno, die doch nur bei schwierigen Geburten half, soll unterwegs nach Ferrara sein, verbannt. Doch ich bin schlau. Ich werde weder im Gefängnis landen noch in die Verbannung geschickt werden. Und schon gar nicht unter den schadenfreudigen Blicken des *popolino* zu Tode lodern.»

«Sei dir deiner Sache nicht zu sicher. Wenn du die Luke, wie eben, offen lässt, wird bald jeder in der *calle* wissen, was du treibst.»

«Das Kochen von Kräutern ist an sich nicht gesetzwidrig. Ich kann mich herausreden, es wäre nicht das erste Mal. Ich brauche nur im Bett zu liegen und ein bisschen zu zittern, als schüttelte mich das Fieber, dann machen die feinen Gesetzeshüter sogleich kehrt. Wer will sich schon von einer armen *herbera* anstecken lassen?»

«Wie du meinst. Aber wenn es dir an den Kragen geht, komme ich als Nächster dran.»

«Man würde hier vergeblich nach Beweisen suchen. Ihr wisst doch: Sobald Ihr zur Tür hinaus seid, zermörsere ich die Hostien und mische sie unter die Kräuter. Das schwöre ich Euch auf dem Haupt meines wiedergefundenen Sohns!»

«Schon wieder schwörst du. Lass das und zahle mir lieber meinen Lohn.»

Fra Baldino verweilte nicht gern in Biancas Zimmer. Es roch nach Weiberschweiß und hin und wieder, wie heute, nach dem Weiberblut von den Lappen, die die Felicin über Nacht in einem Zuber voll Seifenbrühe einweichte. Weder der Geruch von Kräutern noch jener des Moders, den die Feuchtigkeit langer Winter an den Wänden abgelagert hatte, konnte sie überdecken. Sie hingen im Raum, diese Dünste, sie umhauchten ihn, und beim Gedanken, dass er sie sich atmend einverleibte, wusste er manchmal nicht, ob er sich ekeln oder Lust empfinden sollte. Das beunruhigte ihn.

Zurück in seiner Zelle betete er zum Herrn, er möge ihm die Kraft geben, den Bund mit der Kräutermischerin zu lösen. Dennoch ging er immer wieder hin, wie eine Fliege angezogen vom dunklen Mief dieses Zimmers und von den Geheimnissen ihrer Bewohnerin. Er sagte sich, es sei des Geldes wegen. Tatsächlich zählte ihm Bianca Felicin Liren in die Hand für Gaben, die ihn bloß die

Lappalie einer Blasphemie kosteten. Gab es in der Lagune ein lukrativeres Geschäft als dieses? Eine großzügigere *herbera* als die Felicin, deren Kräuterschrank, so ahnte er, nicht nur harmlose Theriaka, sondern auch Belladonna, Stechapfel und Wolfsmilch barg?

Was sie damit trieb, wollte er nicht wissen. Auch was sie unter der Wäsche neben Goldmünzen und Wechselbriefen noch alles in ihrer Truhe hortete, verbat er sich zu erfahren. Ohnehin wusste er genug über die kuriosen Gegenstände, die er bisweilen darin erspähte. Er konnte sich denken, wozu Haarnadeln und Wachs dienten, wozu Spiegelsplitter und Schnürchen. Schließlich waren die Sünderinnen, denen er im Beichtstuhl sein Ohr lieh, dieselben, die vorher zu Frauen wie Bianca Felicin gelaufen waren. Ob Liebe oder Leibesfrucht: Alles verrieten die Damen ihm, und schluchzten nicht selten dabei, dass sie die eine oder andere erzwungen oder beseitigt hatten.

«Fra Baldino. Ich verdopple Euch heute den Lohn, wenn Ihr mir einen Gefallen tut. Es handelt sich um meinen Sohn.» Bianca Felicin hatte sich mit diesen Worten bereits über die Truhe gebeugt und begonnen, in ihren Röcken und Tüchern nach dem Geldbeutel zu wühlen.

«Giò, ach richtig. Du hast ihn heute früh gesehen, sagst du. Ich halte das aber kaum für möglich nach all der Zeit.»

«Und doch ist es so. Ich lege meine Hand ins Feuer, dass er es war.»

«Hast du mit ihm gesprochen?»

«Nein, das nicht. Ich bin ihm durch die *calli* gefolgt, aber dann, beim Rio dei Mendicanti, ist er mir irgendwie entschlüpft.»

«Das klingt ja ganz nach ihm. Dein Sohn war schon immer ein fliehender, unzuverlässiger Kerl.»

«Ihr seid zu streng, Fra Baldino. Giò ist bloß ... anders, aber im Grunde eine gute Seele. Und als Goldschmied ist er immer sehr gefragt gewesen in der Stadt. Die Patrizier und Prälaten haben sich um seine Arbeiten regelrecht gerissen.»

«Trotzdem war dein Sohn ein Tunichtgut. Trieb sich nachts mit jungen Burschen bei den Warenlagern herum, so einer war er doch, gib's zu.»

Bianca beliebte, den letzten Satz zu überhören, und schnürte schweigend den Geldbeutel auf. Er war prall, stellte der Franziskaner fest und beobachtete nun mit Genugtuung, wie die Kräutermischerin eine Münze nach der anderen herauszog und vor ihm aufschichtete. Je höher die Geldsäule wuchs, desto milder fühlte er sich gestimmt. Als Bianca den Beutel wieder zuschnürte und in der Truhe verschwinden ließ, war er nahe daran, seine Worte zurückzunehmen. «Na ja, diese Vorliebe für junge Burschen. Ich meine ...»

«Fra Baldino, bitte. Ich will nichts darüber hören. Bloß wissen möchte ich, ob Ihr meinen Sohn für mich finden könnt. Ich glaube, Ihr kennt die richtigen Leute, habt wertvolle Beziehungen.»

«Oho, pass auf, was du sagst! Das könnte man ganz falsch auffassen. Das Rialto-Quartier ist nicht meine Welt. Ich verbitte mir solche Anspielungen.»

«Ja oder nein?» Die Frage klang schneidig, und Bianca, die Hand schon halbwegs ausgestreckt, schien bereit, die Belohnung beim geringstem Zögern des Geistlichen wieder einzusammeln.

«Ja, einverstanden, ich will's versuchen. Aber versprechen kann ich nichts. Zur Karnevalszeit unterzutauchen ist ein Kinderspiel. Jeder trägt die Maske, nicht nur, wer was auf dem Kerbholz hat.»

***

An Bord der *Providentia* hatte Mazzi mit dem Gedanken gespielt, sich der Papiere des auf Zante verstorbenen Mannes zu entledigen. Vom Heck aus hatte er zusehen wollen, wie sie vor dem Hintergrund der gemächlich dahingleitenden Inseln Dalmatiens im Wind auseinanderstoben und eine Weile herumwirbelten, bevor sie sich aufs Wasser legten und die Schriftzüge auf immer darin zerflossen.

Das Endgültige seiner Geste bremste ihn im letzten Augenblick. Vielleicht, fiel ihm ein, würde die Welt an diesen Blättern etwas Wichtiges verlieren. Und wenn nicht die Welt, so doch ein paar Menschen, ein einzige Frau vielleicht, die nichts vom Tod ihres Gatten wusste und irgendwo seine Rückkehr ersehnte. Wie konnte er es wissen, ohne die Blätter zu prüfen? Durfte er, ein Unbeteiligter, deren Zerstörung verantworten, bloß weil er sich vom Geflatter über der Heckwelle eine kurze Augenweide erhoffte? Entschieden nicht.

Also stieg Mazzi wieder ins Unterdeck hinab und schaute sich, abseits der zusammengepferchten Passagiere, hinter Säcken von Gewürzen und Rohzucker versteckt, die Blätter genauer an. Dabei stieß er wieder auf die lateinischen Ausdrücke, die ihn am Strand von Porto Peloso so sehr entmutigt hatten, entdeckte diesmal jedoch auch anderes, nicht minder Befremdliches: Skizzen von ineinander verschlungenen Bändern, von Föten und verästelten Linien, und zuletzt, handgeschrieben auf Blättern kleineren Formats – einen Brief. Ganze elf Bogen zählte er, und der langen und schnörkelreichen Anrede zu glauben, handelte es sich beim Empfänger um keinen Geringeren als um Philipp II., Herzog von Mailand und König von Spanien, Kastilien und Aragon, von Neapel-Sizilien, den Niederlanden und der Franche-Comté.

Der spanische König, das bigotte Scheusal von Madrid! Potztausend! Mazzi entzifferte die Adelstitel ein zweites Mal, und ein drittes, aber es bestand kein Zweifel, er hatte richtig gelesen; was er in Händen hielt, war ein persönliches Schreiben an einen der mächtigsten Herrscher Europas, und der Verfasser, offenbar ein Flame, hatte mindestens so viel Wert auf seine Herkunft gelegt als auf seine Person: Die Bezeichnung «Bruxellensis» übertrumpfte mit der weitausholenden Schlaufe des Anfangsbuchstabens die eher bescheidene, aber gut lesbare Unterschrift.

Die *Providentia* hatte den Hafen von Ragusa vor wenigen Stunden verlassen, die Wetterverhältnisse versprachen ruhige Fahrt, und da aus Senj, das noch zu passieren war, seit Wochen keine Meldungen über Piratenüberfälle ein-

28

getroffen waren, steuerte man mit Zuversicht auf die kroatischen Gewässer zu.

Im Takt der Ruderschläge, die so dumpf im Schiffsbauch hallten, dass er sie fast mit den eigenen Herzschlägen hätte verwechseln können, spürte Mazzi wie das Blut in seinem Körper zu rasen anfing. Eine Weile konnte er weder denken noch sich regen, sondern immer nur auf den Namen des Monarchen starren, der entweder keine Ahnung von diesem Brief hatte, oder ihn im Gegenteil mit fieberhaftem Bangen erwartete. Womöglich hing sein Schicksal davon ab, sein Leben. Und damit das Schicksal Roms, Konstantinopels und der Serenissima, ja, ganz Europas.

Mazzi fluchte. Er witterte Staatsgeheimnisse, Hinweise auf ein Komplott, etwas Großes jedenfalls, das seine Vorstellung überstieg. Als geschulter Goldschmied, der den Preis von Edelsteinen aus der Kombination von Größe, Farbintensität, Schliff und Reinheit aufs Genaueste zu kalkulieren wusste, verstand er bald, dass sich auch aus dem Besitz eines Dokuments wie diesem Kapital schlagen ließ. Auf Geld war er nicht sonderlich erpicht. Abgesehen von seinen Liebschaften, für die er gern den einen oder andern Dukaten springen ließ, lebte er anspruchslos, und der Geiz des venezianischen Großen Rats war ohnehin stadtbekannt.

Wovon Mazzi jedoch zwei Tage vor Einlaufen der *Providentia* in den Hafen von Malamocco zu träumen wagte, war ein Tauschgeschäft: die Aufhebung der über ihn verhängten Gefängnisstrafe gegen den Brief. Mit etwas Geschick musste es gelingen.

Spät in der Nacht vom fünfundzwanzigsten Oktober legten die Zwangsarbeiter nach sieben ereignislosen Fahrtagen die Ruder nieder; Venedig, eben gerade in ihren halbjährigen Karnevalsrausch verfallen, schlief nicht. Schon von weitem hatte Mazzi Fackeln auf der Piazza San Marco leuchten sehen, und nun erreichte ihn vom Lidostrich die Musik verschiedener *festini*, Laute, Cello und Spinett, in die sich das Lachen der maskierten Tänzer mischte.

Selbst hatte er nie Zugang zu solchen Bällen gehabt, nie Passamezzo und Gaillarde getanzt, das war Privileg der Patrizier, aber wie oft waren Zuan und er in Karnevalsnächten unter hell erleuchteten Fenstern vorbeigeschlendert, und hatten, ihre Masken kurz lüftend, Küsse getauscht, während die Melodien auf sie herabrieselten wie die berühmten Krümel vom Tisch der Reichen.

An die erregende Flüchtigkeit dieser Küsse musste Mazzi denken, als er von Bord ging, und an das Glück, ein Wunder fast, dass er sich einst für die Dauer einer Saison die Gunst dieses kapriziösen Jungen hatte sichern können. Wo er jetzt wohl steckte, Zuan? In welchem Kostüm, Colombina oder Pulcinella, zog er durch die wilden Nächte, und mit wem? Aber vor allem: War er, oder war er nicht derjenige, der damals den fatalen Zettel ins Löwenmaul des Dogenpalastes gesteckt und damit die Inquisition auf ihn angesetzt hatte? Er – oder doch der andere, Marco?

Mazzi mochte sich nicht schon bei seiner Ankunft mit dieser Frage beschäftigen, es war ein Rätsel, über das er sich in Zante lange genug, und vergeblich, den Kopf zerbrochen hatte. Er fand aber Trost im Gedanken, dass er sich, wie Zuan, bis in den Frühling unerkannt in den *calli* würde bewegen können. *Evviva il carnevale*, jubilierte er innerlich, würde ihm dieser doch mehrere Monate Narrenfreiheit bescheren, Zeit im Überfluss, um das Rätsel der Verhaftungsnacht in aller Ruhe zu lösen und obendrein sein heikles Tauschgeschäft einzufädeln. Insofern hätte Mazzi für seine Rückkehr kein günstigeres Datum wählen können.

Über diese hatte er wohlweislich niemanden in Kenntnis gesetzt, weder Gesellen noch Liebhaber, und insbesondere die Mutter nicht, die ihn früher oder später verraten hätte, weil sie den Mund nicht halten konnte. Kaum vom Schiff gestiegen, ließ er sich von der Fähre für den Preis eines *bagattino* zur Riva degli Schiavoni übersetzen und von da zwängte er sich mit seinen Habseligkeiten zwischen Rüschen, Seide und Wogen schwarzer, todschwarzer Mäntel durch die *calli* von Castello, bis er in der Nähe der Schiffswerft eine *locanda* fand, die ihm frei von Wanzen schien.

Castello war sein Quartier; unter den Reedern und Kalfatern war er aufgewachsen, mit dem steten Sägen, Hämmern und Schweißen im Ohr hatte er am Rande der großen Baustelle als Knabe gefischt. Auch später, als er sich in der Ruga degli Oresi von Mastro Vincenzo das Einfassen von Edelsteinen, das Legieren und Tauschieren hatte beibringen lassen, hatte er sein Zimmer in Castello nicht aufgegeben.

Er atmete freier in Castello, die *campi* waren weit und die *calli*, statt sich, wie in Rialto, unentwirrbar zu verknäueln und zwischen San Marco und dem Canal Grande Schlupfwinkel für alle denkbaren Versuchungen zu bieten, strebten in schlichter Geradheit aufs Meer zu, wo die Stadt im Schilfsaum endete und die Sehnsucht nach dem Festland begann. In Castello fühlte Mazzi jedenfalls einen Frieden, der ihn vor sich selbst schützte; anderswo zu logieren, auch wenn die Mutter einen Katzensprung weit entfernt lebte, wäre ihm nicht eingefallen. Überdies nannte sich die *locanda*, für die er sich entschloss, *Al settimo zelo*, zum siebten Himmel. Wenn das kein Versprechen war!

Die *locandiera*, ein stämmiges, hochbusiges Weib, dem die Pocken das ansonsten liebliche Gesicht verwüstet hatten, knöpfte ihm zwei Liren für das Zimmer ab und drei *soldi* für einen Teller Polenta mit Schnecken. Mazzi protestierte nicht. Er nahm im hintersten Winkel der Stube Platz, bestellte vom Hauswein und ließ sich das nach Land und Lagune duftende Gericht schmecken. Mit niemandem tauschte er ein Wort, und vor den Zoten, die über die Tische flogen, stellte er sich taub, aus Angst, er müsse selbst welche zum Besten geben; er hätte sich seiner inzwischen verrohten Sprache geschämt.

Nach dem letzten Bissen verabschiedete er sich mit einem Handzeichen von den Zechern, stieg die Treppe hoch und fand am Ende einer verwinkelten Zimmerflucht seine Tür. «Das also wird bis auf weiteres mein Zuhause sein», überschaute er im Licht der Talgkerze den Raum. «Zwei Lire die Woche für eine Pritsche, einen Stuhl und einen Krug Wasser.» Er legte sein Bündel nieder, prüfte die Pritsche, beklopfte die Wände und stellte sicher, dass von außen niemand hochklettern konnte. Unter ihm schwappte Wasser gegen die Hausmauer, Wasser, das stank, so wie ganz Venedig stank: zum Himmel. Naserümpfend, aber beruhigt, schloss Mazzi das Fenster und warf sich auf die Pritsche.

Die Fäulnis, in der er groß geworden war, hatte er auf der von Meereswinden umwehten Insel Zante beinahe vergessen. Nun, da er ihr wieder ausgeliefert war, verfolgte sie ihn bis in den Traum. Schlafend stürzte er sich unter den Augen der *Signori della Notte* wieder in den Kanal, spürte das Wasser in seine Lungen fließen, wollte atmen und konnte nicht, und die Schreie am Ufer drangen leiser und leiser an seine Ohren, gedämpft bis zur jenseitigen Tonlosigkeit. Algen wickelten sich um seine Arme, als er zu rudern anfing, und Muschelsplitter ritzten ihm die Haut auf, aber vor allem war da diese Jauche, die ihn umhüllte und erstickte und im Kampf ums Überleben mit dem Vorgeschmack der eigenen Verwesung verhöhnte.

In diesem Wasser, in diesem Gestank wäre er damals um ein Haar ertrunken. Dass es ihm zwei Jahre später im hintersten Zimmer einer schummrigen *locanda* noch einmal so erging, schrieb Mazzi beim Erwachen dem Wein und der Schneckensauce zu; beide waren wohl, nach Jahren frugaler Bauernkost, zu üppig geflossen. Er fand sich starr vor Schreck auf der Pritsche liegend, im Magen ein mulmiges Gefühl und um sich das Dunkel, das stank: nicht anders, als hätte sich der Alptraum in die Wirklichkeit gerettet.

An Schlaf war nicht mehr zu denken.

Tagsüber war es sogar schlimmer. Wie ein aufgetakeltes Weib mit Mundgeruch hauchte ihm Venedig bei jedem Schritt ihren faulen Atem ins Gesicht, und da er ihm nur hätte entkommen können, wenn er den seinen angehalten hätte, empfand er jeden Luftzug, den er in seine Lungen fließen ließ, als einen Akt unfreiwilliger und daher fast schon obszöner Intimität. Zum ersten Mal in seinem Leben ekelte ihm vor Venedig. In welchen *sestiere* er sich auch wagte, nachdem er sich Larve und *tabarro* gekauft und selbst sich wie eine Krähe unter den vielen schwarzen Gestalten bewegte, sie war da, die Fäulnis, sie klebte an ihm und belästigte ihn. Am liebsten hätte er sein Zimmer überhaupt nicht mehr verlassen. Der Hunger trieb ihn jedoch immer wieder außer Haus, sowie die Lust, inkognito in die *botteghe* und Spelunken zu spähen, in denen er früher verkehrt hatte.

Aber war die Larve eine genügende Tarnung? Schon am zweiten Tag spürte Mazzi die Augen eines ihm flüchtig bekannten Gesellen im Rücken, während er im Ghetto ein paar Süßwasserperlen verpfändete, und als er anderntags vor San Zanipolo unter allen Frauen Venedigs ausgerechnet von der eigenen Mutter erkannt wurde, schlich er auf Umwegen in sein Zimmer zurück und schloss sich ein – rot bis über die Ohren, wie ein ertappter Bub.

Er versuchte zu schlafen, um sich die Bilder der ihm hilflos hinterherhumpelnden Mutter aus dem Sinn zu schlagen, aber sein Kopf wollte nicht zur Ruhe kommen. Die Begegnung hatte ihn aufgewühlt, und vielleicht mehr noch als diese, sein feiger Rückzug. Nach einer Weile hielt er es nicht mehr unter der Decke aus, er schnellte hoch und begann den Raum abzuschreiten, drehte Runde um Runde in der Hoffnung, dass ihm seine Lage im Stehen klarer werde. Dem war nicht so.

Wenn er ab und an auf die blumengeschmückten Gondeln herabschaute, die unter seinem Fenster vorbeiglitten, das eine oder andere Kichern hinter vorgehaltenem Fächer erhaschte, die eine oder andere Galanterie, blieb ihm vor Elend die Luft im Hals stecken. Hier stand er, mitten in dieser bunten, einladenden Fröhlichkeit, und konnte doch nicht daran teilhaben. Die Angst vor Spitzeln saß ihm tiefer im Nacken, als er in Zante noch geglaubt hatte; wie den Gestank hatten die Jahre auf der Insel offenbar das andere große Übel Venedigs in seiner Erinnerung verblassen lassen: das ständige Lauern und Belauertwerden, all die Augen und Ohren, zu jeder Tages- und Nachtstunde offen und überall.

Würde er je wieder als freier Mensch hier leben können? Wenn er allein in seinem zellenartigen Gemach saß, überkamen Mazzi Zweifel und Melancholie. Plötzlich fürchtete er, wieder flüchten zu müssen, diesmal auf immer; sah sich mit seinem Säckchen Edelsteinen, das er aus Zante zurückgebracht hatte, über die vereisten Alpen in den Norden ziehen, nach Nürnberg vielleicht, oder weiter bis nach Utrecht. Aus diesen Städten hatten Goldschmiede einmal seine *bottega* in Rialto besucht, und ihre Bewunderung für seine fein ziselierten Monstranzen hatte ihm geschmeichelt. Sicher gab es, trotz Luther und Calvin, auch in jenen kalten Orten noch Bedarf an

Monstranzen und Altarkreuzen und würden die Künste eines Venezianers für deren Anfertigung geschätzt. Ja, womöglich war es besser aufzubrechen als auf dem Boden zu bleiben, der einem unter den Füssen brennt.

Wie Cellini in Florenz wollte Mazzi jedenfalls nicht enden: von bösen Gerüchten verfolgt, immer haarscharf am Bankrott vorbei und erst noch mit einen Haufen zermürbender Prozesse am Hals. Kein Wunder, dass der Schöpfer des *Perseus* sich an der Seite seiner eben geehelichten Haushälterin in Bitterkeit und Zorn verzehrte. Einen Adelstitel und 3500 Scudi hatte ihm der bronzene Knabe eingebracht, das war nicht wenig, aber wo blieben da der Seelenfrieden und die Ehre, wenn er den Ruf eines Homosexuellen und somit die Gefahr eines Prozesses nie abschütteln konnte?

Der Gedanke, dass es ihm wie dem Florentiner ergehen und Venedig ihm zum goldenen Käfig werden könnte, trieb Mazzi an diesem Tag in rasende Verzweiflung. Er schlug mit den Fäusten auf seine Pritsche ein, stampfte mit den Füssen auf die morschen Bodenlatten und erwog in seinem Wahn sogar, sich freiwillig der Inquisition zu stellen. Aber es würde ihm doch keiner glauben. Seine Liebe für junge *patientes* musste inzwischen, wenn nicht stadtbekannt, so zumindest in Rialto ein offenes Geheimnis sein. Vor allem aber wusste er: Kleinen Leuten wie ihm verzieh die Inquisition nicht. Was sie bei Patriziern und Adligen als bloßes Capriccio durchgehen ließ, würde sie in seinem Fall als Todsünde werten und dafür mit Gusto entsprechende Strafen austüfteln; Galeere oder Verließ, vermutete Mazzi, und zwar just so lange, bis er bereit sein würde, den Tod als Erlösung gutzuheißen und fast schon freudig den Scheiterhaufen bestieg. Doch Mazzi war kein Christus; mit dreiunddreißig Jahren fühlte er sich für ein solches Schicksal nicht bereit. Er würde sich wehren.

In der Nacht, während draußen das Johlen besonders festlich gestimmter Vermummter ihn wachhielt, zog er die Papiere des Unbekannten von Zante aus der Tasche und breitete sie auf dem Boden vor sich aus. Sie würden seine Rettung sein. Der Mond schien durchs Fenster, und von der Talgkerze fiel zusätzliches, wenn auch unruhig flackerndes Licht darauf, sodass Mazzi keine Mühe hatte, die einzelnen Blätter zu unterscheiden.

Jene mit den eingestreuten Skizzen flößten ihm nach wie vor Unbehagen ein. Er verstand sie nicht, meinte zerstückelte Menschen zu erkennen, einen Rumpf, ein Bein, dann wieder Gedärme wie solche, die aus dem Bauch überfahrener Hunde quellen. Zuerst tat er alles als die Hirngespinste eines Verstörten ab, dann aber, bei näherer Betrachtung, fielen ihm die Bücher ein, die seine Mutter nachts zu konsultieren pflegte. Sie waren mit ähnlichen Zeichnungen von Körperteilen bebildert gewesen, und schon damals, als kleines Kind, hatte er durch die Löcher der Bettdecke hindurch manchmal heimlich beobachtet, wie die Mutter über diesen Bildern unverständliche Formeln murmelte und dabei in Elixieren rührte oder Nadeln in Stoffpüppchen stieß.

Die Erinnerung rüttelte Mazzi auf. Das Letzte, was er sich in seiner misslichen Lage leisten konnte, war der

Vorwurf schwarzer Magie; nicht den entferntesten Verdacht durfte er auf sich ziehen, keinerlei Texte bei sich haben, die sich als Verwünschungen oder Auslöser von Krankheit und Sintflut herausstellen könnten. Er zögerte nicht. Schon zu lange hatte er die gefährlichen Blätter mit sich herumgetragen. Sobald sie über der Kerze Feuer fingen, schleuderte er sie in hohem Bogen aus dem Fenster und blickte dem verkohlten Häufchen nach, das rasch im Kielwasser einer Gondel zerstob. Von den Fahrgästen dafür begeisterte Zurufe zu ernten, als sei ihm eben ein besonders schöner pyrotechnischer Streich gelungen, rang ihm, so beklemmt er sich auch fühlte, ein Lächeln ab.

Es blieb ihm der Brief an den spanischen König. Den legte Mazzi sorgfältig in die Tasche zurück, bevor er sich auf die Pritsche fallen ließ und, die Augen an die Decke geheftet, dem abklingenden Treiben auf dem Kanal lauschte.

***

«Wahrlich, Meister Tizian, schon die Austernsuppe gehörte zum Vorzüglichsten, was ich je in Eurer Stadt gegessen habe – und nun diese Wachteln! Die Engel im Himmel hätten sie nicht zarter und saftiger zubereiten können. Wie zerlassene Butter, einfach wunderbar! Aber verratet mir doch: Wer beliefert Euch mit solch feinem Fleisch? Im Vergleich sind die Vögel, die mein Koch auf dem Markt ersteht, ungenießbar zäh.»

Der Maler schaute von seinem Teller auf und warf dem Gast einen schelmischen Blick zu. Er war sich Komplimente gewöhnt, und doch genoss er das Staunen seiner Gäste noch immer, wenn sie sein Haus in Birri Grande betraten, ihm durch die Atelierräume in die fein ausgestatteten Wohngemächer folgten und zuletzt an einen Tisch gebeten wurden, der den Banketten seiner adligen Mäzenen weder in der Dekoration noch in der Erlesenheit der Speisen nachstand. «Ich habe im Cadore Familie», erklärte er. «Der eine und andere Vetter ist Jäger. Auch mein Sohn Orazio, der zur Zeit geschäftlich in Genua weilt, schießt gelegentlich Wild. Wachteln, Perlhühner, Hirsch und Hase, das alles kommt direkt von den Tälern des Cadore auf meinen Tisch.»

«Ihr lebt gut, Meister. Ich wage sogar zu behaupten, dass kein Künstler der Lagunenstadt es je so weit gebracht hat wie Ihr – wobei ich niemanden beleidigen möchte! Selbstverständlich beziehe ich mich nur auf die Künstler ihrer Generation.»

Tizian lachte. «Wenn Ihr auf meinen jungen Kollegen aus Verona anspielt, Signor Hernandez, so braucht es etwas mehr, um ihn zu beleidigen, nicht wahr, Paolo?»

Paolo ließ sich vom Gerede der Älteren nicht stören, er wollte Speise und Trank genießen, ohne viel Worte zu verlieren. Vor allem wollte er dem spanischen Gesandten nicht den Eindruck geben, als brenne er auf Aufträge von Madrid, ja, als säße er hier, um sich mit Tizians Hilfe welche zu erschleichen. Ohnehin würde König Philipp wenig Gefallen an seinen Bildern finden. Ein Asket wie er, der bekanntlich dunkle, von unfassbarer Unruhe bewegte Gemälde vorzog, konnte kein Auge für die Schönheit des Vordergründigen haben. Und Paolo wiederum hätte nicht gewusst, wie die Farben auf seiner Palette mischen, damit sie Trübseliges erzählten.

Ein Rätsel war es ihm, wie Tizian das Kunststück gelang, mit seinen Bildern den Geschmack jenes finsteren Sonderlings zu treffen, ohne selbst in die Fänge der Melancholie zu geraten. Es sei denn, überlegte er weiter, während er seine zweite Wachtelkeule anbiss, es führte umgekehrt die Melancholie Tizians Pinsel. Möglich war's. Seit ihm Cecilia im Kindbett gestorben war, sei der große Meister nicht mehr derselbe, hörte Paolo in den *botteghe* manchmal sagen; ungebrochen in seiner Schaffenskraft und nach wie vor der gewiefteste Geschäftsmann seiner Gilde, dafür zollte man dem inzwischen fast Achtzigjährigen Achtung, aber nichtsdestotrotz sitze er tief, der Kummer; und wenn Tizian auch nie ein Wort darüber verliere, so könne er doch nicht verhindern, dass sich dieser in der chromatischen Verdüsterung seiner Gemälde immer deutlicher ausdrücke. Ja, dachte der Veronese, es war gut möglich, dass die beiden, Maler und Monarch, sich eben in der Trauer um ihre jungen Ehefrauen gefunden hatten.

Der Gedanke an Elena streifte ihn, die Frau, die er selbst bald heiraten würde: Sie war nicht unbedingt die Schönste, aber von guter junonischer Statur und hellem Gemüt, die ideale Gefährtin für ein Leben, das er sich nicht anders als lange und glücklich vorstellen wollte. Doch sicher hatte auch Tizian bei seiner Heirat nicht mit Schicksalsschlägen gerechnet; jedenfalls nicht so früh. Wer weiß, was das Leben nun für Elena und ihn bereithielt? Ob es auch ihn bald soweit bringen würde, sein zwischen Jade und Smaragd oszillierendes Grün, sein

Azurit und Sonnengelb für dumpfere Kolorite aufzugeben, um einem Herrscher wie Philipp zu gefallen?

Er konnte es sich nicht vorstellen. Er liebte seine Figuren; ihre Lebensfreude war die seine. Sie zu dämpfen, hieße auf die schillernden Effekte von Brokat und Seide verzichten, hieße die erotische Spannung zwischen Venus und Adonis in zahme Zuneigung verwässern und Marias Mutterglück, diese Irdischste aller Freuden, in ein Jenseits übersiedeln, das ihm so viel blasser und konturloser schien als das Hier und Jetzt. Es war ganz und gar undenkbar.

«Nicht wahr, Paolo?», wiederholte Tizian seine Frage an den ganz in Gedanken Versunkenen. «So leicht bist du nicht zu beleidigen?»

Der Veronese zog erst einen Knochen aus dem Mund und überlegte kurz: «Beleidigt, ich? Da kennst du mich aber schlecht. Neid ist mir gottseidank fremd, und deshalb kann mich ein verdientes Lob auf deinen Wohlstand auch nicht beleidigen.»

«Bravo, Paolo, das nenne ich einen wahren Freund. Dann stoßen wir doch auf deine letzte *Madonna mit Kind* an; ich finde, du hast dich in diesem Bild wieder einmal selbst übertroffen.»

«Mir scheint vor allem die Gelegenheit gekommen, auf Euer *Abendmahl* anzustoßen, Signor Tizian», flocht der spanische Gesandte ein. «Es wird Euch freuen zu erfahren, dass König Philipp Euer Gemälde diese Tage endlich mit eigenen Augen wird bewundern können. Es soll den Hafen von Genua bereits verlassen haben.»

«Der König wird zufrieden sein.»

«Daran zweifle ich keinen Augenblick. Mit der glücklichen Nachricht über die Einschiffung Eures Gemäldes werde ich ihm allerdings auch eine traurige überbringen müssen. Ich habe heute in der Stadt nämlich auf höchst seltsame Weise vom Tod eines seiner begabtesten Ärzte erfahren.»

«Ein Arzt? Eure Majestät wird aber wohl über andere erstklassige Ärzte verfügen, sodass er diesen einen leicht wird verschmerzen können.»

«Oh ja, gewiss, Olivarez, Vega, Chacón und viele andere stehen ihm nach wie vor zu Diensten. Dennoch ist seine Reaktion auf die Nachricht schwer abzuschätzen. Er hegt geheime Vorlieben, und der Verstorbene könnte durchaus dazu gezählt haben. Vor zwei Jahren hat er ihn sogar ans Bett des verunglückten *infante* herangelassen.»

«Was war denn so seltsam an der Nachricht?», wollte der Veronese wissen.

Hernandez lehnte sich zurück und strich sich ein paar Mal durch den Spitzbart, bevor er antwortete: «Tja, was soll ich sagen? Ich meinte nicht eigentlich die Nachricht selbst, obwohl diese durchaus sensationell ist, sondern eher, wie sie an mich herangetragen wurde. Ich war heute Nachmittag im Senat vorgeladen, und als ich den Palast verließ, es mochte fünf Uhr gewesen sein, hat sich mir am Ausgang ein Unbekannter an die Fersen geheftet, um mir zwischen San Marco und der Merceria eine höchst befremdliche Geschichte zu erzählen – oder zuzunuscheln, müsste ich sagen, denn ich habe ihn unter seiner Maske kaum verstanden. Er behauptete, dass er vor ein paar Tagen einen Mann namens Vesalius eigenhändig begraben habe. Stellen Sie sich mein Erstaunen vor.»

«Allerdings. Doch werdet Ihr ihm nicht etwa geglaubt haben, oder? Es klingt doch gar an den Haaren herbeigezogen.»

«Genau so dachte ich zuerst auch. Ich hielt ihn für einen Verrückten und drückte ihm sogar einen *soldo* in die Hand, damit er mich endlich in Ruhe lasse. Aber er ließ sich nicht abwimmeln, und nach einer Weile habe ich einsehen müssen, dass er die Wahrheit sagte. Er hat mir jenen Mann nämlich genau beschreiben können, seine Gesichtszüge, seine dunklen lockigen Haare, sein besticktes Wams, alles; und dabei hat er nicht nur dessen Namen gekannt, sondern auch gewusst, dass er aus Brüssel stammt.»

«Aber wer war denn dieser Mann? Warum hat er ausgerechnet Euch davon berichtet? Glaubt Ihr, er wusste, dass Ihr Philipps Gesandter seid?»

«Ich muss es annehmen. Mit Eurer Manie für Vermummungen kann man nie sicher sein, mit wem man es in dieser Stadt zu tun hat. Es kann ja auch sein, dass wir uns persönlich kennen, er und ich. Keine Ahnung … Aber wer auch immer er war: Ihm schien die Verbindung zwischen dem Flamen und dem spanischen Hof durchaus klar zu sein.»

«Aus Brüssel, sagen Sie, und Arzt?», fragte Tizian, plötzlich aufhorchend. «Ich kenne einen solchen Menschen. – Aber nein, er kann es nicht sein. Der Arzt, den ich meine, war im Frühling zu Besuch in unserer Stadt, und da erfreute er sich bester Gesundheit. Man hat ihm sogar seinen alten Lehrstuhl in Padua in Aussicht gestellt, falls er sich entscheidet, wieder nach Italien zu ziehen.»

«In einem halben Jahr kann Vieles geschehen: Niemand und nichts ist vor plötzlichen Schicksalsschlägen gefeit.»

«Jetzt fällt mir auch sein Name wieder ein: Andrea Vesalio. Vor zwanzig Jahren pflegte er regelmäßig in meine *bottega* zu kommen. Oh, nicht meinetwegen; meine Bilder interessierten ihn nicht. Er kam, weil er einen Stecher brauchte, der ihm bei der Illustrierung seines neuesten Werks behilflich wäre. Ich hatte keine Zeit dafür, aber ein Gehilfe von mir hat über Monate mit ihm zusammengearbeitet. Ein feiner Herr war dieser Vesalio, immer sehr korrekt und freundlich, aber irgendwie auch unnahbar. Ein Mann aus dem Norden eben.»

Hernandez nickte. «Fein und unnahbar, in der Tat. Damit trefft Ihr den Nagel auf den Kopf.»

«Also reden wir wirklich von demselben Menschen? Vesalio soll tot sein? Wie ist es möglich?»

«In Zante dem Fieber erlegen, so erzählte mir der Fremde.»

«Sicher ist es etwas voreilig, dem König eine solche Nachricht zu überbringen, findet Ihr nicht? Ihr habt ja außer den Aussagen eines Unbekannten keinerlei konkrete Beweise.»

«Stimmt, doch bevor er grußlos in die Menschenmenge untergetaucht ist, hat er mir zu verstehen gegeben, dass er mir welche geben würde.»

«Gegen Bezahlung?», schmunzelte Tizian. «Hier in Venedig hat ja alles seinen Preis, und der ist meist höher als anderswo.»

«Ja, wahrscheinlich müsste ich ihm dafür etwas geben. Darüber haben wir nicht gesprochen. Wie gesagt: Eh ich mich versah, war er weg. Und wie ich Euch davon erzähle, kommt es mir fast vor, als hätte ich das alles nur geträumt. –Also zurück zu Eurem *Abendmahl*, Maestro, feiern wir seine Vollendung und die Tatsache, dass Ihr die Welt wieder um ein Meisterwerk bereichert habt.» Hernandez hob sein Glas und stieß ein zweites Mal mit den beiden Malern an, die die Wendung des Gesprächs nachdenklicher gestimmt hatte, als ihm genehm war.

Eine Weile herrschte Schweigen in der Runde, bis Hernandez mit übertriebener Jovialität ausrief: «Heute lebendig, morgen tot, heute Frieden, morgen Krieg: So ist das Leben nun mal, liebe Freunde, daran können wir nichts ändern. Schließen wir uns deshalb dem guten Horaz an und leben ganz nach seinem Motto: *Carpe diem*. Lasst uns Meister Tizians Gastfreundschaft also in vollen Zügen genießen, was morgen ist, kommt früh genug.»

Auf die Wachteln folgte Reh, ein in Wein geschmortes und mit Pfifferlingen und verschiedenem Herbstgemüse garniertes Hufstück, begleitet von einem Malvasia, über dessen Schwerblütigkeit der spanische Gast sich abermals in Superlativen verlor. Hernandez, stellte Tizian belustigt fest, tafelte gern und ausgiebig; wahrscheinlich war mit auserlesenen Gerichten und Weinen mehr aus ihm herauszuholen als mit Bittbriefen an seinen Arbeitgeber.

«Sieben Jahre habe ich am *Letzten Abendmahl* gearbeitet, Signor Hernandez. Das ist eine lange Zeit. Trotzdem habe ich Ihre Majestät in all diesen Jahren kein einziges Mal um einen Vorschuss gebeten, weder für die Herstellung der Tafel noch für die Pigmente; dabei sind diese, wie Ihr vielleicht wisst, heuer schier unbezahlbar. Zinnober und Ultramarin kann man sich kaum mehr leisten.»

Der Spanier verkniff ein Lächeln. Worauf der Greis hinauswollte, war klar. Tizian wäre nicht Tizian gewesen, wenn er nicht aus allem einen finanziellen Vorteil zu schinden versuchte. Nicht umsonst sagte man ihm Geiz und Habsucht nach. Auch Paolo schien zu ahnen, was folgen würde, denn er senkte, sichtlich peinlich berührt, die Nase in seinen Teller und tat, als studierte er das Blumenmuster, das unter der Saucenglasur hervorschimmerte.

«Venedig ist teuer, Signor Hernandez, und ich habe für den Unterhalt einer großen Werkstatt zu sorgen. Meine Gehilfen und Lehrlinge verlangen für ihre Arbeit von Jahr zu Jahr mehr Lohn. Zahle ich nicht genug, laufen sie mir weg und lassen sich von Bassano oder Robusti anstellen. Bedenkt, was das bedeuten würde: nicht nur das Ende von Tizians *bottega* in Birri Grande, sondern auch das Ende einer langjährigen und fruchtbaren Zusammenarbeit mit Eurem Herrscher.»

«Ist es wirklich so arg, Signor Paolo? Bekommen auch Sie die harten Zeiten zu spüren, von denen Ihr Kollege spricht?»

«Im Moment will ich nicht klagen. Ich habe gerade das Glück gehabt, eine Villa im Trevigiano auszuschmücken. Der Auftrag hat mir drei Jahre Arbeit beschert – und gutes Geld.»

«Ja, aber dafür hat dir Robusti diesen Frühling den Auftrag für die Scuola von San Rocco weggeschnappt. Ein Schlaukopf, dieser Färberssohn, nimm dich in Acht vor ihm. Wenn er so weitermacht, reißt er alle Aufträge an sich, und du stehst dann für die nächsten Jahren ohne Arbeit da.»

«Das werden wir noch sehen. Mit solchen Sorgen will ich mich jetzt nicht plagen, sonst müsste ich gleich aufhören zu malen oder auswandern.»

Tizian ließ nicht locker. Während er neuen Wein einschenkte und Marzipan, Früchte und mit Korinthen bespickte Krapfen auf den Tisch bringen ließ, erteilte er dem Jüngeren Ratschläge, wie und mit wessen Hilfe die besten Staatsaufträge zu ergattern waren. Nach Jahrzehnten zähen Verhandelns mit Kirchen und Herrschaftshäusern wusste der Alte, wovon er sprach; sein Gedächtnis war untrüglich, und die Freude, diesem Kardinal und jenem Herzog Geld aus der Tasche gezogen zu haben, genau so groß wie vor fünfzig Jahren.

Paolo hörte indessen nur mit halbem Ohr zu, und Hernandez, den das Mahl und der Wein schläfrig gemacht hatten, begannen Tizians Intrigen zu langweilen. Er ließ die Augen über die Bilder schweifen, die ihn umgaben, Tizians Werke zumeist, aber dazwischen gab es auch Porträts und Allegorien, die offensichtlich von weniger geübter Hand stammten und die Meisterschaft des Gastgebers nur umso deutlicher zur Geltung brachten. Eine liebliche *Susanna im Bade* vermochte ihn eine Weile zu fesseln, doch bald bat er, aufstehen zu dürfen, um sich im Garten die Beine zu vertreten.

«Aber Signor Hernandez, es regnet. Außerdem gibt es zum Abschluss noch einen Nocino, mir eben von einem treuen Kunden aus Modena gesandt. Den werdet Ihr doch nicht verschmähen?»

«Einen modenesischen Nussschnaps? Wollt Ihr uns wirklich mit dieser raren Köstlichkeit beglücken? Da kann ich beileibe nicht widerstehen.»

Tizians Nocino kam, in hauchdünnen Gläschen serviert und mit weiterem Gebäck begleitet. «Den Modenesen sei Dank, dass sie ein solches Getränk zu brauen wissen, und Ihnen, Maestro, noch größeren Dank, dass wir es uns hier, im Herzen der Serenissima, zu Gemüte führen dürfen. Einfach exquisit, mehr kann ich nicht sagen.»

«Exquisit vielleicht, aber doch recht stark», fand Paolo, der zum ersten Mal davon kostete und nach dem zweiten Schluck kleinlaut zugab, dass ihm das Distillat zu süß schmecke. Auch sei es spät, fügte er hinzu, Mitternacht längst vorbei.

«Wenn du meinst», sagte Tizian enttäuscht. «Ich will dich nicht gegen deinen Willen aufhalten. Aber Ihr, Signor Hernandez, werdet mir doch noch etwas Gesellschaft leisten?»

«Müsste ich morgen nicht in aller Früh nach Ferrara reisen, würde ich Euer Angebot annehmen. Aber wie die Dinge nun mal stehen, werde ich Vernunft walten lassen und mich Eurem jungen Kollegen anschließen. Wir sehen uns bald wieder, Meister Tizian, spätestens, wenn König Philipp neue Werke aus Eurer Werkstatt verlangt. Und wie ich ihn kenne, könnte dies schon bald der Fall sein.»

Tizians Gäste verließen Birri Grande unter leichtem Nieselregen. Sie sprachen nicht viel miteinander, jeder hing seinen eigenen Gedanken nach; nur wenn sie an Kreuzungen gelangten, blieben sie stehen und überlegten zusammen, ob sich ihre Wege an dieser Stelle zu trennen hatten. Die *calli* waren menschenleer, auf dem nassen Boden lag Unrat, hier und dort auch eine zerknitterte Augenmaske, ein Stofffetzen.

«Nichts ist trauriger als das Ende eines festlichen Tags», bemerkte Hernandez, während er im Vorbeigehen mit dem Stock auf einer Maske herumstocherte. Der Veronese gab ihm Recht und flüsterte ihm im selben Atemzug zu: «Signore, ich glaube, man folgt uns. Seit wir uns von Tizian verabschiedet haben, höre ich Schritte hinter uns.»

«Schritte? Seid Ihr sicher?»

«Nein, ganz sicher nicht. Aber-»

«Dem müssen wir auf den Grund gehen, Machen wir doch unter diesem Portal kurz Halt, um zu lauschen.»

«Es könnte der Fremde sein, der Euch heute Nachmittag angesprochen hat.»

«Schsch!»

Mit angehaltenem Atem standen die beiden zwischen zwei Pfeilern gegen die Mauer einer Kapelle gelehnt und spitzten die Ohren. Sie hörten den Regen auf das Steinpflaster fallen, ein Rauschen, skandiert vom dumpfen Aufschlag der Tropfen, die sich an der Spitze des Portals über ihnen sammelten und in regelmäßigem Takt vor ihren Füßen zersprengten; sonst nichts. Auch zu sehen war niemand, kein Lebewesen bis auf eine Katze, die neben ihnen von einem Kratten sprang, beim Vorbeigehen ohne

Neugier an ihnen hochblickte und in den nächsten Hof verschwand.

«Kommt», fasste der Spanier seinen Begleiter unter den Arm, «gehen wir weiter. Ihr habt Euch was eingebildet. Ihr Künstler habt einfach zu viel Fantasie. Aber gerade das gefällt mir an Euch. Und wenn ich schon bei der Kunst bin, Signor Paolo …»

«Ja?»

«Mir ist im Laufe des Abends die Idee gekommen, dass ich Eure Werke bei Gelegenheit meinem König empfehlen könnte. Es wäre gewiss einen Versuch wert. Selbst kenne ich Eure Arbeit nicht, aber ich verlasse mich in diesen Dingen blind auf Meister Tizian. Er scheint eine sehr hohe Meinung von Euren Fähigkeiten zu haben, und das genügt mir.»

«Zu freundlich, Signor Hernandez. Ich weiß nicht, was ich darauf antworten soll. Es ist ja nicht so, dass ich arbeitslos wäre. Und ehrlich gesagt …»

«Santo Jesu!», unterbrach ihn der Spanier. «Jetzt höre ich die Schritte auch. Das will aber noch nichts heißen, nicht wahr? Wie wir, können auch andere Leute auf dem Nachhauseweg sein. Um diese Zeit sind wir bestimmt nicht die Letzten.»

Sie waren gerade von der Calle Gallina in den Campo di Santa Maria dei Miracoli eingebogen, und tatsächlich lungerten vor der geschlossenen Tür einer *osteria* noch ein paar junge Patrizier herum, die, angetrunken oder vielleicht nur gelangweilt, einander wahllos knufften und hänselten. Der Regen fiel jetzt stärker, aber er schien sie nicht zu stören; sie ereiferten sich, erteilten immer festere

Hiebe, und als einer aus dem Knäuel torkelte und in die Knie sank, erschallte plötzlich ein allgemeines Klatschen, das den ganzen Platz erfüllte.

«Gehen wir weg von hier, Signor Hernandez. Ich schäme mich für diese Leute.»

«Aber das braucht Ihr doch nicht! Was habt Ihr damit zu tun?»

«Ich? Nichts. Doch was werdet Ihr nun von Venedig halten? Was werdet Ihr in Euren Berichten schreiben?»

«Keine Angst, ich habe im Laufe meiner Karriere Schlimmeres gesehen. Es ist Karneval, Signor Caliari, vergesst das nicht. An Karneval ist alles erlaubt.»

«Vieles, vielleicht, aber alles nicht. Schaut, die verprügeln sich ja, das wird noch in eine Messerstecherei ausarten. Nur weg von hier, ich bitte Euch.»

Während der Veronese seinen Begleiter von den Streitlustigen wegzog, wandte Hernandez den Kopf und blickte in die *calle* zurück, aus der sie eben gekommen waren. Was er sah, beruhigte ihn; die Gestalt an der Straßenecke, stämmig und von Kopf bis Fuß in einen braunen Mantel gehüllt, glich in nichts dem Unbekannten, der ihn am Nachmittag angesprochen hatte. Sie wich zwar sogleich in die Dunkelheit zurück, als seine Augen auf sie fielen, aber nicht, wie Hernandez schien, um unerkannt zu fliehen, sondern weil auch sie, wie den Veronesen, das brutale Handgemenge vor der *osteria* erschreckt hatte.

«Unser Verfolger war ein Mönch», sagte der Spanier seinem Begleiter, als sie den Campo verlassen hatten. «Ihr habt Euch vor einem harmlosen Gottesbruder gefürchtet. Und ich Tor hätte mich fast von Eurer Angst anstecken lassen.»

«Ja, ich gebe zu, dass mir Eure Geschichte vom Fremden zu denken gegeben hat. Die Geheimniskrämerei hat in letzter Zeit in Venedig geradezu krankhafte Züge angenommen, das geht nicht spurlos an einem vorbei. Manchmal denke ich, es lebte sich anderswo besser, aber dann wiederum … wo fände ich eine Stadt, die mir als Künstler so viele Möglichkeiten bietet?»

«Rom?»

«Zu nahe am Papst. Außerdem ist mit Michelangelos Tod ein künstlerisches Vakuum entstanden, das nun jeder Künstler wird füllen wollen. Bereits strömt alles nach Rom, was Pinsel oder Meißel zu halten weiß. Der Kampf wird unerbittlich sein. Und ich bin keine Kämpfernatur.»

«Ha, Ihr wartet also, dass Euch die Aufträge in den Schoss fallen, was?»

«Nein, das nun auch wieder nicht. – Doch ich sehe, Signor Hernandez, dass wir an der Calle della Scaletta angelangt sind; hier müssen wir uns trennen. Ich wohne südlich von hier, bei San Samuele, während Ihr nun am besten rechts abbiegt.»

Hernandez bedauerte, den Abend so früh zu beenden. Gern hätte er den Maler zu einem Gläschen eingeladen, aber die Lokale, die um diese Zeit noch offen hatten, wären kaum nach dessen Geschmack gewesen. Also verabschiedete er sich von seinem Begleiter und stieß, kaum war dieser aus seiner Sicht verschwunden, die Tür zu einer winzigen, unauffällig am Ende einer Sackgasse gelegenen Spelunke auf, in der er gelegentlich abstieg, um nach weiblicher Gesellschaft Ausschau zu halten. Nicht, dass ihm an diesem Abend der Sinn danach stand. An einer mittelmäßigen, mehr nach Essig als nach Wein schmeckenden Ombra nippend, dachte er mit Wehmut an Tizians Malvasia zurück; und fragte sich, ob es Zufall war, dass der Mönch vom Campo di Santa Maria dei Miracoli ihm bis hierher gefolgt war.

***

Fra Baldino fühlte sich matt und durstig. Durch halb Venedig hatte ihn der Spanier gesteuert, zuletzt durch ein Gewühl schummriger *calli* und *campi*, von denen er mit der Hand aufs Herz hätte schwören können, dass er sie, wenn überhaupt, nur vom Hörensagen kannte. Jede Wegbiegung auf dieser seltsam erregenden Jagd hatte Enttäuschungen gebracht: Die spanische Fährte, die vor den Toren des Palazzo Ducale einen so vielversprechenden Anfang genommen hatte, sie führte über Meister Tizians Werkstatt doch nur wieder zurück ins Milieu, in dem sich Bianca Felicins Sohn zu tummeln beliebt hatte, in ein Lokal, das ganz den Anschein eines Bordells hatte, eines schäbigen noch dazu. Die Tür, die aus den Angeln fiel, der Putz blättrig, vom Unrat auf der Schwelle nicht zu reden, die Samtgardinen jedoch so frisch und rot wie die Lippen der Dirnen und Knaben, die man dahinter vermuten durfte. Fra Baldino musterte den Samt eine Weile mit größerer Aufmerksamkeit, als seine Kutte es rechtfertigte.

Das Schwappen nahen Wassers im Ohr überlegte er, was ein feiner Hidalgo, der am Nachmittag beim Doge höchstpersönlich vorgesprochen und den Abend in erlesener Künstlergesellschaft verbracht hatte, zu später Stunde noch in diesem Sündenpfuhl zu suchen hatte. Ein Weib wahrscheinlich; schließlich plagten auch Adelige einsame Nächte. Es sei denn, dachte er weiter, die kurze Unterredung mit Mazzi unter dem geflügelten Löwen der Porta della Carta habe, statt Geschäften, bloß der Vereinbarung eines späteren Stelldicheins auf Mazzis bevorzugtem Boden gegolten.

Wie sollte es aber nun weitergehen? Zurück in die Zelle oder hier warten, bis Mazzi dazustieß?

Fra Baldino hatte keine Schwierigkeiten gehabt, den Sohn der *herbera* ausfindig zu machen. Venedig mochte zwar ein Labyrinth sein und das abwechselnde Gehen und Schaukeln darin verwirrende Erfahrungen bescheren, doch die Venezianer selbst lebten, womöglich vor lauter ungewiss Fließendem um sie herum, ein geregeltes und daher ziemlich voraussehbares Leben. Man verrichtete sein Tagwerk im Takt von San Marcos Glocken und starb möglichst im selben *sestiere*, in dem man das erste Flimmern auf dem Wasser erblickt hatte.

Giò Mazzi bildete keine Ausnahme. Bis zu seiner Verhaftung hatte auch er beim ersten Schlag der Marangona jeweils sein Werkzeug in die Hand genommen und abends, beim letzten, den im Fell angesammelten Goldstaub an einem sicheren Platz versteckt, bevor er die Bottega verriegelte. Jahrein, jahraus hatte er es so gehalten, er kannte nichts anderes, ja, selbst bei seinen nächtlichen

Ausschweifungen war ihm noch an einer gewissen Ordnung gelegen gewesen, einer örtlichen zumal. Sein Revier hatte sich auf die wenigen Gassen zwischen den *portici* von San Martino und dem Schmiedeviertel beschränkt, in deren Osterie vom lumpigen Straßenjungen bis zum weibisch herausgeputzten Signorino so ziemlich alles verkehrte, was sich, wie er selbst, dem Laster von Gomorrha verschrieben hatte. Fra Baldino hatte sie einzeln abgeklopft, diese Häuser, Mazzi jedoch in keinem gefunden. Die Erwähnung seines Namens aber hatte hier und dort Augen zum Leuchten gebracht und Zungen gelöst.

«Ja, er ist zurück, aber so richtig soll er sich nicht auf die Straße trauen. Der Dummkopf scheint noch nicht begriffen zu haben, wie mild das Klima geworden ist; höchstens eine Buße bekäme er jetzt, wofür man ihn vor zwei Jahren einlochen wollte.»

«Wo kann ich ihn finden?»

«Ola, was hast du denn mit einem wie Mazzi zu tun?»

Fra Baldinos Empörung war im allgemeinen Gelächter untergegangen.

«Keine Bange, Bruder, wir wissen zu schweigen. Aber ich fürchte, den Namen des Lokals, in dem du deinen Geliebten findest, kann ich dir nicht so ohne weiteres verraten.»

Von acht auf einen Dukaten hatte Fra Baldino den Preis für die Information heruntergehandelt, aber der halbe Tag, den er in der Kälte vor der *locanda Zum siebten Himmel* hatte ausharren müssen, bevor Mazzi endlich über die Schwelle trat, hatte ihm den Stolz über sein Verhandlungsgeschick schnell verdorben. Immerhin hatte

Mazzi dann für eine Überraschung gesorgt; statt die üblichen Kaschemmen aufzusuchen, war er geradewegs Richtung San Polo losgestürmt und hatte dort, hinter Stapeln von Reusen positioniert, das Tor der spanischen Gesandtschaft beobachtet, bis es gegen drei Uhr nachmittags aufgegangen war.

Einen Menschen zu beschatten, der seinerseits jemanden beschattet, entbehrte in Fra Baldinos Augen nicht der Komik. Als letztes Glied dieser Kette – aber war er tatsächlich das Letzte? – wusste er jedoch, dass er sich bald zu entscheiden hätte, welches ihm das Wichtigere sei. Solange Mazzi dem Spanier folgte, stellte sich die Frage nicht.

Als die beiden vor dem Dogenpalast aber ins Gespräch kamen und Mazzi sich kurz darauf mit einer Verbeugung verabschiedete, nahmen plötzlich die wildesten Vermutungen in Fra Baldinos Kopf Gestalt an. Eine davon – dass Mazzi sich soeben unzenweise Gold und Smaragde von Philipps Vertreter erschwindelt haben mochte – schien ihm plausibel genug, um Mazzi einstweilen fallen zu lassen. Sich mit dem Spanier zu befassen, stellte womöglich Lohnenderes in Aussicht als Bianca Felicins Handvoll Münzen, vertrat dieser in der Lagunenstadt doch einen König, der seit der Entdeckung des Eldorados bekanntlich auf Bergen von Bodenschätzen hockte. Wenn Mazzi meinte, den Spanier anzapfen zu können, warum, nebenbei, nicht auch er?

Trotz der Kälte entschied sich Fra Baldino also fürs Ausharren. In die Nische einer bröckelnden Fassade gezwängt, behielt er das Freudenhaus im Auge und spitzte die Ohren. Die Minuten schlichen gegen den Morgen zu, ohne dass die Gasse sich belebte. Still, aber nie ganz lautlos, ward sie allmählich vom Nebel verschluckt, ein Grau ohne Tiefe, durch das die roten Gardinen noch eine Weile wie durch Milchglas schimmerten, bevor auch sie erloschen.

Fra Baldino weigerte sich indessen zu glauben, dass der Spanier die Nacht, oder was von ihr übrigblieb, nicht im eigenen Bett würde zubringen wollen. Früher oder später musste er doch das vermaledeite Lokal verlassen, oder Mazzi sich wenigstens zu ihm gesellen.

Doch halt! Was hatte dieses Schleifen oder Kratzen entlang der Mauer zu bedeuten? Nahte es oder verlief es im Gegenteil Richtung Kanal? Fra Baldino horchte ins Dunkel und wusste nicht, ob er sich in seiner Blindheit so ohne weiteres auf Ohren verlassen sollte, die so schwache und unbestimmte Geräusche vernahmen. Gab ihm der Nebel nicht etwa akustische Chimären ein im Tausch gegen die Sicht, die er ihm entzog? Hörte er zu viel? Tatsächlich meinte er das Wasser plötzlich lauter gegen die Kaimauer schlagen zu hören. Auch befremdete ihn die Deutlichkeit, mit der er das Rieseln des Mörtels wahrnahm, wenn er sich bewegte; ganz zu schweigen vom Pochen seines Herzens, das zu rasen anfing, als er neben dem leisen Schleifen – denn es handelte sich um ein Schleifen, unmissverständlich – auch noch Schritte vernahm.

Schritte! Nicht die dezidierten eines Menschen mit reinem Gewissen, nein, die hätte er gelassen an sich vorbeiziehen lassen können, sondern verstohlene, heimliche wie seine eigenen zuvor. Und wer hier ging, kehrte nicht etwa nach Hause, suchte auch nicht die hinter roten Gardinen winkenden Freuden, sondern tastete sich ausgerechnet an die Mauer heran, in dessen Spalt er sich für die Nacht eingerichtet hatte.

Was tun? Flüchten? Aber vor wem, wovor? Ohnehin war es zu spät, denn schon war der Unbekannte in Riechweite gerückt; Zwiebeln und Salbei hatte der Mensch gegessen und dazu schweren Wein getrunken. Schwaden dieses halbverdauten Gemischs stiegen Fra Baldino in die Nase, noch bevor sich die rauschende Schwärze eines Karnevalsmantels in sein verschwommenes Sichtfeld schwang. Was konnte er anderes tun als sich tiefer in die Ritzen zu drücken und auf den Nebel und ein Wunder zu vertrauen? Die Schwärze verschwand jedoch nicht, sie wurde im Gegenteil grösser, dumpfer, und eine Maske, schwarz auch sie, blitzte mit einem mal dicht vor seinen Augen auf.

«Maledetto, du stellst mir nach.»

«Giò!»

«Giò, ja, aber für dich bitte Girolamo – wie unser jetziger Doge.»

«Aber, Giò, erkennst du mich nicht?»

«Doch, klar. Fra Baldino, Betbruder und Komplize meiner Mutter. Der Jutesack gibt dir aber noch lange nicht das Recht, mich wie einen kleinen Jungen zu behandeln. Soviel ich weiß, bist du nicht mein Vater.»

«Bianca schickt mich! Ich soll dich zu ihr bringen.»

Mazzi drückte dem Mönch die Faust in den Bauch und schnaubte leise: «Du lügst.»

«Nicht doch. Ich schwör's beim heiligen San Marco.»

«Lass den armen Markus aus dem Spiel. Wenn du die Wahrheit sagst, warum bist du mir dann den ganzen Tag auf den Fersen gewesen? Meinst du, ich hätte deinen Atem nicht im Nacken gespürt?»

«Ich erfülle bloß den Wunsch deiner Mutter, glaub mir.»

«Glauben? Ha, sicher nicht. Nein, nein, da steckt was anderes dahinter. Du und deinesgleichen seid schon immer ein falsches Pack gewesen. Mit dem achten Gebot nehmt ihr's nicht so genau, vom sechsten nicht zu reden.»

«Den Vorwurf verwehre ich mir.»

Mazzi bohrte die Faust tiefer in den Bauch des Franziskaners und grinste: «Ganz schön fett unter der Kutte, der Bruder. An feinen Speisen scheint es im Kloster nicht zu mangeln.»

«Mach Platz, statt dumm zu reden; ich kriege keine Luft, wenn du mir so nah kommst. Gehen wir zu deiner Mutter, mit etwas Glück ist sie noch auf.»

Mazzi machte keine Bewegung. Zwei, drei Atemzüge lang lauschte er in die Nacht, wie erstarrt. Ein paar Häuserecken entfernt waren Stimmen laut geworden.

«Girolamo, lass den Unfug. Ich sag dir doch, ich ersticke in diesem Loch. Tritt zurück.»

«Nicht bevor du mir verrätst, worauf du es abgesehen hast. Los, beeil dich.»

Mit diesen Worten fasste Mazzi den Mönch an den Schultern und presste ihn mit aller Gewalt in die Mauer. Die Stimmen, die bald lauter, bald leiser vom Kanal herüberhallten, riefen Mazzi den Alptraum seiner damaligen

Flucht in Erinnerung. Die *Signori della Notte*! Wieder sie! War man denn nie frei in dieser Stadt?

«Bist du wahnsinnig?», schnappte Fra Baldino nach Luft. «Ich habe dir doch nichts getan.»

«Du hast mich den ganzen Tag belauert; und nun belauerst du den Spanier. Meinst du, ich durchschaue deine Ränkespiele nicht?»

Fra Baldino schüttelte mehrmals energisch den Kopf. In einem andern Moment hätte er über den weibischen Mann lachen, ihn auch ohne sonderliche Anstrengung abschütteln können. Aber der Teufel hatte in den letzten zwei Jahren sein Werk offenbar fortgesetzt. Giò war nicht mehr nur im Geschlecht wirr, sondern auch in der Seele. Und wen der Teufel besaß, dem war bekanntlich nichts mehr heilig auf Erden.

Mit Hieben und Tritten versuchte Fra Baldino, sich aus der Umklammerung des Besessenen zu befreien, er riss ihn an den Haaren, zerkratzte ihm das Gesicht, bis Mazzi vor Schmerz aufjaulte und seinen Griff löste. Schon wähnte sich Fra Baldino frei, holte zu einem letzten Schlag aus, als Mazzi ein Messer aus den Falten seines Mantels zog und es ihm an die Kehle setzte.

«Halt, da! Ich spaße nicht.»

«Mein Gott, tu das nicht. Denk an deine Mutter.»

«Sprich endlich. Was willst du?»

Fra Baldino begann hilflos zu stottern. Nichts wolle er, vielmehr, nein, eigentlich wisse er gar nicht, was er wolle, er ... er ... doch, Gnade wolle er, nur das, und, ja, in seine Zelle zurückkehren dürfen, bitte.

«Ha, eine Klinge am Hals und schon kriechst du.»

«Ich bin doch ein … ein harmloser und friedfertiger Mensch.»

«Aber auch ein geldsüchtiger.»

«Nein, ich …»

«Ach, komm schon. Über deine kleinen Geschäfte mit Mutter weiß ich schon lange Bescheid. Aber jetzt witterst du das große Geschäft, nicht wahr?»

«Ich weiß nicht, wovon du redest.»

«Hältst du mich für dumm?»

«Ich schwör's, ich habe keine Ahnung.»

«Von dieser Handvoll Blättern rede ich.» Mazzi hatte mit seiner freien Hand die Papiere aus der Brusttasche gezogen und hielt sie ihm fuchtelnd unter die Nase. «Da, ja, schau sie dir nur genau an, ein zweites Mal bekommst du sie nicht zu sehen. Und mach dir auch ja keine Illusionen. Die Blätter gehören mir. Den Besitzer wechseln sie nur über meine Leiche. Sie sind Gold wert, diese Papiere. Meine Rettung, verstehst du?»

Fra Baldino spürte das Messer am Kehlkopf und wagte nicht zu nicken. Die kleinste Bewegung, und Mazzi würde ausrasten. Lieber warten, bis er sich beruhigte. Mazzi keuchte jetzt aber wie ein gehetztes Tier. Mit geweiteten Nasenflügeln und verzerrtem Mund stand er vor ihm, keine Handbreit entfernt, und blies ihm seinen Zwiebelatem ins Gesicht.

Wortlos starrten sie einander an, wie gelähmt vor Anspannung, der eine um sein Leben bangend, der andere, nicht minder verzweifelt, um den Traum seiner Rehabilitierung. Beide fühlten sich vom andern bedroht, aber Fra Baldino war es schließlich, der die Ähnlichkeit ihrer Lage erkannte und darin Grund zum Aufatmen fand. Es entfuhr ihn ein Wort der Versöhnung.

Das Glück war indessen nicht auf seiner Seite. In eben diesem Augenblick, als Mazzi sein anbiederndes Lächeln erkannte und empört zu einer Ohrfeige ausholen wollte, stiegen aus der Nebelsuppe die Stimmen der *Signori della Notte* wieder auf. Nicht zu orten – schon um die nächste Häuserecke oder noch auf der andern Seite des Kanals? –, doch diesmal eindeutig näher als zuvor, brachten sie Mazzi vollends aus der Fassung. Seine Hand glitt aus, und eh er sich versah, spritzte ihm etwas Warmes ins Gesicht, sackte der Mönch vor ihm in die Knie, zuckte ein paar Mal auf und kippte mit einem Röcheln, das Mazzi noch Monate in den Ohren bleiben sollte, kopfvoran aus der Mauer.

Zeit zu überlegen, blieb keine; Mazzi steckte das Messer ein, klemmte die Papiere unter den Arm und ertastete sich den Weg aus der Sackgasse, rannte, als er Wasser roch, einer undeutlichen Uferlinie entlang, weg vom Chor, der ihm plötzlich schallend und in allen denkbaren Tonlagen nachschrie: «Halt da», immer lauter schrie, bis er jäh in ein betroffenes «Um Gottes Willen» kulminierte und die folgende Stille, ein Stocken, als hielte ganz Venedig den Atem an, Mazzi die Maßlosigkeit seines Verbrechens erst richtig vor Augen führte.

Unterwegs

Erneut war er ein Flüchtender, diesmal mit Blut an den Händen! Mazzi wankte wie ein Schlafwandler durch die *calli*, über Müll und Schlamm stolpernd und, eng ums Herz wie ihm war, sich nach Weite sehnend und frischer Luft, zwei Dingen, die man in dieser Stadt vergeblich suchte. Aber ein paar Ausgänge bot sie, immerhin, und gegen Morgengrauen stieß Mazzi tatsächlich auf das Zollamt und die Salzmagazine von Dorsoduro, hinter denen das Meer die äußerste Spitze der Lagune leckte. Das Landstück wies gen Südwesten, wo jenseits des Wassers die Ahnung festen Bodens schimmerte.

Mazzi war noch nie so tief ins *sestiere* von Dorsoduro vorgedrungen; als einfacher Goldschmied hatte er es nie für nötig befunden, sich persönlich um die Zollformalitäten zu kümmern, die es zur Einfuhr seiner Materialien und umgekehrt zur Ausfuhr der fertigen Schmuckstücke bedurfte, und so hatte er nie mit eigenen Augen gesehen, nie auch nur geahnt, in welch verrücktes Zollfieber Venedig sich schon zu frühster Stunde hineinsteigerte. Nicht nur Salz wurde hier, an der Punta del Sale gehandelt, nicht nur Aal und Scholle, Lauch und Möhren wurden aus Booten gehievt, gewogen, bezollt und in Gondeln durch die Hauptschlagader der Stadt in die äußersten kapillaren Verästelungen befördert, sondern auch, woran es Venedig am wenigsten mangelte: Wasser. Acht Eimer Trinkwasser aus der Brenta für einen *soldo*, schnappte der Goldschmied auf, während er, von Lärm und Gestank überwältigt, nach einem Boot Ausschau hielt, das ihn nach Fusina übersetzen würde. Ein ganzer *soldo* für eine Ware, die einem durch die Finger rinnt! Welch ein Hohn.

Aber wo nur blieben die Boote? Mazzi schritt unruhig das Ufer ab, musste jedoch bald einsehen, dass die Stadt ihn so schnell nicht entlassen würde. Die Handelsgeschäfte hatten Vorrecht, und es gab derer an diesem Morgen viele. Er hatte zu warten, womöglich Stunden.

So ließ sich Mazzi auf eine Kratte fallen und harrte der Dinge. Er kämpfte gegen Schlaf und Verzweiflung, indem er den von Fischblut glitschigen Boden anstarrte und sich dabei einzureden versuchte, dass seine Flucht ihr Gutes hatte. War die Stadt, die er im Begriff war zu verlassen, nicht ein ekliges und ungesundes Pflaster, zudem verurteilt, früher oder später im eigenen Sumpf zu ersticken? Winkte drüben nicht eine bessere Welt? Eine Welt voll Gärten und Äckern, voll Wäldern, in denen er würde herumstreifen können, ohne dass Wasserläufe ihm Grenzen setzten?

Als Mazzi jedoch am späten Morgen auf einem Boot Platz fand und sich zwischen den Schultern der Mitpassagiere einen Keil freie Sicht auf die schwindenden Umrisse von Venedig sicherte, wallte die Melancholie wieder auf. Tränen der Reue und Ratlosigkeit flossen ihm über die Wangen, die ersten, seit er das Messer aus dem Leib des Franziskaners gezogen hatte. Eine unbedachte Bewegung, dachte er schaudernd zurück, und schon war ein Leben getilgt, ein anderes verpfuscht. Was nun?

In Fusina setzte der Goldschmied zum ersten Mal in seinem Leben den Fuß auf kontinentalen Boden. Er schien ihm kein bisschen fester als jener Venedigs und Zantes. Wo immer sein Blick fiel, glitzerte Wasser, schäumte, wogte oder sickerte es, ungewiss verlaufend, süßes mit salzigem vermengend. Und den Steg, über den er gehen musste, um den *burchiello* für die Weiterfahrt zu erreichen, trug ein Pfahlrost, morsch von der ätzenden Flut und umflort von den Muscheln, die sich an ihm festgesaugt hatten. Dem Wasser war auch hier, auf diesem Vorposten von Venetiens Stato da Tera nicht zu entrinnen.

Ebenso wenig schien ihm die Fahrt nach Padua, denn auf diese Stadt war seine Wahl während der nächtlichen Flucht gefallen, ein Eindringen in solideres Gelände. Beidseitig der Brenta wedelte ihm Schilf entgegen, schreckten Enten aus dem blubbernden Morast, schon nach wenigen Flügelschlägen sich im Nebel verlierend, der über der Ebene hing. Hin und wieder ragte das Dach einer Villa aus den schwebenden Schleiern, sah Mazzi hügelan einen von Marmorstatuen gesäumten Weg, doch dann folgte wieder lange Zeit die amphibische Ungewissheit, in der er aufgewachsen war, und schließlich, von Strà an, ein schnurgerades Pflügen durch Weiden und Brachland, von Wind gepeitscht, aber fürs Auge so abwechslungsarm, dass Mazzi nach einer Weile darob einnickte.

Er schlief nicht lange. Kaum, so schien ihm, waren in seinen Ohren die Ruderschläge und das Gemurmel der Passagiere verstummt, fühlte er sich von allen Seiten angerempelt und wild hin- und hergeworfen. Der Boden unter ihm begann zu schaukeln und ein betäubendes Palaver, das ihm so fremd vorkam wie jenes der Afrikaner, die im Hafen von Venedig manchmal von Bord stiegen, verwirrte ihn vollends.

Wo war er? Einen Augenblick lang fehlte ihm die Kraft, sich zwischen Traum und Erwachen zu entscheiden. Er glaubte, eine im Karnevalsrausch entfesselte Menge trüge ihn auf Händen zum Kanal und wolle ihn, den Nichtschwimmer, hineinkippen, um sich an seiner Panik zu ergötzen. Öffnete er ein Auge, sah er Gesichter, die über ihm grinsten, Männer, Weiber, auch ein hasenschartiges Kind, aber waren sie wirklich, diese Gesichter, oder doch nur Trugbilder? Und war er nun am Ertrinken oder schlug er bloß die Luft mit seinen Fäusten? Je heftiger er tobte, desto lauter lachten die Passagiere, und dies wiederum deutete er als ein Zeichen, dass es ein Alptraum war und er sich nur immer tiefer in ihn verstrickte.

Er schrie um Hilfe, und da erst, beim Laut der eigenen Stimme, fiel der letzte Traumrest von ihm ab und erkannte er endlich, wo er sich befand: Auf einem *burchiello*. Auf der Flucht. Und, ja, mitten im Alptraum, zu dem sein Leben geworden war.

Wie vom Blitz getroffen verstummte er und starrte die Schaulustigen an, die sich um ihn geschart hatten. Er hoffte noch immer auf das Wunder eines weiteren Erwachens, das auch das fatale Missgeschick der vergangenen Nacht ins Reich der Träume verbannen würde. Stattdessen zwängte sich aber nur ein ungeduldiges Weib aus den Rängen, umkrallte seinen Arm und zerrte ihn fauchend hoch: «Su, avanti, levati dai piedi! Mach Platz, sonst trampeln wir dich nieder.»

Mazzi war angekommen. So unangenehm ihn die Drohung der Matrone auch traf, die Gefälligkeit des kleinen Hafens, in den er eingelaufen war, ließ ihn sie vergessen. Vom Stadttor über die elegante Scalinata bis zum Wasser selbst, das weder stank noch trübe war, machte ihm Padua auf den ersten Blick einen einladenden Eindruck, der ihm wieder Mut einflößte. Hier schien sogar die Sonne, stellte er beim Aussteigen fest und freute sich, dass ihm nach der durchfrorenen Fahrt fast warm wurde, während er sich im Portello die Richtung zum Fleischerquartier erfragte.

Padua

Ein Kreis mit vier eingeschriebenen Quadraten, rund achtzig Meter im Durchmesser und von einer hoher Mauer vor Dieben und Schändern geschützt, das war seit drei Jahren die Oase tröstlichen Friedens des Studiosus Melchior Wieland, dem vor nicht so langer Zeit, als er noch von Kreta bis Palästina und von Ägypten bis Algerien das Mittelmeer umsegelte, die Welt nicht weit genug hatte sein können.

Damals hatte Fortuna ihre wildesten Launen an ihm ausgelebt; mit Hunger, Durst und Fieber hatte sie ihn an die Grenze des Erträglichen getrieben, bevor ihr zur Abwechslung einfiel, ihn Piraten in die Hände zu spielen und fern der Heimat in Verließen dahinsiechen zu lassen. Aber sie hatte auch Erbarmen mit dem Gebeutelten gehabt. Gerade als er sich hatte sterben lassen wollen, hatte sie ihn retten, genauer, loskaufen lassen und an den Ufern der Brenta mit einer außergewöhnlichen Liebe beglückt. Und als sein Retter und Geliebter starb, so unfassbar früh, hatte sie dem Trauernden schließlich den Weg geebnet, damit er sich auf Lebzeiten der Betreuung dieses kreisrunden, bereits weit über die Grenzen der venezianischen Republik berühmten Gartens widmen konnte.

Die Nachfolge des Botanikers Anguillara, der angeblich das Basilikumkraut nicht vom einfachen Salat hatte unterscheiden können, war, wie Melchior Wieland jeden Tag mit neuer Dankbarkeit feststellte, keine angemessene, aber doch eine weise Entschädigung für die Einsamkeit, die ihn so sehr bedrückte. Fortan skandierten nur noch Wachsen, Blühen und Welken seine Zeit.

Denn *Il Guilandino*, wie man den Preußen hierzulande nannte und wie er selbst seine Schriften und Schmähbriefe zu unterzeichnen pflegte, liebte es, zu jeder Tageszeit seinen *ortus cinctus* zu betreten und Kraut, Strauch und Baum darin zu begutachten. Deren Aufzucht gehörte zu seinen Aufgaben, und er erfüllte sie gewissenhaft. Die Begeisterung aber, mit der er hegte und pflegte, was innerhalb dieser Mauern grünte, überstieg die bloße Pflicht, ähnelte sogar, wie gewisse ihm wenig gesonnenen Herbalisten erkennen wollten, jenem Liebesfieber, das ihm der große Arzt Gabriele Falloppio eingepflanzt hatte.

Sie hatten nicht Unrecht. Wie der Preuße damals seinem Retter verfallen war, nämlich mit Haut und Haaren, so verfiel er bei Antritt seines Amtes als Vorsteher des botanischen Gartens dessen Insassin, der schönen Flora mit ihren stets wechselnden Gesichtern und Gewändern. Er lebte bald nur noch für sie, verlor sich in ihr, widmete ihr jede Stunde, jeden Gedanken. An die vierhundert Gewächse identifizierte er während seiner ersten Streifzüge durch die fünfeinhalb Morgen Land, und in den folgenden Jahren reifte in ihm der Ehrgeiz, sie alle in einem umfassenden Katalog aufzulisten und zu beschreiben. Letztlich wollte er nicht nur als Entdecker der Sonnenblume in die Geschichte eingehen, sondern auch und vor allem als Künstler in der Wissenschaft der systematischen Pflanzenordnung. Dies bedingte seine dauernde Präsenz im Garten.

Wieland bedurfte jedoch keiner Ausrede, um zu rechtfertigen, warum er bei Sonne oder Regen, im Frühling wie im Herbst, ja selbst nachts in seinem Hortus anzutreffen war. Er weilte dort, weil es der einzige Ort auf Erden war, in dem er seinen Liebesschmerz ertrug.

Der große Kreis war sein Himmel, und wenn er in dessen Mitte stand, wovon die vier Wege im rechten Winkel auseinanderstrebten, konnte er mit einer einzigen Drehung die vier Gartensegmente ins Auge nehmen, in einem einzigen Atemzug die Himmelsrichtungen überschauend und die Jahreszeiten durchlebend, vier alle beide, wie die Arme des Kreuzes, an dem der Erlöser gestorben war. Somit umfasste der Garten, sein Garten nunmehr, nicht weniger als das ganze Universum. Er zeigte ihm in klaren, beruhigenden Linien die Unendlichkeit, damit er sie ohne Wirrnis und Schwindel auf sich wirken lassen konnte. Wenn das keine Gnade war!

Ein anderer hätte mit den Jahren in den zyklischen Wiederholungen Grund gefunden, sein Amt zu vernachlässigen. Nicht Wieland. Die erste Knospe des Jahres flößte ihm jedes Mal dieselbe, nie geminderte Hoffnung ein, während das erste welke Blatt, das nach dem sengenden Sommer auf den Boden schaukelte, ihn auf die stillen dunklen Monate einstimmte, die seinem nordischen Gemüt entsprachen.

Dazwischen narrte ihn Flora mit hundert Masken und Aromen. Im ersten Beet war sie Angelika, die saftige und vor Lebenskraft strotzende, im nächsten Morpheus' heimliche Verbündete Valeriana, dann Myrrhe, Serpentaria, Artemisia und Scilla; auch Cinnamomum war sie, dessen duftende Borke ihn beim Vorbeispazieren mit einem Fernweh bewarf, das im Schutz der Gartenmauern den Beigeschmack von Fluchtgedanken erlangte. Jedenfalls fand Wieland stets Wunderns- und Bewundernswürdiges auf seinen Wegen, und ohne dass er es merkte, war ihm Flora zur eigentlichen Religion geworden, hatte er sich ihr bald enger verbunden gefühlt als irgendeinem seiner Mitmenschen.

Derer gab es außer den Studenten, die sich im Sommer zum Anschauungsunterricht für ein paar Stunden im Garten einfanden, ohnehin keine, mit denen er außerhalb der Gartenmauern freiwillig verkehrt hätte. Weder Andrea noch Gregorio, deren Fleiß ihn rührte, noch der blonde Adam, der aus ähnlich nebliger Gegend kam wie er selbst und sich überdies durch einen feinen Geist auszeichnete, duldete er an seiner Seite, wenn ihn nach dem Verriegeln des großen Tors die Trauer wieder überwältigte, dass es ihm schier Atem und Sprache verschlug.

Vielleicht zog Guilandino aus diesem Grund die Feder der Zunge vor. Tatsächlich waren seit dem Tod des Geliebten Briefe seine Nabelschnur zur Welt, und er blieb bei aller Abkehr vom Weltlichen stets achtsam, dass sie nicht riss. Von Padua bis Neapel und von Zürich bis Tübingen gab es kaum einen Pharmazisten oder Kräutersammler, mit dem der notorische Eigenbrötler sich nicht über Fragen der Botanik ausgetauscht hätte. Sein enzyklopädisches Wissen wurde geschätzt und in Ehren gehalten, aber auch Neid bekam der Mann zu spüren; und Hass.

***

Mazzi hatte Glück. Derjenige, in dessen Hände er sein Leben legen wollte, bog gerade von der Piazza delle Erbe in die Via delle Beccherie ein, als er selbst mehr zufällig auf sie stieß und sich anschickte, das Haus zu suchen, das man ihm als dasjenige des verstorbenen Falloppio beschrieben hatte. Unterwegs nach Padua hatte er sich ein größeres, dem ehemaligen Bewohner würdiges Anwesen ausgemalt, eine Villa, wie sie sich die Reichen und Berühmten neuerdings auf dem Land bauen ließen.

Das Quartier, in das er nach einem kurzen Rundgang gelangt war, belehrte ihn eines Besseren. Hier reihten sich *botteghe* an *botteghe* aneinander, in denen blutige Viehkeulen hingen und aus dampfenden Kesseln der Geruch gewürzter Kaldaunen die ohnehin pestilenzialische Luft erfüllte. Katzen und Köter streunten umher auf der Suche nach Knochen, nach Resten von Darm oder Knorpel und Krümeln geronnenen Blutes. In unmittelbarer Nähe des Marktplatzes wechselten sich, soweit das Auge reichte, Magazine mit Baracken ab, dazwischen zwängten sich ein paar Häuser, schmale Behausungen mit Balkonen, an denen keiner stand, weil es nichts zu sehen gab außer Dreck und Ungeziefer.

Mazzi beobachtete, wie Guilandino seinen Korb vor einem dieser schlichten Behausungen ablegte und den Schlüssel zückte. Er kniff die Augen zusammen, um aus der Distanz ein schärferes Bild zu gewinnen, und fand den Sonderling gealtert. Vier Jahre rechnete er bis zu ihrer letzten Begegnung zurück, lausige eineinhalbtausend Tage, die dem preußischen Hünen doch tatsächlich das ganze Fleisch von den Knochen genommen und das

Rückgrat gekrümmt hatten. Nicht mehr zu erkennen, Dottor Falloppios stolzer Geliebter, der damals, in der venezianischen *bottega*, Goldketten zwischen den Fingern hatte rieseln lassen, abwägend, welche gut genug für ihn sei, und ohne zu feilschen sich die schwerste umgelegt hatte unter Falloppios nachsichtig belustigtem Blick.

«Eh, Maestro Guilandino», rief Mazzi ihm über die Straße zu.

Der Botaniker hob kurz den Kopf, blickte durch ihn hindurch und steckte kopfschüttelnd den Schlüssel ins Schloss.

«Ihr kennt mich doch. Ich bin's, Girolamo Mazzi, Euer Goldschmied.» Mit diesen Worten überquerte Mazzi die Straße und stellte sich vor Guilandino, der nun nicht mehr umhin konnte, ihm ins Gesicht zu sehen und zu reagieren.

«Mazzi, fürwahr», war alles, was ihm nach flüchtiger Musterung über die Lippen kam, aber die Geste, mit der er die geöffnete Tür gegen die Mauer drückte, kam unmissverständlich einer Einladung gleich.

Mazzi ging dem Preußen voraus und betrat eine Kammer, wie er sie in seinem Leben noch nie gesehen hatte. «Um Gottes Willen, so viele Bücher!», entfuhr es ihm, wobei er selbst nicht so richtig wusste, ob er es vorwurfsvoll oder rühmend meinte.

***

«Vesal soll tot sein? Bist du sicher?»

«Wenn der Mensch am Strand von Zante der Unterzeichner dieser Blätter ist, dann ja.»

«Bevor ich diese nicht mit eigenen Augen gesehen habe, will ich es nicht glauben. Zeig mal her!»

Mazzi wich vor Wielands ausgestreckter Hand zurück und presste die Tasche fester an die Brust: «Ihr habt mein Wort: Der Brief stammt von einem gewissen Vesalius Bruxellens oder ähnlich, und er ist an den König von Spanien adressiert. So viel kann ich noch lesen. Das erste Blatt kann ich Euch fürs Erste anvertrauen, dann werdet Ihr Euch selbst vergewissern können, dass es stimmt.»

«Hm. Das will überhaupt nichts heißen. Dein Toter muss nicht der Arzt selbst gewesen sein. Vesal auf Zante, das kann ich mir kaum vorstellen.»

«Zante ist nicht der verlorene Posten, den Ihr Euch vielleicht vorstellt. Die Insel floriert, am Hafen fahren Schiffe aus dem ganzen Mittelmeer ein und aus, Araber, Afrikaner und Spanier bevölkern die Stadt. Das mag doch selbst Ärzte anlocken – mit der Pest, die immer wieder ausbricht, erst recht.»

Guilandino wackelte skeptisch mit dem Kopf. «Nein, das alles passt nicht zu Vesal. Er war kein Abenteurer. Wenn einer das Reisen vermied, dann er. Während seiner Anstellung an der hiesigen Universität reiste er höchstens nach Bologna, und auch das nicht immer gern und nur, wenn er gerufen wurde.»

«Trotzdem. Sein Brief ist doch Beweis genug.»

«Soviel ich weiß, ist Vesal nach seiner Abreise von Padua Kaiser Karl von Schlachtfeld zu Schlachtfeld gefolgt und hat sich nach dessen Tod als Philipps Hofarzt in Madrid niedergelassen. Ein ungemütlicher Posten, denk ich mal, mit all den spanischen Neidern, die nur darauf warten, dass ihm eine Fehldiagnose unterläuft, um ihn vom Hof zu entfernen.»

«Vielleicht ist er gerade deswegen aus Madrid weggereist.»

«Du meinst, er wurde vertrieben oder hielt es im spanischen Klima nicht mehr aus? Das alles ist Spekulation und erklärt noch lange nicht, warum du ihn ausgerechnet auf einem verlassenen Strand von Zante gefunden hast. Entweder war er mit dem Schiff unterwegs ins Morgenland oder kam von da wieder zurück. – Dies scheint mir jedoch höchst unwahrscheinlich. Womöglich war der Mensch, den du am Strand gefunden hast, nicht er selbst, sondern ein Bote. Beschreib ihn mir doch mal.»

«Dunkel wie ein Italiener. Elegant gekleidet, feines Gesicht. Ja, und einen üppigen Bart hatte er, und wenn ich mich richtig erinnere, krauses Haar.»

«Die Augen?»

«Schwarz und, wie soll ich sagen, kalt, ausdruckslos. Aber nicht, weil er im Sterben lag, er schien mir auch sonst sehr unnahbar.»

«Das könnte auf ihn zutreffen. Aber dann, warum Zante?»

Die beiden Männer hatten zu Käse, Wurst und Brot Wein getrunken, Wieland zwei Fingerbreit, Mazzi genug, um über die leeren Teller hinweg zu schwadronieren, dass er mit Vesals Brief unterwegs nach Madrid sei, um ihn dem spanischen König höchstpersönlich in die Hände zu legen. «Und wenn ich Glück habe, entlässt mich der König mit einem … nun, königlichen Gehalt.»

Wieland grinste. «Denk das ja nicht. Sein Geiz ist weltbekannt.»

«Mag sein. Aber je nachdem, was in diesem Brief steht, hat der König keine Wahl: Er wird zahlen müssen, um ihn zu lesen.»

Mazzis Angeberei klang hohl in der Gelehrtenstube, nicht nur weil von der Fertigkeit des Lesens die Rede war, die der Sprechende selbst nicht richtig beherrschte, sondern wegen der Maßlosigkeit seines Anspruchs, einen König am Gängelband zu führen. Wieland war peinlich berührt. Schweigen schien ihm die beste Antwort, und hätte die Talgkerze mehr Licht verbreitet, hätte er sehen können, wie dieses langsam das Blut in Mazzis Wangen trieb.

Eine Weile sagte keiner mehr ein Wort. Jeder lauschte dem prasselnden Oktoberregen und hing den eigenen Gedanken nach.

Briefe mussten geschrieben werden, erinnerte sich Wieland, Kränkendes an Mattioli, wie sonst konnte man den besserwisserischen Sienesen in seine Schranken weisen. Vor allem aber schuldete er dem guten Gessner in Zürich, dem das Wiederaufflackern des schwarzen Todes in der Heimatstadt Sorgen bereitete, eine Antwort. Er wollte ihm einen Besuch in Padua vorschlagen und Tage fruchtbaren Diskurses in Aussicht stellen, wenn er auch zweifelte, dass der Kollege sich um diese Jahreszeit aus seinem Studierzimmer würde locken lassen. Zwischen Mattioli und Gessner drängte sich Wieland immer wieder die Frage auf, warum Mazzi, der jetzt wie erloschen ins Glas stierte, für die Übersetzung seines angeblich so wertvollen Funds ausgerechnet zu ihm gereist war, wo doch der erstbeste Schreib- und Lesekundige in Venedig für ein paar *soldi* die Aufgabe hätte erledigen können. Der Goldschmied musste seine Gründe haben, womöglich solche, denen er als Gastgeber besser nicht auf den Grund ging.

Mazzi seinerseits hatte der Worttausch an den Strand von Porto Peloso zurückversetzt. Er kniete wieder neben dem Sterbenden und blickte in die unvergesslich dunklen Augen, die vielleicht schon sahen, wofür er selbst, noch ganz im Leben verankert, blind gewesen war: die Pforte des Paradieses, Engel und, wer weiß, sogar den leibhaftigen Herrn. Rückwirkend schauderte ihn bei der Vorstellung, dass ihn die Seele des Fremden im Augenblick des Entweichens gestreift haben musste. Einen Windstoß oder den letzten wärmenden Strahl der untergehenden Sonne auf der Wange hatte er vielleicht gespürt, niemals ahnend, dass ihn sekundenlang Göttliches berührt hatte.

Und das Wort, das ihm zugehaucht worden war, warum hatte er es nicht begriffen? *Niente, docente, ingente* oder Ähnliches hatte er zu hören geglaubt, doch keines dieser Wörter ergab, für sich allein genommen, Sinn. Am Ende war das unverstandene Wort gar die akustische Verkörperung der flüchtenden Seele gewesen.

«Was umklammerst du plötzlich so erschreckt deine Papiere? Von mir brauchst du nichts zu befürchten. Ich werde sie dir nicht stehlen.»

«Erschreckt, ich? Nein. Ich dachte nur an den armen Teufel am Strand. Was für ein seltsamer Tod! Warum musste ausgerechnet ich Zeuge seines letzten Atemzugs werden?»

«Du kannst auch umgekehrt fragen: Warum musste ausgerechnet er in deiner Anwesenheit sterben?»

«Ja, richtig. So habe ich die Dinge nicht betrachtet. Aber wie auch immer ich die Frage drehe, ich finde keine Antwort darauf. Mit Gelehrten wie ihm habe ich doch nie was am Hut gehabt.»

«Du meinst wohl nicht im ernst, dass es darauf eine Antwort gibt? Du, ein anderer oder keiner: Entscheidend ist der Tod, der Rest ist Zufall, weiter nichts.»

«Den Zufall gibt es nicht. Diese Begegnung war schicksalsbedingt. Und zwar meine ich nicht nur das Schicksal dieses Vesels oder wie er hieß, sondern auch das meine.»

«Zufall ist Bestandteil des Schicksals. Am besten, du misst der Sache nicht zu viel Bedeutung zu.»

«Ihr habt gut reden. Ihr wart ja nicht in Zante. Je mehr ich darüber nachdenke, desto sicherer bin ich, dass diese Begegnung einen tieferen Grund hatte.»

Wieland zuckte mit den Schultern und begann, die Teller wegzuräumen. «Unsinn. – Aber wenn du schon so großspurig von Schicksal sprichst, zeige ich dir morgen, wo Vesal gelehrt hat. So weißt du wenigstens, wessen Wege sich in Zante mit den deinen gekreuzt haben.»

«Habt Ihr ihn persönlich gekannt?»

«Natürlich. Padua ist ein kleiner Ort. Unter Medizinern und Botanikern kennt man sich.»

«Warum habt Ihr es mir nicht gleich gesagt?»

«Ist es wichtig?»

«Aber ja doch! Erzählt mir von ihm. Alles, was Ihr wisst.»

«Das muss warten. Es ist spät, und ich will heuer noch Briefe schreiben.»

Als Guilandino seine Korrespondenz erledigt und das erste Blatt von Vesals Brief gelesen hatte – kaum mehr als die Anrede an einen König, der selbst sich wegen seiner notorischen Lese- und Schreibwut den Spitznamen *el rey papelero*, der Papierkönig, zugezogen hatte, schlich er neben Mazzi unter die Decke und wusste sogleich: Der Goldschmied konnte hier nicht bleiben. Sein Pneuma erfüllte die Kammer mit einer ihm fremden Kadenz, die ihm ganz und gar zuwider war. Der Gast schnappte, so schien ihm, nur immer häppchenweise nach Luft und hauchte kaum welche aus, um gleich wieder neue ein-atmen zu können. Allein vom Horchen bekam der Preuße Atemnot. Er begann tief Luft zu holen, für sich und ge-wissermaßen auch an Mazzis statt, die Augen offen an die Decke geheftet aus Angst, ihrer beider Atmung im Schlaf zu vernachlässigen.

Schlimmer aber fand Guilandino die Wärme von Mazzis Körper. Sie erinnerte ihn an jene, die vor drei Jah-ren aus Gabriele gewichen war. Streckte er die Hand aus, stieß er auf eine glühende Schulter, und dreht sich Mazzi ihm zu, spürte er dessen vom Wein erhitztes Gesicht an seinem Arm.

Beides ließ ihn vor Abscheu erstarren. Zu nah, zu roh, zu schmutzig: nicht anders als in jenem algerischen Ver-ließ, in dem ihn die Ausdünstungen der neben, ja, fast auf ihm liegenden Mitinsassen schier um den Verstand gebracht hatten. Die Episode hatte er vergessen geglaubt, aber siehe da; lebendig und schrecklich wie dazumal traten die Bilder aus dem Nebel der Jahre hervor, von einem selig Schlafenden hergezaubert, den er kaum kannte. Was für eine Niederlage. Als hätten diese Bilder in all den Jahren doch nur auf die erstbeste Gelegenheit gewartet, ihn wieder anzuspringen und zu peinigen. Musste er sich diese Tortur gefallen lassen?

Leise stand er wieder auf und huschte auf Zehenspitzen zurück ins Arbeitszimmer; die Tinte auf den Briefblättern war trocken, darunter lugte ein leeres Blatt hervor, das er nun hervorzog und mit der Faust glattstrich. Dann zündete er die Talgkerze an und tauchte beherzt den Federkiel ins Fass. Ja, dachte er, während er über die geeignete Anrede sinnierte: Herbster ist mein Mann, er wird wohl wissen, was zu tun ist, auf ihn ist Verlass.

Guilandino tat kein Auge zu in dieser Nacht, aber auch Mazzi schlief mitnichten so selig wie es den Anschein hatte. Als ahnte er, was im Kopf seines Bettgenossen vorging, fühlte er sich vage unerwünscht, ein Eindringling in diesem Haus, in dem der Wissenschaft und Trauer mit so großer Inbrunst gefrönt wurde, dass kein Platz mehr blieb außer für Bücher und Kräuter, die so trocken waren wie Guilandino selbst.

«Haus und Herz meines Gastgebers sind mir zu kalt», kam Mazzi gegen Morgengrauen zum Schluss: «Keine Nacht länger als nötig soll es mich in dieser klammen Gruft halten.»

Wie treffend er seine Lage eingeschätzt hatte, wurde ihm erst bei Tageslicht so richtig klar. Der Preuße, entdeckte er nun, hatte sein Haus tatsächlich in ein Mausoleum für den verstorbenen Geliebten verwandelt. Gabriele Falloppios Bild, ein dunkles, wenig gefälliges Porträt, schimmerte, einem Altarbild gleich, aus der Nische des Korridors hervor, in Gold gerahmt über einem Tisch, auf dem seine Werke zu wohl kalkuliertem Effekt ausgelegt waren.

«Gabrieles anatomische Beobachtungen», erklärte Guilandino beim Vorbeigehen. «Nicht zum Anfassen, nur zum Schauen. – Dein Vesal hat sie übrigens eingesehen und in großen Zügen gutgeheißen.»

«Mein Vesal? Ha, der Kerl ist mir doch so gleichgültig wie … na, wie das Frauenzimmer da draußen, das gerade über die Gasse zuckelt.»

«Sein Tod ist dir aber unter die Haut gegangen, und von seinem Brief erwartest du Wunder. So gleichgültig kann der Mann dir nicht sein.»

«Der Brief, Guilandino: Seit Stunden warte ich darauf, dass Ihr mir sagt, was auf die Anrede folgt. Dann erst werde ich Euch weitere Blätter aushändigen.»

Guilandino beliebte, die Ungeduld in Mazzis Tonfall zu überhören. Ächzend bückte er sich, um die Schemel unter dem Küchentisch hervorzuziehen, und bat Mazzi Platz zu nehmen.

«Und?»

«Alles zu seiner Zeit. Erst wird gefrühstückt, dann muss ich zur Universität, und du kommst mit.»

«Ich, zur Universität? Das fehlt noch. Ich weiß schon genug, lernen will ich nichts mehr.»

Guilandino hob eine Augenbraue. «So, so, du weißt schon genug.»

«Ja, ich kann ziselieren, gravieren, granulieren, punzieren, fili-»

«Halt, das bezweifelt keiner. – Brot, Grütze, etwas Milch?»

«Brot, bitte. Und Milch. – Aber dieser Brief, Guilandino, rückt schon mit der Sprache heraus, Euer Schweigen macht mich ganz kribbelig.»

«Zuerst die Universität!»

«Ihr wollt mich auf die Folter spannen.»

«Unsinn. Ich habe das Blatt vor dem Zubettgehen sorgfältig geprüft und denke, dass du erst die Aula besuchen musst, um zu verstehen, was-»

Mazzis Augen begannen zu funkeln. «Ihr meint also auch, dass es sich um ein brisantes Dokument handelt?»

Guilandino blinzelte verschmitzt. «Durchaus. Und eben aus diesem Grund bestehe ich darauf, dass du zuerst den Ort kennenlernst, in dem Vesal gewirkt hat. – Oh, nicht nur er. Auch Gabriele, Colombo, heuer Fabrizio und vor ihnen so viele andere, die ihr Leben in den Dienst der wissenschaftlichen Forschung gestellt haben, sind dort ein und aus gegangen. Die Wichtigkeit ihrer Errungenschaften mag dir entgehen, aber glaube mir: Sie ist immens.»

Guilandino verkniff es sich nicht, beim Sprechen Verachtung in seine Worte zu legen; auf der letzten Silbe zu verweilen genügte, um sie Mazzi spüren zu lassen. Nach einer Pause ließ er das Wort ein zweites Mal fallen, schrie es diesmal fast und kostete das Säuseln des Schlusskonso-

nanten so lang wie möglich aus, als klebte der letzte Tropfen eines berauschenden Likörs an seinen Lippen, den es
sparsam zu genießen galt. Mazzi erschrak über die Vehe-
menz des sonst so besonnenen Preußen. Wollte dieser
etwa das ganze Wissen der Welt mit einem Laut benen-
nen und ihn, den Ungebildeten, zu seinem eigenen Ver-
gnügen hilflos darin zappeln sehen wie in einem Ozean?
Was war das für ein Mensch, dem er sich da ausgeliefert
hatte? Einer etwa, dem die Trauer auf die Galle geschlagen hatte?

Endlich verstummte Guilandino. Das Schweigen aber,
das den unerträglichen Summton verschluckte, verstörte
Mazzi nur noch mehr. Für den Bruchteil einer Sekunde
sah er, ja, sah mit eigenen Augen die Ignoranz, mit der
er bis zum heutigen Tag durchs Leben gegangen war. Sie
schien ihm bodenlos. Von diesen Tiefen spähte er erstmals
zum fernen Reich der Zahlen und Sterne hoch und ver-
hedderte sich doch nur in den Schleiern, in die sich das
Göttliche hüllt.

Immennns! Wenn es auch ausgeklungen war, das
gewichtige Wort, es hallte in Mazzi nach und schärfte
seinen Blick, dass er glaubte, die Erdkruste damit spalten
und bis in den inneren Kern vorstoßen zu können, bevor – nein, nicht bevor, denn all dies geschah in einer
verrückten Gleichzeitigkeit – während also der Staub auf
den Flügeln der Schmetterlinge und die Adern auf den
Blättern der Bäume in klarer Schrift aufleuchteten, wunderbar und doch wie jene in den heiligen Büchern der
Araber, der Juden und Christen nur Zeichen, die er nicht
entziffern konnte.

Mazzi hob den Kopf und musterte seinen Gastgeber mit unverhohlener Empörung. Da hatte der Preuße tatsächlich mit einem einzigen Wort das Buch der Schöpfung vor seiner Nase aufgeklappt, bloß um ihm den Spiegel seiner Unwissenheit vorzuhalten und anzudeuten, dass sie so immens – immennnns! – wie die Leistungen der Universitätsgelehrten sei. Was ließ er sich diese Demütigung gefallen? War das Wissen, das in den Kräutern und Schriften steckte, seiner handwerklichen Fertigkeit denn so überlegen?

Mazzi wollte schon aufbrausen, als Guilandino ihm schmunzelnd eine zweite Brotscheibe überreichte und sagte: «Komm doch mit und lass dich überraschen. Du wirst es nicht bereuen.»

***

Ohne einen Blick in die Buden zu werfen, in denen Tiere zerlegt und verhackt und zu Wurst verarbeitet wurden, folgte Mazzi seinem Gastgeber durch das Fleischerquartier zum Palazzo Bò. Der Regen hatte aufgehört. Zwischen Wolkenrissen beschien die Sonne stinkende Lachen, auf denen Hühnerfedern wie Schiffchen schaukelten, und schwarz umschwärmte Knochen und Häute badeten, um die sich Katzen und Bettler stritten.

Die Fäulnis, eine stechendere als die venezianische, verfolgte Mazzi bis vor die Tore der Universität. Zweimal musste er sich übergeben, und jedes Mal meinte er auf Guilandinos Gesicht ein schadenfreudiges Grinsen zu erhaschen, das ihm seine Laune nur noch mehr verdarb.

«Was soll dieser Gang durch höllische Jauche? Statt mich zu überraschen, habt Ihr mich krank gemacht.»

«Konnte ich wissen, dass du so empfindlich bist? Lass uns eintreten, drinnen atmet es sich leichter.»

Guilandino führte Mazzi durch einen von Säulen umfassten Hof, treppauf und treppab in Zimmer, in denen es nur so von Studenten wimmelte. Viele grüßten den Gelehrten und wollten ihn zwischen Tür und Angel wegen eines Krautes konsultieren, er aber fertigte sie alle mit einem wirschen *cras loquimus!*» ab und zerrte Mazzi weiter. Keine Zeit, die jungen Burschen einzeln zu mustern, sich an der porzellanzarten Haut des einen und den rabenschwarzen Locken des andern zu erfreuen, leider; Guilandino hatte Eile und duldete, plötzlich wie vom Fieber gepackt, keine Muße.

Vor einer hohen Holztür angelangt, machte er Halt, zückte seinen Geldbeutel und drückte zwei Kerlen, die beidseitig Wache standen, je eine Münze in die Hand. Ein Augenzwinkern, ein flüchtiger Blick auf Mazzi, der nichts von den geheimen Verhandlungen verstand, und schon öffnete sich ihnen die Tür; einen Spaltbreit nur.

«Bis gleich», hörte Mazzi den Preußen noch sagen, dann fühlte er, wie zwei Hände ihn bei der Schulter packten und unsanft durch den Spalt stießen, der sich gleich wieder schloss.

Eingesperrt! Der Inquisition in die Hände gespielt! Was für ein Idiot er doch gewesen war, seinem Gastgeber zu trauen. Klar doch, Guilandino hatte es auf Vesals Brief abgesehen; nicht zur Universität hatte er ihn geführt, sondern schnurstracks ins Gefängnis. Und er, arglos und vielleicht auch betäubt von den Geruchsschwaden des Quartiers, war ihm wie ein folgsamer Hund nachgelaufen.

Aber halt! Er war ja gar nicht in einem dunklen Verließ gelandet, hoch über ihm wölbte sich ein Kreuzgerippe, durch ein Fenster drang Licht, und die Mappe, die kostbaren Papiere, er hatte sie bei sich, da, unter dem Mantel waren sie, er spürte sie an seiner Brust, fast warm. Nie und nimmer wollte er sie mehr aus der Hand geben; wer sie sich schnappen wollte, würde es mit ihm aufnehmen müssen.

Jetzt erst merkte er, dass er nicht allein war. Ein Schwarzgewandeter mit Spitzbart salbaderte am Ende des Saals von einem Podest aus, während sich junge Männer, Studenten wahrscheinlich, im Kreis über einen Tisch beugten und ihrerseits wirr durcheinander redeten, als befänden sie sich auf dem Jahrmarkt. Einer schrieb.

Mazzi trat näher, um einen Blick auf den Tisch zu erhaschen, der für so viel Aufregung sorgte. Niemand schenkte ihm Beachtung, man hielt ihn wohl für einen spät Hinzugestoßenen, und es hörte auch keiner den krächzenden Laut, den er ausstieß, als die Sicht zwischen den Schultern zweier Studenten plötzlich frei wurde. Mazzi riss die Augen auf und konnte doch nicht fassen, was er vor sich liegen sah, ziemlich genau dasselbe nämlich, wovor er sich, im Schlepptau von Guilandino durch die Gassen wandelnd, so sehr geekelt hatte: Blut, Knochen, quellendes Gedärm, kurzum: Aas, das zum Himmel stank. Es konnte nicht sein, der Teufel wollte ihn narren, gewiss. Es sei denn – und nach einem tiefen Atemzug musste Mazzi einsehen, dass dem so war –, das Schicksal wollte es, dass er an diesem einzigen Morgen mehr Kadaver zu sehen bekommen sollte als in seinem ganzen Leben zuvor.

Und nun, wie er die Augen vom grausigen Spektakel abwenden wollte – erfolglos, denn die Neugierde überwog –, fiel ihm ein, dass er seit Zante, genauer, seit der Begegnung mit dem moribunden Vesal, den Tod an den Fersen hatte wie Dreck an den Schuhen. Etwas ging nicht mit richtigen Dingen zu!

Da lag doch tatsächlich ein nackter Mann auf dem Schragen, von Glied bis Hals aufgeschlitzt wie ein geschlachtetes Viehstück, seine Innereien nur noch eine eitrige Blut- und Schleimbrühe, die langsam zwischen den zersägten Rippen auf den Boden rann. Dieser Mensch, oder was von ihm noch als menschlich erkennbar war, mochte sechzehn, siebzehn Jahre alt geworden sein. Halb so alt wie ich, rechnete Mazzi. Arme und Beine, vom Skalpell verschont, hatten noch die elfenbeinerne Glätte der Jugend und die blonden, an der Schläfe verklebten Haare jenen warmen Glanz, der mit der Kindheit einhergeht. Aber sonst – welch Abscheu erregende Zerstümmelung! Und erst die Dämpfe, die dem Leichnam entwichen – nicht zum Aushalten.

Mazzi wankte mit zugehaltener Nase zurück und lehnte sich gegen die Tür, wütend, dass Guilandino ihn angelogen hatte. Von wegen Universität! Von wegen wissenschaftlichen Errungenschaften! Hier betrieb man keine Wissenschaft sondern diabolische Leichenschänderei, und die wurde bekanntlich, wie Mord und Sodomie, von der Inquisition aufs Strengste bestraft. Er konnte, durfte sich nicht auch noch dieses Vergehens schuldig machen.

Er drückte die Türklinke, ohne Erfolg. Zwei-, dreimal klopfte er und bat, man möge ihn herauslassen, es müsse sich um einen Irrtum handeln, bitte, er sei Goldschmied, stamme nicht einmal aus Padua, «bitte, macht auf», – aber nichts geschah. Das erlösende Klirren von Schlüsseln blieb aus, und der Schwarzgewandete salbaderte unbeirrt weiter. Allerdings war seine Stimme lauter geworden, vielleicht um das Gejohle und Geschubse zu übertönen, das eben unter den Studenten ausgebrochen war.

«Facite silentium!» brüllte die Autorität schließlich vom Podest aus. «Explicator noster chirurgiae excellens Vesalius dixit ad oculosque demonstravit …»

Die Studenten zuckten zusammen und erstarrten in ihren Posen. Auch Mazzi. Wieder Vesal! Seit Tagen und Wochen immer dieser Name, Wink des Schicksals, das ihn an einen Toten binden wollte, wo ihm doch nur an dessen Brief lag.

Unwillkürlich tastete Mazzi die Mappe unter seinem Mantel ab und spürte, wie ihm dabei ein berauschendes Gefühl der Euphorie in den Kopf stieg. Ihr da, dachte er und musterte zum ersten Mal die einzelnen Gestalten und Gesichter genauer, die ihn umgaben, Ihr Studenten und Lehrer mögt tausend Mal mehr Dinge wissen als ich, aber eines weiß ich, was Ihr nicht im Traume ahnen könnt: Dieser Vesal, den ihr so sehr zu verehren scheint, ist tot, am Strand von Zante verreckt wie ein Tier, und das Schicksal hat mir, Girolamo Mazzi, Juwelier von Rialto, einen Brief von ihm in die Hände gespielt, jawohl, meine Herrschaften, ein Dokument aus seiner Feder; gelangt es erst an die Öffentlichkeit, wird es ganz Europa verändern, wird Kriege auslösen oder Frieden stiften. Ich, den Ihr vor Euch habt und von dem Ihr so wenig zu halten scheint, ich bin Vesals auserwählter Bote; der Lauf der Geschichte liegt in meiner Hand.

So ungefähr lauteten – unerhört – Mazzis Gedanken, während rund um ihn alles noch stumm eines konzilianten Wortes von oben harrte. Es kam lange nicht, und Mazzi hatte alle Zeit der Welt, in Bildern von Schlachtfeldern und heiklen diplomatischen Verhandlungen zu schwelgen, Brokat und Samt auf der Haut zu fühlen, während er an erlesener Tafel saß und den Botschaftern aus Ost und West erzählte, welch wundersamer Fügung er seine Rolle verdankte.

Noch war er aber nicht in Spanien, und statt an der Königstafel vor Kristallkaraffen und Porzellan zu sitzen, stand er vor einem zermarterten Leichnam auf blutverschmiertem Tisch. Wieder überkam ihn Übelkeit, aber es gab nichts mehr auszustoßen, nur ein Speichelfaden hing ihm mehr von den Lippen.

Indessen hatte man im Saal wieder zu tuscheln angefangen. Der Schwarzgewandete musste mehrmals donnernd um Gehör bitten, bevor er mit seinen Auslegungen fortfahren konnte. Sie galten einem Organ im Bauch des Toten, das von allerlei Bändern und Strängen überzogen in gärenden Säften badete.

Der Student, der bis vor kurzem noch im Abseits Blätter vollgeschrieben hatte, trat nun zum Leichnam und fing an, mit einem Stift darin herumzustochern. Er tat es ohne Fingerspitzengefühl, stach Löcher ins Fleisch, während ein Buckliger neben ihm eine Tafel in die Höhe hielt und die Studenten aufforderte, die Abbildung mit dem Fleischklumpen zu vergleichen, den sie vor Augen hatten. Die Ähnlichkeit schien Mazzi lachhaft. Auf der Tafel entfaltete sich eine Art fünfblättrige Blume mit feinsten Wurzelverästelungen, während das wirkliche Stück Fleisch an mehreren Stellen wie eine offene Wunde auseinanderklaffte, ansonsten aber jeglicher beschreibenswerten Form entbehrte.

«Fünf Lappen, seht doch», sagte ein Student, der vor Eifer sein Latein vergaß und stattdessen in piemontesischem Akzent auf seine Kommilitonen einredete. «Die Leber hat fünf Lappen, das wusste Vesalius und vor ihm schon Galen. Die beiden irren nicht.»

Manche schüttelten den Kopf und zeigten auf den Leichnam. «Und wo sind hier die fünf Lappen? Wir sehen sie nicht. Die Tafel hat Unrecht.»

Und so ging es unter den Studenten hin und her, bald auf Latein, bald in Sprachen, die Mazzi aus Venedig noch im Ohr hatte, aber kaum verstand: Französisch, Englisch, Deutsch und Spanisch und anderen Idiomen, deren Klang und Herkunft ihm ein Rätsel waren. Man konnte sich nicht einigen, stritt, zog Mazzi mit in die Debatte, zwang ihn zur Stellungnahme und merkte nicht, dass der Fremde, der nun zunehmend ins Schwitzen kam, nichts, rein gar nichts über die Frage der Anzahl von Leberlappen beizusteuern hatte.

Die anatomischen Ausführungen dauerten bis in den späten Nachmittag hinein. Von der Leber ging man über zur Milz, und von der Milz zum Herz. Und immer verliefen die Debatten nach demselben Muster, immer gab Mazzi, wenn befragt, dieselben ausweichenden Antworten.

Guilandino, der den Tag damit zugebracht hatte, in seinem Garten Gesträuch zurückzustutzen und Samen aus verdorrten Blumen zu sammeln, hatte gute Laune. Unterwegs zum Ortus, nachdem ihm der Streich gelungen war, Mazzi in die Leichensektion zu schleusen, war er am Ende der Loggia vom Bologneser Kollegen Aldrovandi abgefangen worden: Es gebe Neuigkeiten aus Bologna, beileibe nicht Erfreuliches.

«Die Bürger sind am Verzweifeln, Melchiorre. Seit Pensabene mit dem Inquisitor Balducci unter einer Decke steckt, entwickelt er sich zum wahren Bluthund. Vor drei Wochen hat der Kanonikus erneut Menschen unter fadenscheinigen Anschuldigungen auf dem Scheiterhaufen verbrennen lassen. Der Prozess war eine reine Farce. Mir macht diese Entwicklung Angst. Bald werden wir nicht mehr publizieren können, ohne Hausdurchsuchungen befürchten zu müssen.»

«Wer hat denn diesmal dran glauben müssen?»

«Irgend ein Kerl aus Udine, und Panzacchi. Ersterer war mir unbekannt, aber im Fall von Panzacchi, einem harmlosen Schelm, ist klar, dass die Inquisition viel zu rigoros durchgegriffen hat. Der arme Teufel hat, ja, gelegentlich kirchenkritische Bücher vertrieben, aber ich könnte schwören, dass er keines davon selbst gelesen hat. Je mehr ich darüber nachdenke, desto überzeugter bin ich, dass ihm nicht so sehr seine Gesinnung als vielmehr die Bekanntschaft mit Mancavacca zum Verhängnis wurde. Sollte ich recht haben, muss man sich ernstlich sorgen: Wo führt das hin, wenn man nicht einmal der eigenen Ideen wegen um sein Leben bangen muss, sondern nur schon, wenn Bekannte welche haben, die der Inquisition verdächtig sind?»

«Mancavacca … Mancavacca … der Name sagt mir nichts.»

«Ach, das war irgend ein Barbier aus Modena, der in unsere Stadt geflüchtet war, weil er sich bei uns sicherer wähnte. Ein Irrtum, wie er bald merken musste. Balducci und Pensabene haben ihn letztes Jahr hingerichtet, weil er die Messe als Kircheninstitution in Frage stellte. Die Predigt ließ er gelten, notabene, einzig der Ablauf der Messe war ihm suspekt. Ist das ein Grund, um sein Leben zu verlieren, ich frage Euch? Und so geht es seither weiter; es wird von Tag zu Tag schlimmer.»

«In Padua ergeht es uns nicht viel besser. Wer nicht in Schwierigkeiten geraten will, behält seine Ideen für sich und gibt Acht, nirgends aufzufallen. Insofern würde ich Euch auch hier zum Schweigen raten. – Doch mit Verlaub was ganz anderes, Ulisse; schon lange wollte ich Euch fragen, wie es mit Eurem Medizinalgarten steht? Im letzten Brief habt Ihr nichts darüber geschrieben. Wie weit ist er gediehen?»

«Schon recht weit. Wenn alles nach Plan geht, sollte er bereits nächstes Jahr seine Tore öffnen. Noch fehlen ein paar Unterschriften, bevor die Sache unter Dach und Fach ist, aber ich bin zuversichtlich. Bologna und ihre

Universität werden auf den Garten stolz sein dürfen. Glaubt mir, er wird dem Eurigen in nichts nachstehen, Melchiorre, dafür werde ich höchstpersönlich sorgen.»

Wieland lächelte. Er lud den Kollegen ein, ihn in seinen Ortus zu begleiten und berichtete seinerseits nicht ohne Stolz, dass ihm diesen Sommer das Heranzüchten einer Sonnenblume von dreizehn Armlängen Höhe gelungen sei. «Stellt Euch vor, dreizehn Armlängen! Was für eine Prachtspflanze! Wärt Ihr etwas früher zu Besuch gekommen, hätte ich sie Euch zeigen können.»

«Vielleicht könntet Ihr Bologna ein paar Samen davon schenken; eine solch spektakuläre Blume wäre ein gutes Omen für die Gründung unseres Gartens.»

«In der Tat. Gern werde ich Euch welche schicken. Nicht so sehr wegen des Ruhmes Eures Gartens, von dem ich ja zu befürchten hätte, dass er den meinigen in den Schatten stellt, sondern wegen der Stadt. Bologna ... ach. Ihr wisst wohl nicht, dass Bologna damals Gabriele einen Lehrstuhl angeboten hatte. Leider zu spät. Gabriele starb, bevor er den Lehrstuhl annehmen konnte, und so sind wir nie nach Bologna gezogen. Aber der Stadt räume ich seither einen besonderen Platz in meinem Herzen ein. Noch vor Padua hatte sie Gabrieles Genialität erkannt. Dafür werde ich ihr auf ewig dankbar sein. Sei's also, Ihr werdet die Samen mit dem nächsten Kurier erhalten.»

Aldrovandi bedankte sich überschwänglich, doch schlug er den Gartenbesuch im selben Atemzug ab. Er schätzte den Kollegen zwar als vortrefflichen Korrespondenten, vielleicht als den besten südlich der Alpen. In der Gegenwart des Menschen selbst jedoch, der zwischen

Ernst und zynischem Übermut kaum feinere Gemüts-
nuancen zu kennen und sich in seiner maßlosen Trauer
geradezu zu suhlen schien, war ihm nicht wohl. «Die
Zeit, Melchiorre, sie fliegt mir davon. Ich müsste schon
längst wieder auf dem Nachhauseweg sein. Die Kutsche
wartet wahrscheinlich schon vor dem Hauptportal des
Santo.»

«Schade, schade. Aber bevor wir Abschied nehmen,
Ulisse, noch eine letzte Frage: Habt Ihr Neuigkeiten von
unserem Kollegen Vesal?»

«Vesal? Nein, warum? Sollte ich?»

«Auch nicht indirekt, vom Hörensagen?»

«Nein. Seit er von Italien abgereist ist, hört man in
Bologna nichts mehr über ihn. Wir lehren die Anatomie
nach ihm, aber bitte, welche Universität, die etwas auf sich
hält, tut es heuer nicht? Warum die Frage?»

«Mir ist kürzlich zu Ohren gekommen, dass Vesal tot
sei. Doch meine Quelle ist … sagen wir es mal so: nicht
unbedingt die verlässlichste.»

«Vesal soll tot sein? Das wäre mir neu. Jedenfalls ist
die Kunde noch nicht bis nach Bologna gedrungen. Wir
nehmen alle an, er lebe an Philipps Hof.»

«Genau das dachte ich ja auch. Aber was ich vernommen habe, könnte wahr sein.»

«Nun, ich kann nicht sagen, dass ich dem Mann nach-
trauern würde. So richtig warm bin ich ihm gegenüber
nie geworden. Aber für die Wissenschaft wäre es ein rie-
siger Verlust.»

«Meint Ihr nicht, dass die Wissenschaft ihn längst verloren hat? Seit er die spanischen Schwächlinge in Madrid

kuriert, ist er keinen Forschungsschritt weitergegangen. Er hat vor seinem Tod noch eine wissenschaftliche Antwort auf Gabrieles *Anatomische Beobachtungen* publiziert, ein gescheites Schriftstück fürwahr, doch seither – immerhin sind es drei Jahre – mischt er sich in keine wissenschaftliche Diskussion mehr. Insofern kann es der Welt einerlei sein, ob er noch lebt oder nicht. Ich aber wäre – im Gegensatz zu Euch – sehr traurig über diesen Tod.»

«Verstehe. Er war Gabriele zugetan.»

«Ja, trotz Meinungsverschiedenheiten und Altersunterschied mochten die beiden einander. Gabriele pflegte zu sagen ‹Weißt du, Guilandino, Andrea und ich, wir haben einander immer hoch geschätzt; wenn wir gelegentlich auch unsere wissenschaftlichen Dispute öffentlich austragen, so ziehen wir doch eigentlich am selben Strick. Ein weiser Mann, dieser Flame, wahrscheinlich der weiseste von uns allen.›»

«Das ist eine sehr großzügige Einschätzung, sie macht Gabriele alle Ehre.»

«Armer, armer Gabriele. Er betrachtete Vesal ein bisschen wie seinen Meister. In den letzten Wochen bläute er mir immer wieder ein, ich solle mich nach seinem Tod für ihn einsetzen. ‹Wenn ich nicht mehr da bin›, sagte er, ‹ich meine, wenn mein Lehrstuhl wieder neu zu besetzen ist, versprich mir, dass du dich im Kollegium für Vesals Rückkehr nach Padua stark machst. Er gehört an die Universität und sollte der Wissenschaft dienen, nicht den Königen.›»

«Vesal hat aber meines Wissens nie Anstalten gemacht, nach Padua zurückkehren zu wollen.»

«Nein, direkt nicht. Aber mit seiner wissenschaftlichen Antwort auf Gabrieles *Observationes* hat er sich den hiesigen Medizinern durchaus wieder in Erinnerung gerufen. Das könnte ein gut kalkulierter Schachzug gewesen sein. Siebzig Florin Gehalt im Jahr, bedenkt, das ist nicht wenig. Auch war Vesal im Frühling in Venedig, ich weiß es von Contarini. Ich bin sicher, dass er die Rückkehr nach Padua wenn nicht eingefädelt so zumindest ins Auge gefasst hat.»

«Dann wisst Ihr mehr als ich. Ich werde mich in Bologna umhören, und falls Ihr Eurerseits mehr erfährt, lasst es mich wissen. Europa ohne Vesal wäre wahrlich ein ärmeres Pflaster.»

In keinem Moment während des Gesprächs war Guilandino in Versuchung geraten, Mazzis Schriftstück zu erwähnen. Das Schicksal hatte es ihm, ihm und keinem anderen, durch einen Ignoramus in die Hände gespielt, und er wollte sich dieser Auszeichnung würdig zeigen.

Sein Plan, in der schlaflosen Nacht eingefädelt und während des Zupfens und Schneidens in seinem Garten weiter ausgeklügelt, war gefasst, als er Mazzi am Ende der Lektionen bei der Tür wieder in Empfang nahm. Schmunzelnd geleitete er ihn in seine Gruft zurück, wo er ihm, noch immer schmunzelnd, eine Suppe vortischte, in der zu Mazzis Verdruss nebst Gemüse auch Fleischstückchen und Knochen schwammen.

«Was ist? Bist du nicht hungrig nach diesem langen Tag?», fragte er, ohne von seinem Teller aufzublicken.

«Doch, aber nach allem, was ich heute erlebt habe, ist mir weiß Gott nicht nach Fleisch zumute.»

«Tut mir leid, ich habe nichts anderes.»

«Ihr hättet mich auf diese … Leiche vorbereiten sollen. Ich habe einen ganzen Tag mitansehen müssen, wie man einen Toten entweiht. Es war fürchterlich. Das hättet Ihr nicht zulassen sollen.»

«Entweiht? Unsinn! Solche Öffnungen geschehen hier im Namen der wissenschaftlichen Wahrheit. Glaube mir, an diesem Tag hast du mehr von Vesal verstanden, als dir jede Erzählung über ihn hätte verraten können. Er war der größte Meister im Aufschneiden, den die Universität je angestellt hat. Keiner konnte ihm darin das Wasser reichen, nicht einmal Gabriele. Und was er unter der Haut jeweils zu Tage beförderte, damit es jeder mit eigenen Augen sehen möge, war ihm – ob Muskel, Nerv oder Knochen – so vertraut und selbstverständlich, als hätte er sich seit Kindsbeinen mit nichts anderem beschäftigt. Bedenke: Dreiundzwanzig Jahre alt war er, als man ihm die Doktorwürde verlieh und anderntags die erste Sektion anvertraute. Dreiundzwanzig!»

«Potz, da war er ja noch blutjung.»

«Allerdings. Und doch war er so erfahren wie ein Greis, zumindest was den Körper und seine Gebrechen anbelangt – und den Tod.»

Trotz der dunklen Wendung ihres Gesprächs schlürfte Guilandino seine Suppe mit hörbarem Gusto. Ab und zu legte er den Löffel nieder und fischte einen Knochen heraus, von dem er unter lautem Geschnalz die Fleischfasern abknabberte. Mazzi vermutete Absicht in der ungewohnten Rohheit seines Gastgebers und meinte zu erraten, dass diese dazu dienen sollte, ihn zu vertreiben.

Nach drei Gläsern Wein wagte er zu verkünden: «Sobald ich den Inhalt von Vesals Brief kenne, werde ich Euch in Ruhe lassen, Guilandino. Versprochen.»

«So? Und wohin willst du von hier aus gehen? Nach Venedig zurück? Ich dachte, dass der Boden dir dort unter den Füssen brennt – trotz des vielen Wassers, ha.»

«Nein, nicht Venedig. Madrid, Guilandino. Ihr wisst doch, dass ich zum spanischen König will.»

Wieder lachte Guilandino. «Zum König willst du, schön und gut. Die Idee kann ich dir offenbar nicht aus dem Kopf schlagen. Aber hast du auch nur eine Ahnung, wie weit Spanien ist?»

«Ich habe keine Eile.»

«Hm, du hast also keinen Schimmer. Doch pass auf, mir ist eine bessere Idee gekommen.»

«Sie wird mich nicht umstimmen können.»

«Hör sie dir wenigstens an.»

«Einverstanden, aber: erst der Brief, dann die Idee.»

«Oho, du wirst ungeduldig.»

«Langsam habe ich den Eindruck, als wolltet Ihr mir gar nicht verraten, was im Brief steht. Worauf wartet Ihr? Wollt ihr Geld? Sagt, liegt's daran?»

«Du hast doch gar kein Geld.»

«Geld nicht, aber ein paar Perlen und Edelsteine.»

Guilandino lachte: «Was wäre dir die Übersetzung denn wert? Einen Granat für jede Seite oder eine Perle

für das Ganze? Nein, nein, das wäre vollkommen will-
kürlich. Außerdem: Was kann unsereins mit Perlen und
Gemmen anfangen?»

«Tauschen. Es leben in Padua Juweliere, die sie Euch
für gutes Geld abkaufen würden.»

«Behalte deinen Klunker lieber für die Reise. Kutscher
und Fährleute werden ihn dir schnell genug abluchsen.»

«Aber was wollt Ihr dann?»

Die Frage schwebte unbeantwortet im Raum, eine
Spur zu lang, damit Mazzi nicht an eine Antwort dachte,
die, so unangenehm sie ihn auch berührte, mit jeder ver-
fließenden Sekunde naheliegender schien. Er blickte am
Preußen vorbei an die leere Wand und versuchte ruhig
zu bleiben. Die Hände zitterten aber und das Herz schlug
dumpf gegen den Brustkorb. Sein Herz! Ein unansehn-
licher blutiger Muskelbrocken, wie er nun wusste. Die
Erkenntnis war ihm nicht genehm.

Schließlich fragte Guilandino: «Was sollte ich von dir
wollen, das du mir geben könntest?»

Mazzi schwieg.

«Ach, mein Freund, früher vielleicht … aber jetzt in
meinem Alter, nein, da brauche ich nichts mehr.»

Mazzi unterdrückte einen Seufzer der Erleichterung.
Er hatte den Glanz in Guilandinos Äuglein missverstan-
den, denn dieser, sichtlich über das unausgesprochene
Angebot amüsiert, fuhr mit einem verschmitzten Lächeln
fort: «Darf ich ehrlich mit dir sein?»

«Aber ja doch, selbstverständlich, ich-»

«Früher wurde in der Stadt über Gabriele und mich
gemunkelt, ich meine, über uns, verstehst du? Ich fürchte,

das Gespött würde wieder anfangen, wenn du länger hier bliebst. Darum rate ich dir: Reise bald ab. Damit tust du nicht nur mir, sondern auch dir einen Gefallen.»

«Eben sagtet Ihr aber, die Reise nach Madrid sei keine gute Idee.»

«Richtig. Vesals Brief gehört nicht nach Madrid, sondern nach Basel.»

«Basel? Warum? Und wo, bitte, liegt dieser Ort?»

***

Die zweite Nacht, wie auch die drei folgenden, schlief Mazzi auf dem Holzboden von Guilandinos Küche in der Nähe des Kamins. Es war, wie er fand, der einzige Ort im Haus, an dem ein Rest Wärme den sinkenden Temperaturen trotzte. Das peinliche, nie in Worte gefasste Missverständnis zwischen ihnen hatte es ihm unmöglich gemacht, sich neben Guilandino ins Bett zu legen, und dieser hatte stillschweigend verstanden und ihm eine Wolldecke geliehen.

Die Stadt des Antonius, an dessen Basilika Mazzi jedes Mal vorbei musste, wenn er den Fluss suchte, und dies geschah täglich, erlebte in den letzten Oktobertagen eine kurze Milde, bevor der Winter die Menschen mit Eis und Schnee in ihre Behausungen zurückdrängte. Mazzi plagte weniger die Kälte als die Angst vor der bevorstehenden Reise. Guilandino hatte ihn gemahnt, dass sie wegen des Schnees in den Bergen nicht länger aufzuschieben sei.

Lieber morgen als übermorgen, sagte er beim Frühstück, doch statt die nötigen Vorkehrungen zu treffen, während sein Gastgeber herborisierte oder an der Universität lehrte, lungerte Mazzi im Hafen herum in der Hoffnung, dass ein Junge ihm auf ein Augenzwinkern um die nächste Häuserecke folgen würde. Manchmal wurde er fündig, dann begrapschte und küsste er den Willigen hinter Stapeln von Kratten oder Jutesäcken und fühlte statt Glück doch nur eine große Beelendung, nein, mehr noch, ein Grausen, das sich von Tag zu Tag tiefer in ihm einpflanzte. Die Haut, die er liebkoste, sie mochte noch so sanft, noch so parfümiert sein, er wusste jetzt, dass darunter inmitten eines undurchdringlichen Gewuchers von Sehnen, Venen und Nerven Schleim und Blut blubberten und nur die Seele, diese Unfassbarste aller Materien, das Fleisch vor der Fäulnis bewahrte. Und selbst dies nur auf Zeit.

Das Wissen begann ihm die Lust zu vergiften – bis er, von einem Knaben auf den andern, plötzlich inne wurde, wie weit er sich vom Menschen entfernt hatte, der vor noch nicht einmal drei Wochen den vermaledeiten Toten auf Zante begraben hatte. Eine Kraft war seither am Werk, die ihn von seinen alten Freuden wegzerrte. Er fühlte sie in seiner Unruhe und darin, dass alles, was ihm bis heute Lebensinhalt gewesen war – die Jagd auf ein flüchtiges Abenteuer, der Genuss von Wein und feiner Speise, das Ziselieren von Monstranzen –, im Begriff war von ihm abzufallen wie die Schuppen einer Vergangenheit, der er hier, am Ufer der Brenta, zusammen mit der Stadt den Rücken zu kehren hatte.

Guilandino sagte er nichts von seiner befremdlichen Ernüchterung. Abends, während er gemeinsam mit ihm über dem ersten Blatt von Vesals Brief brütete, versuchte er, eine lockernde Kumpelschaft herzustellen, die ihm die Zeit unter dem Dach des Botanikers, nunmehr in Stunden abzuzählen, erträglicher machen würde.

Vergebliche Mühe. Das Zusammenleben blieb gespannt, mussten doch beide tun, als ob sie Mazzis stummes Angebot vergessen hätten, wo eben diese Umsicht es ihnen umso klarer in Erinnerung rief. So saßen die beiden Männer aus Angst vor unabsichtlichen Berührungen am Tisch nicht nebeneinander, sondern einander gegenüber. Und jedes Mal war es Mazzi, der die schlecht beleuchteten Schriftzeichen umgekehrt zu sehen bekam – was ihn weiter nicht störte, war Guilandinos Gemurmel ohnehin nicht mit ihnen in Einklang zu bringen.

Schon nach den ersten paar Sätzen packte Mazzi die Ungeduld und er unterbrach den Redefluss des Botanikers: «Halt! Ihr geht mir zu schnell, ich folge Euch nicht. Dieses Wort da zum Beispiel, was bedeutet es genau?»

Guilandino beugte sich tiefer über das Folio und antwortete mit skandierter Deutlichkeit: «Ehrwürdig.» Ein anderes Mal sagte er: «ungefähr» oder «Jerusalem».

«Lasst sehen!» Mazzi folgte den Buchstaben mit dem Finger und formulierte seinerseits das Wort: «Ehrwürdig. Ungefähr. Jerusalem. Tatsächlich! Ich kann diese Wörter ebenfalls lesen.»

«Willst du dich denn jedes einzelnen Wortes selbst vergewissern? So werden wir noch in einer Woche dasitzen. Glaubst du mir etwa nicht?»

«Aber ja doch, darum geht es gar nicht, sondern um die Zusammenhänge. Sie gehen in diesen langen und komplizierten Sätzen unter. Eigentlich wäre es mir lieber, Ihr fasstet mir die Seite in Euren Worten zusammen.»

«Wie du willst. Spitz also die Ohren und unterbrich mich nicht mehr!»

Mazzi nickte und lehnte sich mit verschränkten Armen zurück. Die Stunde der Offenbarung, der er vier Tage lang entgegengefiebert hatte, würde sie nun endlich schlagen?

«Vesal war auf der Heimreise von Palästina, als du ihn in Zante fandst. Er erzählt dem König, dass er dort Jerusalem besucht und zusammen mit einem Mönch namens Bonifaz das Tal von Jericho durchwandert hat. So viel hast du wohl auch mitbekommen. Dreiviertel der Seite füllt Vesal mit seinen blumigen Beschreibungen von Palästina. Dann spricht er von Gerüchten, die ihm auf der Reise zu Ohren gekommen seien. Er schreibt ‹beunruhigende Gerüchte› und spricht über seine Pflicht, den König umgehendst davon in Kenntnis setzen zu müssen.»

«Gerüchte? So sagt doch, welche Gerüchte?»

«Vesal schreibt … Augenblick mal … ja, hier steht es: Er warnt, dass gewisse flandrische Aufwiegler gegen die spanische Krone am Werk seien.»

«Das ist meines Wissens nichts Neues. Im Norden weht seit langem lutherische Luft, das kann den Spaniern kaum genehm sein.»

«Stimmt. Vesal spricht jedoch vom Plan eines koordinierten Aufstandes in den siebzehn Provinzen.»

Mazzi rutschte unruhig auf seinem Schemel hin und her, während er die Tragweite von Guilandinos Worten zu ermessen versuchte. «So viel packt Vesal in das erste Blatt? Unglaublich! Wer weiß, was erst in den nächsten Blättern stehen wird.»

«Ja, rück doch endlich damit heraus. Dann wissen wir Bescheid.» Guilandino sagte es nach Mazzis Empfinden eine Spur zu schnell, zu gierig.

«Das würde Euch so passen.»

«Missversteh mich nicht. Eigentlich interessiert mich der Brief nicht, je älter ich werde, desto weniger Zeit bleibt mir, mich auf andere Äste als botanische hinauszuwagen. Man muss sich einschränken, um in die Tiefe zu gehen; also lass ich die Finger von allem, was meiner Wissenschaft fremd ist.»

«Das verstehe ich. Deshalb würde ich Euch vorschlagen, Ihr bringt mir das Lesen richtig bei, damit ich den Brief selbst lesen kann.»

«Ich lehre die Wissenschaft der Bäume und Blumen, nicht jene der Buchstaben. Tut mir leid, aber mich mit solch elementarer Kunst zu befassen habe ich weder Zeit noch Lust.»

«Dann werde ich nicht länger hier bleiben, Mastro Guilandino.»

«Oho, habe ich dich etwa beleidigt? Das war nicht meine Absicht. Doch hör mir gut zu: Vielleicht ist es tatsächlich besser, du säumst nicht länger, damit der Brief bald an die Öffentlichkeit kommt. Tust du, was ich dir empfehle, wird die Veröffentlichung des Briefes womöglich einen unermesslichen Effekt haben. Gedruckt und somit vervielfältigt, wird er ganz Europa gleichzeitig erreichen, Spanien und Flandern, Frankreich und England:

Das wird den Aufstand im Keim ersticken. Also, mein Lieber, raffe dich auf. Wenn dir Vesal auch wenig bedeutet, so tue es wenigstens im Namen unserer Kirche: Sie muss in dieser turbulenten Zeit vor Zweiflern und Schändern geschützt werden. Ich werde dir ein Empfehlungsschreiben an einen Drucker mitgeben; dank ihm wird man dich in Basel mit Handkuss empfangen.»

«Eure Pläne sind mir schleierhaft, und der Umweg über Basel scheint mir unnötig.»

«Hab Vertrauen, Basel ist kein Umweg. Außerdem wirst du dort bereits erwartet. Ich habe dafür gesorgt.»

Unterwegs

Am ersten Novembertag brach Mazzi auf. Guilandino, der sich vielleicht vergewissern wollte, dass sein Gast auch ja in der *zattera* Platz nahm, begleitete ihn nach Bassanello und harrte in bitterster Kälte auf der Brücke aus, bis der Fährmann das Boot mit dem Ruder vom Ufer gestoßen und gegen die Flussmitte hinausmanövriert hatte. Einen Dukaten hatte er seinem Gast für die Fahrt bis nach Vicenza in die Hand gedrückt und sich auf der Türschwelle noch des Huts und Mantels seines Geliebten besonnen. Diesem dunklen, breitkrempigen Hut, mehr noch als Mazzi selbst, blickte der Preuße eine Weile nach, bevor er sich abwandte und in sein Einsiedlertum zurückkehrte.

In jungen Jahren war Mazzi erpicht gewesen, sein Glück in Vicenza zu versuchen. Jetzt reiste er verzagt. Stadt der Gold- und Silberschmiede und Wiege des berühmtesten Kristallgraveurs der Zeit, zog Vicenza seit Jahrzehnten Gesellen von Mailand bis Venedig zu Valerio Bellis *bottega*. Zudem gab es dort dank Palladio Arbeit für die Gilde zuhauf. Der Architekt baute Villen für die adligen Familien der Region und Belli schuf die erlesenen Objekte, Silbervasen, Goldkästchen, Kameen und dergleichen, die aufgrund ihrer raffinierten Nutzlosigkeit den Stand der Bewohner zu reflektieren hatten.

Kaum also war sich der venezianische *Consiglio d'arte* über die handwerkliche Virtuosität von Mazzis Prüfungsstück einig gewesen, hatte dieser das mit Karneolen und Agaten eingelegte Goldkruzifix verkauft und seine Reisevorkehrungen getroffen. Belli, Greis schon, als Mazzi zum ersten Mal eine Punze in die Hand nahm, war jedoch keine Woche nach der Abschlussprüfung gestorben. Pech oder Glück, Mazzi hätte es nicht sagen können. Er hatte die Kunde von Bellis Ableben mit einem Schulterzucken hingenommen, und war geblieben.

Die *zattera* schaukelte im Gegenwind durch die Regenschleier, mühelos zwischen den Trauerweiden, die sich über die Ufer warfen, getreidelt, dann wieder recht und schlecht um die Schlickstellen gelenkt, die sich dem geübten Auge des Fährmanns schon von weitem als leichte bräunliche Verfärbung des Wasserspiegels zu erkennen gaben. Trotz widriger Witterung kam man anfangs zügig voran.

Nach Tencarola holte der Bacchiglione jedoch zu Schlaufen aus, und die Passagiere merkten an Kirchtürmen oder Mühlen, die zuerst steuerbord, später backbord aus der grauen Ebene in den Himmel stachen, dass sie ungefähr an derselben Stelle wieder angelangt waren, die sie vor einer halben Stunde hinter sich gelassen hatten.

Mazzi seufzte. Bereute fast, dass er von der Kutsche, die ihm Guilandino nahegelegt hatte, weil sie Padua auf direktestem Weg mit Mailand verband, nichts hatte wissen wollen. So viel schneller sei sie doch und trotz der Schlaglöcher, die einen bei jeder Raddrehung die Innereien durchschüttle, nicht unbequemer als die *zattera*, auf der Mensch, Vieh und Ware zusammengepfercht würden; vergeblich. Mazzi hatte auf den Wasserweg beharrt. Nun aber, im trägen Mändern durch Marsch und Schlamm wünschte er sich, er hätte nie in diesem Nachen Platz genommen. Mit jeder neuen Schlaufe schien ihm sein Ziel, die Stadt Basel in fernere Weite zu rücken, die Erlösung von den Fängen der Serenissima unwahrscheinlicher.

Als er schließlich hungrig und durchnässt am Abend in Vicenza aus dem Boot schwankte, war er so weit, dass er für ein Lager und einen Teller Suppe seine Reisepläne in den Wind geschlagen hätte.

Eine Kaschemme auf der Hafeninsel mit Blick aufs Wasser bescherte ihm beides für einen Pappenstiel, und eine Kerze dazu. Damit konnte er dem Dunkel seines Zimmers wenigstens einen fahlen Lichtkegel abtrotzen.

Das erste, was er darin wahrnahm, war nicht das Bett, auch nicht Schemel oder Nachttopf, sondern das samtene Schimmern von Flügeln des aus Wandritzen krabbelnden Ungeziefers. Mazzi ließ sich in seiner Zufriedenheit nicht stören. Sein Bauch war voll, sein Körper warm und das stete Rieseln des Regens, dem er während der Reise ausgesetzt gewesen war, endlich im Kopf verstummt.

Rülpsend setzte er sich auf den Bettrand und fischte Guilandinos Empfehlungsschreiben aus der Mappe. Es fühlte sich klamm an, die Buchstaben ‹Joh. Oporine› darauf waren zerlaufen, kaum mehr zu lesen. Lange bemusterte und drehte er das Schreiben nach allen Seiten, bedacht, das Siegel nicht zu brechen. Was hülfe es? Die Zeilen, ob Heil oder Todesurteil, würden ihm nichts verraten: Nichts, außer eben die immense Ignoranz, die er seit jenem Gespräch mit Guilandino wie einen Makel auf sich lasten spürte. Und doch musste er sich mit Augen und Fingern der Wirklichkeit dieses Dokumentes, wie auch Vesals Brief, in regelmäßigen Abständen vergewissern. Sein Leben hing von ihnen ab, in fremder Umgebung glaubte er es mehr denn je.

Ein Schaben und Quietschen in der Zimmerecke ließ ihn kurz aufhorchen, während er den Brief in die Mappe zurücksteckte, doch auch dieses Geräusch brachte ihn nicht aus der Fassung. Mit Ratten hatte er Erfahrung, er war unter ihnen aufgewachsen: Ein Fußtritt auf den Boden, ein Zischen, und der Raum war für ein Weilchen still.

Er zog Stiefel und Galoschen aus, streckte sich auf dem Bett aus und starrte auf die Wand. Seine Lage war nicht rosig. Vier Dukaten, drei Perlen, ein Brocken Lapislazuli, zwei Karfunkel und eine Handvoll fein geschliffener Chrysoprase und Achate hatte er am Morgen unter Guilandinos neugierigem Blick in seinem Lederbeutel gezählt. Sie würden ihn nach Basel bringen, vielleicht sogar weiter – Madrid war nicht ganz vergessen –, aber dann? Wie sah die Zukunft jenseits von Basel aus?

Der Brief war an einen Joh. Oporine adressiert, der, wie Guilandino erklärt hatte, bestimmt alles Menschenmögliche tun werde, um Vesals Brief zu gebührender Wirkung zu verhelfen. «Es geht darin um hohe Politik, vergiss das nicht!», hatte er ihm ein letztes Mal vor dem Aufbrechen eingebläut. «Eine neutrale Partei, überdies ein Drucker von Weltrang, dem Vesal damals sein Lebenswerk anvertraut hat, ist dem launischen Philipp unbedingt vorzuziehen. Vertraue mir, Oporin wird dir für den Brief ordentlichen Vorschuss zahlen und dich obendrein beherbergen. So wird es gar den Anschein haben, als folgtest du in Vesals Fußstapfen – ja, doch, denn vor zwanzig Jahren hat Oporin für Vesal genau das getan: ihn ein halbes Jahr lang bei sich in Basel aufgenommen. So einer ist Oporin. Herzensgut und weich wie Marzipan. Nur Mut, dank ihm könnte dir bald ein sorgenfreies Leben winken.»

Mazzi hatte gelacht. Ein sorgenfreies Leben! Guilandino wusste nicht, wovon er sprach. Wusste nichts von Dolchstößen, mit denen man sich die Sorglosigkeit auf immer verspielt; wusste nicht, der unschuldige Botaniker, der seine Nase höchstens in Blütenkelche und Kräuterstauden steckt, wie frisches, wild spritzendes Menschenblut riecht. Nein, Guilandino wusste wirklich nicht, wovon er sprach.

Nun, da er allein mit sich war, fuhr Mazzi die Erinnerung an seine Tat wieder durch Mark und Bein. Er roch das Blut und hörte das gedämpfte Reißen von Haut, dann Geglitsch, als die Klinge Fra Baldinos Kehle durchtrennt hatte. Aber die Vision war nicht echt; zu unmittelbar sprangen ihn die Bilder von jenem Leichnam an, in dessen Inneres er geschaut hatte, als dass er nicht sofort merkte, dass die beiden Toten – Fra Baldino und der junge Unbekannte – in seinem Gedächtnis zu einem einzigen Schreckenserlebnis zusammengeschmolzen waren.

Körper vor seinem geistigen Auge zu sehen, ohne offenbarende Wunden und Schnitte mitzudenken, wollte nicht mehr gelingen. Auch beim eigenen begann Mazzi gedanklich im Unsichtbaren zu schürfen. Die Hand auf der Brust, spürte er das Klopfen des Herzens und dachte sich von Venen durchzogenes Fleisch statt substanzlose Göttlichkeit. Glitt die Hand bauchwärts, fühlte er beim geringsten Druck auf die Haut, wie darunter die weiche Textur der Organe nachgab. Achtsam betastete er die Rippen, fasste sich am Unterarm und bewegte das Handgelenk nach links, dann nach rechts und verfolgte dabei die wundersamen Drehungen der Knochen vom Ellbogen zur Hand.

Was da nicht alles am Werk war, das ihm zu leben ermöglichte! Er staunte und wunderte sich, wie er dreiunddreißig Jahre lang hatte leben können, ohne sich darüber Gedanken zu machen, ahnungslos, unbekümmert, ohne jegliche Neugier über sich selbst.

Gerade diese aber begann ihm, kaum geweckt, Unbehagen einzuflößen. War die Einsicht ins eigene Innere am Ende nicht doch Blasphemie, ein sündhafter Blick in Verbotenes, der ihn von Gott entfernt? Gott! Nicht, dass er sich oft seiner entsann oder nach dessen Sinn handelte, wahrlich nicht.

In dieser ersten Nacht seiner Reise ins Ungewisse jedoch, umzischelt von Ratten und von Käfern besurrt, empfand Mazzi seit Monaten wieder einmal das Bedürfnis zu beten. Er murmelte die erstbeste Floskel, die ihm einfiel, und kam nicht weiter. Um Verzeihung hätte er bitten wollen, aber nicht für jenen fatalen Moment der

Unbeherrschtheit in Venedig, dafür meinte er mit seiner Flucht schon genug gebüßt zu haben, sondern – ja, wofür eigentlich? Hatte er Schuld, wenn er von Guilandino in die Leichensektion getrickst worden war? Lag die Schuld nicht beim Preußen? Oder war es gar Teufelswerk gewesen? Jedenfalls hatte er nicht aus freien Stücken an diesem grausigen Unterricht teilgenommen und also auch nicht willentlich das Geheimnis der Schöpfung gelüftet, die nach Gottes Plan mit Haut vor unbefugten Blicken geschützt ist – genau wie Guilandinos Brief in seinem versiegelt Umschlag.

«Dio Santo, santissimo!» Statt um Vergebung bat Mazzi in einem Anflug wirrer Hoffnung nun um Vergessen. «Möge ich morgen erwachen, wie ich früher war, ohne die geringste Ahnung, was ich geschaut und erfahren habe. Ja, was gäbe ich nicht, um von diesen Rätseln nie gestreift worden zu sein.»

So sprach er und war sich während des Sprechens doch der Tücken seines Wunsches bewusst. Pflegte nicht sein früherer Geliebter Zuan zu behaupten, dass der Mensch sich in der rückwärtsgewandten Sehnsucht das Gift zusammenbraue, mit dem er sich Gegenwart und Zukunft vergälle? Er hörte ihn wieder, den Nachtschwärmer, dessen Laune sich verfinsterte, sobald die Becher ausgetrunken und Dulzian und Sordun verstummt waren, hörte ihn lauthals protestieren, wenn auf das Gaudium besinnlichere Stunden folgten, weil dieses nun einmal nicht ewig dauern konnte. Wie er es gehasst hatte, Zuan, wenn Mazzi ins Grübeln verfiel, statt gleich wieder neuen Freuden nachzujagen.

Am Ende aber hatte Zuan gar recht gehabt; der Blick zurück brachte nichts. Was im Leben galt, lag vorn, egal ob eine Nasenlänge oder eine Meile weit, allein die Richtung zählte, und es gab nur diese eine. Vorwärts bedeutete aber, das unterwegs Angesammelte – Jahre, Erfahrungen, Wissen – als täglich wachsenden Ballast mit sich zu tragen, immer weiter, bis man am Ende unter der Last zusammenbrach. Es war nur eine Frage der Zeit oder, was auf dasselbe hinauslief, eine Frage der einem von Gott zugeteilten Strecke. Lang oder kurz, die Reise, seine Flucht, war anzutreten. Mazzi meinte immerhin zu wissen, wohin die seine führte. In ungefähr.

***

Als er am frühen Morgen des zweiten Novembers auf die Straße hinaustrat, zeigte sich Vicenza von ihrer abweisendsten Seite. Erstarrt und ohne Laut, als wohnte keine Seele in den Häusern und habe der Winter selbst die Konstruktion des großen *Teatro Olimpico* lahmgelegt, von dem Mazzi hinter Holzgerüsten eine Fassade mit Kolonnen sichtete, lagen Stadt und Hafeninsel in gleichgültigem Schlummer versunken.

Die Kleider vom Vortag noch feucht am Leib, stand Mazzi eine Weile am Bacchiglione und beäugte die *zattere* und *barbotte*, die auf ihm ruhten wie auf einem Spiegel. Frost hatte über Nacht die Ufer mit einem kristallinen Bord gesäumt, Riedhalme und Pfahlgründungen der Fährstege umschlossen. Weit und breit war kein Fährmann zu sehen, auch kein Fischer, kein Händler.

Mazzi, von Natur nicht eben geduldig, pfiff dreimal übers Wasser, und als sich beim dritten Mal nichts regte außer einem Blässhuhn, das piepsend aus dem Schilf hervorpreschte, prüfte Mazzi seine Schuhe und befand sie für eine Fußreise tauglich. Jenseits der Hafenbrücke verlief eine Straße den Fluss entlang gen Westen, die schlug er ein und marschierte mit der aufgehenden Sonne im Rücken drauflos. Wenn er schon nicht auf dem Wasser fuhr, dann wollte er es wenigstens begleiten und, sollte ihm danach sein, es in die Hand schöpfen, um davon zu trinken. Bestimmt würde er irgendwann, irgendwo von einer Kutsche eingeholt und mitgenommen.

***

Vesal ist tot! Das Gerücht begann sich von Venedig aus in die lombardische Ebene zu ergießen, wo es in verschiedenen Läufen so dünn und durchsichtig daherfloss, dass es beim geringsten Zweifel ins Ungewisse versickerte und das Wenige, was daran klar und greifbar schien, ins Märchenhafte ausuferte: Das Schiff, das Vesal nach Spanien zurückbringen sollte, sei bei Kythira von muslimischen Korsaren gekapert und die Besatzung, darunter auch der flämische Anatom, niedergestochen, in die Fluten geworfen worden. Nein, der schwarze Tod habe ihn dahingerafft, ihn und alle an Bord eines Schiffes, das seit Jaffa an keinem Hafen des Mittelmeers gesichtet worden sei. Am Ende segle der Flame auf einem Geisterschiff, durchkreuze die See von Ost nach West und von Nord nach Süd wie in einem Limbo, der hiesigen Welt entzogen und doch mitten in ihr zur Ewigkeit verdammt, nicht tot, nicht lebendig, wehe, wer ihm begegne.

An der ersten Quelle, vor Venedigs Dogenpalast, wo Mazzi dem spanischen Gesandten wenige Tage zuvor sein Geheimnis erzählt hatte, war die Schüttung noch von vielversprechender Klarheit gewesen. Über Tizians *bottega* war die Todesnachricht in die *calli* gelangt und, an den Bootsstegen von Passagieren aufgegriffen, übers Wasser ans Festland getragen worden.

Kaum versetzt, aber vielleicht schon mit den ersten Mutmaßungen gepanscht, bahnte sie sich im Gegenstrom des Po ihren Weg durch die Weiler bis Padua, von wo sie sich dank Guilandinos Kenntnis mit neuer Schärfe und Kraft in die Orte höherer Gelehrsamkeit verströmte. In den wichtigsten unter ihnen, Treviso, Ferrara, Pavia, stieß sie mangels Beweisen auf Skepsis; aufgestaut stagnierte sie eine Weile in den Hallen der Universitäten, wurde je nach Gesinnung der Professoren mit Trauer, Kopfschütteln oder Schadenfreude entgegengenommen, hier und dort auch als Unmöglichkeit verworfen, weil doch, glaubten sie, einem Genie wie Vesal ein gemeiner Schiffsbruch oder noch gemeiner, die Pest, nichts anhaben könne.

Anders in Bologna. Dort hatte der Naturforscher Ulisse Aldrovandi, der die Kunde während seines kürzlichen Besuchs in Padua von Guilandino höchstpersönlich erfahren hatte, diese bei seiner Rückkehr in gutem Glauben als Tatsache verbreitet. «Vesal ist tot», sagte er und staunte nicht wenig, als er große Bestürzung auf den

Gesichtern der Kommilitonen sich abzeichnen sah. Vor allem jene, die ein Vierteljahrhundert zuvor, Studenten noch, während einer Reihe öffentlicher Zergliederungen Zeuge von Vesals Fingerspitzengefühl und intellektueller Überlegenheit gewesen waren, wollten das Unglück nicht fassen. Sie begannen in ihren schlummernden Erinnerungen zu wühlen, um den Fremdling, den Unnahbaren, den Einzelgänger, vor allem aber den begnadeten Anatomen wenigstens im Gespräch wieder aufleben zu lassen.

Ja, plötzlich war man bestrebt, die von der Zeit herausgebrochenen Steinchen eines dunkeln, halbvergessenen Mosaiks wieder zusammenzufügen. Alles redete von Vesals Sezierungen, als ob die Verwesungsdünste noch in den umliegenden Gassen hingen und sie, nicht Aldrovandis Worte, die Bilder wieder aufleben ließen, so wuchtig, wie es sonst nur Gerüche tun können.

Wann hatten die Sezierungen stattgefunden? Und wo? Anno 1539? 1537? Oder später, 1540, 1541? Man einigte sich auf das Jahr 1540 und auf die kalte, feuchte Kirche San Francesco; Winter musste es gewesen sein, die einzig mögliche Jahreszeit für hygienisch heikle Praktiken dieser Art.

Manche unter den Teilnehmern, die im November 1564 noch am Leben waren, arbeiteten Einzelheiten auf, die fast vergessen waren. Die Kerzen in der Kirchenhalle etwa: «Entsinnt ihr euch des Flackerns und Flimmerns und wie es Vesals Gesicht ins Unheimliche verzerrte, als er plötzlich über die Schwelle trat und sich unter der grölenden Zuschauermenge einen Weg zur Leiche bahnte?»

«Klar entsinnen wir uns! Wie schwarz seine Locken waren für einen Flamen, und erst die Augen! Es waren Augen eines Verrückten, glühende Kohlen, die regelrecht Funken sprühten, als er Säge und Skalpell zur Hand nahm. Nicht wahr: Eigentlich war alles an ihm schwarz; schwarz, streng und, ja, geben wir es doch zu, furchteinflößend.»

«Genau! Furchteinflößend ist das treffende Wort», sagten die wenigen, die nach der zehnten Zergliederungslektion die Ehre gehabt hatten, an Vesals Tisch zu dinieren. Frugal sei er gewesen, erzählten sie, und das Fleisch in seinem Teller habe er geschnitten wie eben zuvor jenes auf dem Schragen; mit einer Sorgfalt, die verriet, dass ihm Mensch, Rehkeule oder Schweinsrippe dasselbe bedeute: willkommenes Seziermaterial.

Rückblickend hätte man gern über diese Berufsmacke geschmunzelt, aber wer sie erlebt hatte, erinnerte sich: Vesal sprach während des Essens nur von Leichen und Innereien, als wäre er davon besessen gewesen wie andere vom Teufel. So schauderte man statt zu schmunzeln, fuhr aber dennoch mit der Schilderung jenes Momentes fort, da alles rundherum ob seiner Kaltblütigkeit zu kauen vergaß. Vesal hatte seinen Teller kaum leer gegessen, als er den weiteren Verlauf seiner Zergliederungen zu umreißen begann: «Nach diesem Essen werde ich die Muskeln des inneren Schenkels erklären», verkündete er. «Vielleicht auch jene des Beines mitsamt Fuß, um die Muskelanatomie abzuschließen, denn morgen wird mir eine neue Leiche geliefert. – Ich weiß, dass heute Nacht ein anderer Mann erhängt werden soll; somit werde ich

Euch alle Arterien, Venen und Nerven demonstrieren können. Inzwischen ist das jetzige Subjekt nämlich gar ausgetrocknet und schrumpelig.»

Hatte sich Vesal wirklich so gleichgültig ausgedrückt? So hartherzig? «Aber ja doch, das waren seine genauen Worte, ich schwör's», sagte ein Zeuge. «Und anderntags lag Lorenzo da Bonconvento denn auch tatsächlich für ihn in der Kirche frisch rasiert und gewaschen bereit. Nicht, dass ich über diesem Schurken Tränen vergossen hätte, beileibe nicht, den Strang hatte er verdient, aber das Schauerliche daran war, dass Vesal ihn gedanklich sezierte, als dieser noch nicht einmal baumelte. Das hatte mir an der feinen Tafel denn doch den Appetit verdorben.»

«Mir auch», warf ein anderer ein, «und so ging es ja auch mit der dritten Leiche zu – von den sechs Hunden nicht zu reden. Sagt ich doch, unheimlich war der Mensch. Selbst unser alter Curtius, der ihn doch eingeladen hatte, mit ihm die Zergliederungen durchzuführen, fühlte sich in seiner Gegenwart nicht wohl.»

Ein ungleicheres Paar als die beiden hatten die Bologneser Mediziner vielleicht nie gesehen. Im Nachhinein fiel einigen ein, wie tatterig sich Curtius im Vergleich zum Sechsundzwanzigjährigen gebart hatte. «Stimmt», erinnerte man sich plötzlich, «Curtius' Gebrechlichkeit kam im Laufe der Sitzungen immer deutlicher zum Vorschein. Hatten wir ihn je so verknöchert erlebt? Grau und erloschen stand er neben dem jüngeren Kollegen, der schnitt und salbaderte und dabei freudig loderte wie das Fegefeuer selbst. Bestimmt geht ihr mit uns einig, dass man den Kontrast aus heutiger Sicht geradezu als Sinnbild des damaligen Wissenschaftsfortschritts werten muss.»

Dazu nickte man und schwieg lange, bis einer endlich auszusprechen wagte, was der Kontrast in Wirklichkeit besagte: dass das Genie Vesal nun einmal – und leider – dem alten Curtius in Theorie und Praxis Schritte voraus gewesen sei.

«Schritte?», ereiferte man sich plötzlich, «was sagst du da? Meilen trennten die beiden! Kontinente! Curtius hatte zwar dreißig Jahre mehr Lebenserfahrung als Vesal, aber was zählen Jahre, wenn der Blick in der Vergangenheit feststeckt und die Gesinnung sich gegen den Fortschritt sperrt? Vesal war längst zu neuen wissenschaftlichen Gipfeln aufgebrochen, als unser Lehrer noch nicht einmal über den Rand von Galens und Mondinos Bücher schauen konnte. Aber seien wir gerecht: Curtius war nicht der Einzige von der Sorte, damals hinkten doch die meisten Mediziner hinter dem Flamen her. Man nenne mir einen nur, der ihm das Wasser hätte reichen können. Einen einzigen; Namen, bitte, los. – Ambroise Paré? Paracelsus? Juan Valverde? Realdo Colombo?»

«Na, meinetwegen. Aber sie sind doch an einer Hand abzuzählen, diese exzellenten Ärzte, und unser Curtius gehörte mit Sicherheit nicht dazu. Die Krux ist deren maßloser Respekt vor den Vorgängern. Er machte sie allesamt blind, und, werte Kollegen, was besonders schlimm ist: Ein Vierteljahrhundert später wirken und wüten noch immer zu viele dieser Traditionsverliebten in unsern Spitälern und Universitäten.»

«Ja, so ist es. Dabei hatte Vesal damals den neuen Weg schon klar gezeigt: Zuerst in den Körper schauen und dann erst in die Bücher. Und wenn die Beschreibung nicht übereinstimmt mit dem, was man sieht, so sei nicht das Sichtbare anzuzweifeln, sondern die Beschreibung, stamme sie von der Feder eines noch so illustren Arztes. Wiederholte Vesal während seiner Zergliederungen nicht immer bis zur Erschöpfung: ‹Ich spreche über das, was sichtbar ist›, oder ‹Ich sage es nicht, sondern ich zeige es Euch›? Curtius hingegen blätterte immer nur in seinem Mondino, ohne die Leiche eines Blickes zu würdigen. *De mortuis nil nisi bene*, ich weiß, aber was für ein Stümper er doch am Schragen war!»

«Achtung, da gehst du mir doch zu weit! Curtius hat sich immerhin einen Namen in der Wissenschaft des Fieberkurierens gemacht.»

«Na, und? Ich weiß genau, wovon ich rede. Erinnert sich denn keiner mehr an die Debatte über die Rippenfellentzündung?»

«Wer könnte sie vergessen?»

«Eben. Curtius beschäftigte sich seit Jahren mit dem Rippenfell, es war sozusagen sein Steckenpferd, doch selbst da blamierte er sich vor Vesal.»

Man erinnerte sich: «Die Diskussion kreiste um das Rippenfell und seine Erkrankungen, und als Curtius wieder in seinem Mondino nach einem geeigneten Zitat suchte, klopfte ein aufgebrachter Vesal mit beiden Händen an die Mitte des Leichenbrustkorbes und brüllte: ‹Ich zeige Euch hier in diesem Körper die unpaare Vene, immer hier geschieht die Entzündung und nicht bei den zwei oberen Rippen.›

Alles hielt den Atem an, nur Curtius merkte nichts und insistierte, dass es vielleicht noch andere Venen geben könne, die die Rippen und Muskeln mit Blut versorgen. Armer Teufel. Es war nicht seine Schuld, wenn er Vesal nicht folgen konnte. Er sah wirklich nur, was in Mondinos Anatomie stand, alles andere gab es für ihn nicht.

Und was tat Vesal? Explodierte er? Schrie und fuchtelte er wild drauflos? Nichts dergleichen. Ganz ruhig wurde er plötzlich und sprach so sanft und geduldig, als hätte er ein kleines Kind vor sich: ‹Wo bitte sind diese Venen? Zeigt sie mir.›

Konnte Curtius darauf antworten? Nein, denn diese Venen gab es ja nur in seiner Fantasie. Also schwieg er – und Vesal triumphierte. Gute zwanzig Sezierungen verliefen nach diesem Muster, zur großen Schande unserer Bologneser Medizin.»

«Sechsundzwanzig Sezierungen», präzisierte einer.

«Bist du sicher?»

«Ganz sicher nicht, aber … Ach, wäre Baldasar jetzt hier, er könnte uns darauf bestimmt genau antworten. Erinnert ihr euch noch an ihn? Baldasar Heseler fiel doch auf, weil er alles, aber auch wirklich alles protokollierte, was er sah und hörte! Wisst ihr denn nicht mehr, wie wir ihn damals belächelten?»

«Was wohl aus seinen Protokollen geworden ist? Wer weiß, ob er sie behalten hat? Ob er jemals daran gedacht hat, sie drucken zu lassen, oder ob er sie im Gegenteil vernichtet hat, kaum hatte er Bologna und uns den Rücken gekehrt?»

«Wir sollten ihm nach Breslau schreiben.»

«Wozu denn?»

«Na, um ihm mitzuteilen, dass Vesal tot ist, wozu denn sonst?»

Viboldone

Wann musste sich Mazzi eingestehen, dass er mit seiner Flucht die Nabelschnur zur Heimat und der Vergangenheit abgetrennt hatte? Als er Peschiera di Garda erreichte und dort beim Abfluss des Mincio ein in der Mulde von Felshalden ruhendes Gewässer vorfand, das, weit zwar und gefällig, in seinen Augen höchstens die Bezeichnung eines Teiches verdiente? Vergeblich suchte er den ebenen Horizont, an den er seit Geburt gewöhnt war. Wohin er sich drehte, blickte er an Geröll hoch, an mächtigen, hier und dort begrünten Moränenhügeln, die ihm die Sicht in die Weite versperrten. Das Meer von Venedig kam ihm in den Sinn, auch jenes, so blaue, das Zante einfasste: Der Vergleich schnürte ihm vor Sehnsucht die Brust zusammen.

Oder kam die Einsicht später, als er unter Kopfschmerzen und Schwindelanfällen, die er nicht ernst nehmen wollte, die Stadt Brescia hinter sich gelassen hatte? Genauer, als er sich in Rovato in einen Pferdewagen unter Weiber gezwängt hatte, die seine Zunge mit fremden Wörtern und Melodien verhunzten, sodass er sie kaum wiedererkannte? Wenn sich Venedigs Dialekt bis nach Zante erstrecken konnte, warum, in westlicher Richtung, nicht bis ans Ende seiner Reise? Nach der Überquerung des Oglio-Flusses hatte die Vertrautheit der Laute jedenfalls aufgehört und war er selbst mit jedem Satz, den er sprach, zum argwöhnisch begafften Fremdling geworden.

Nein, er entsann sich nicht, wann und wo genau ihn das Gefühl von Verlorenheit übermannt hatte.

***

Eines Morgens öffnete er jedoch nach langem Fieberschlaf die Augen und begegnete dem Blick einer Frau;
darin erkannte er, dass er Lichtjahre von seiner Heimat
entfernt war. Der Blick war neblig grau und so leer wie
die Steinwand, die sich hinter der Gestalt abzeichnete.

Er wollte aufsitzen und beginnen zu erklären, wer er
sei und woher er komme, doch von beiden, Gemach und
Bewohnerin, ging eine derartige Strenge aus, dass er sich
verblüfft, ja, fast beschämt ins Kissen drückte und aus
plötzlichem Zweifel, ob Sprechen überhaupt erlaubt war,
auch noch die Frage hinunterschluckte, die ihm auf den
Lippen brannte.

Wo immer es ihn verschlagen hatte, hier galt offenbar als Tugend, was im rauschsüchtigen Venedig weder
verstanden noch toleriert worden wäre. Zierden, Farben,
Blumen, all dies suchte Mazzi zwischen halbgeschlossenen Lidern vergeblich. Die Frau trug weder Ohrringe
noch die Spur von rötendem Puder auf den Wangen, und
die Wand hinter ihr war nicht einmal geweichselt, geschweige denn mit hübschen Veduten geschmückt. Sein
Blick wanderte nur über nackten Stein, auf dem von einer
Luke schräges Gittermuster leuchtete.

Und die Frau, was tat sie? Starrte vom Bettende auf
ihn nieder, während ihre Finger mechanisch die Spitzen
ihrer Zöpfe zwirbelten.

Mehr um das Schweigen zu brechen als aus Durst, bat
er um einen Schluck Wasser. Seine Stimme krächzte und
brach beim letzten Wort. Er hörte den Stoff ihres Kleides

knittern, vielleicht noch ihre Schritte; kaum hatte er jedoch Hoffnung geschöpft, dass sie sich auf ihn zubewegte, umhüllte ihn wieder, schwärzer als ein Schwarm Krähen, das große Dunkel, aus dem er sich eben halbwegs herausgekämpft hatte.

Traumfetzen, von der Krankheit ins Bizarre verzerrt, schleuderten ihn mitten in eine stürmische See und flößten ihm Angst und Schrecken ein. Er begann zu toben und um sich zu schlagen, zu schreien und zu fluchen und stieß zuletzt den Becher von sich, den man an seine Lippen trug. Wasser! Nein! Wasser umschäumte ihn ja schon, zugleich kristallklar und trüb wie die schlimmste Kloake, es drückte ihn hinunter, immer tiefer; das Letzte, was er wollte, war, sich welches einverleiben. Um Himmels Willen nein, versuchte er sich zu wehren, kein Wasser! Ein Tropfen und ich ertrinke!

«Schschsch.»

Er fühlte, wie eine besänftigende Hand ihm über die Haare strich und seine Stirn mit einem Tüchlein betupfte. Dies wenigstens war kein Traum, denn Kampfergeist stieg ihm in die Nase, ein stechender Duft, der die schreckliche Brandung mit einem Mal zähmte und ihn nach Stunden betäubender Irrfahrt wie Treibgut an Land und in die Wirklichkeit zurückspülte. «Wo ... wo bin ich?»

«Beruhigt Euch, keiner tut Euch was zuleid. Ihr seid im Kloster von Viboldone.»

«Ein Kloster? Ach! Und seit wann liege ich in diesem Bett?»

«Seit gestern früh, mein Herr.»

***

Man hatte Mazzi im Kloster aufgenommen, ohne Fragen zu stellen. Sogar eine Laienpflegerin hatte man aus dem nahe gelegenen San Donato kommen lassen, die erst wieder in ihre Familie zurückkehrte, als sie den Patienten außer Gefahr wusste.

Drei Tage und Nächte harrte Lavinia an seinem Lager aus, verabreichte ihm Wasser und selbstgebraute Tinkturen und rieb seine Glieder mit Salben aus gemörserten Mineralien ein. Dazwischen schlummerte sie zusammengekauert in einer Ecke, bereit, bei der geringsten Regung des Kranken aufzuschnellen, um nach ihm zu sehen. Kein Wimmern entging ihr, kein noch so leises Rauschen der Laken; von Geburt blind, hatte sie im Lauf der Jahre ein feines Ohr entwickelt, so fein, dass man ihr nachsagte, sie höre, wo Grabesstille herrsche, die Stimmen ‹von drüben›.

Von ihr hätte Mazzi gern erzählt bekommen, was ihm widerfahren war; er merkte jedoch schnell, dass sie auch darüber im Dunkeln tappte. Außer der Zeit seiner Auffindung hatten ihr die Mönche nichts verraten, und selbst für diese spärliche Angabe wollte sie nicht bürgen. Allein sein leibliches Wohl liege ihr am Herzen, entschuldigte sie sich, den Rest – und dabei machte sie eine ausladende Bewegung, als seien Geist und Seele ein großes, kaum zu fassendes Gebilde – müsse sie den Fratres überlassen.

Als Mazzi gegen Mittag des vierten Tages genesen, wenn auch noch auf schwachen Beinen aus seinem Gemach trat, war Lavinia verschwunden. Den ganzen Morgen hatte er vergeblich auf sie gewartet. Er schritt Korridore ab und spähte beim Vorbeigehen durch alle Türspalten, suchte sie im Hof und im Refektorium, aber weder fand er sie noch die Mönche, von denen sie gesprochen hatte.

Auch die Abtei stand still und leer auf dem Hügel, ein schlichter Bau, ganz rot, dessen Fresken im Kreuzgewölbe Mazzi eine Weile von seiner Suche ablenkte. Engel, Christus, Sünder und Heilige: Vor allen blieb er stehen und musterte sie mit gemischten Gefühlen, bevor er sich wieder ins Freie begab.

Die Pflegerin fehlte ihm. Ohne sie schien ihm das Kloster, dessen Gerüche und Geräusche er im Fieberschlaf zu unterscheiden gelernt hatte, so nichtssagend und fremd wie die erstbeste *osteria* am Weg. Eine Weile blieb er vor der Abtei stehen und sah statt der Welt nur Lavinias weite, ins Jenseits gerichteten Augen und die kornblonden Haare. Nun also war sie weg, ihre mütterliche Fürsorge ihm auf immer entzogen. Warum? Auf wessen Befehl?

Er schaute um sich, als schwebte irgendwo eine Antwort, und entdeckte, dass Viboldone wie eine Insel aus der nebelgrauen Ebene herausragte. Nur von den Spitzen einer Pappelreihe durchstochen, ging das Land nahtlos ins kaum dunklere Grau des Himmels über: ein Wasserlauf oder ein Weg, dachte Mazzi beim Anblick der Bäume, und die Richtung ungefähr die meine.

Der Gedanke kam ihm, ohne Dank und Gruß von dannen zu ziehen, doch da entdeckte er, endlich, in kurzer Entfernung auf dem abschüssigen Feld Menschen. Vier Männer zählte er; unsichtbar im Nebel, wären ihre Sicheln nicht gewesen, die bei jedem Schwung aufblitzten.

«Oilà!», begrüsste er sie von weitem.

«Bon dì. Com' la va?»

«Besser», schrie Mazzi hinunter und versicherte dem Mönch, der auf seinen Ruf die Sichel abgelegt hatte und nun zu ihm hochkam, dass sein Kopf heute kühl und klar sei, Lavinia und dem Herrn Dank.

«Dem Herrn allein sei Dank. Lavinia ist nur sein Werkzeug gewesen. Ich bin Don Anselmo. Kommt.»

Der Mönch hinkte ihm voran ins Kloster und führte ihn in eine Kammer, die mit seinem Krankenzimmer bis auf das Kruzifix über der Tür identisch war.

Der Mann war ein Greis, wunderte sich Mazzi, ein armer Schlucker, dem die Kutte in wehenden Fetzen um den Leib hing und die ausgeleierten Sandalen schier vor den Füssen fielen. Einer, der dringend neue Kleider brauchte und weiß der Himmel was noch. «Wie lange wird es dauern, bis er mir unter vier Augen seinen Preis für Pflege und Beherbergung nennt?», fragte er sich.

«Willkommen zurück unter den Lebenden! Es ist mir eine Ehre, Euch in meiner bescheidenen Zelle zu empfangen. Nehmt bitte auf diesen Stuhl Platz, ich werde mit der Bettkante vorlieb nehmen.»

«Nein doch, umgekehrt wäre es mir lieber. Ihr seid hier der Hausherr.»

«Aber nein, davon kann keine Rede sein. Euch gebührt der beste Platz in unserem Haus. Wer sind wir im Vergleich zu Euch? Armselige Kreaturen, Würmer nur. Ich bitte Euch, nehmt Platz.»

Mazzi gehorchte widerwillig und erst nach wiederholten Aufforderungen.

«Glauben Sie mir, hätten wir gewusst, mit wem wir es zu tun haben, hätten wir Euch in di Ca' Grande von Mailand überführt und einen Eurer erlauchten Kollegen beigezogen. Aber wir hatten keine Ahnung und verließen uns auf die gute Lavinia, wie es unsere Gewohnheit ist, wenn einer von uns erkrankt. – Heute kann ich jedoch aufatmen und sagen: Ende gut, alles gut, nicht wahr? Wie mich das freut und erleichtert.»

«Stimmt, Lavinia hat mir wahrscheinlich das Leben gerettet.»

«Und ich sage: Mehr noch! Sie hat der Menschheit einen großen Wissenschaftler erhalten.»

«Wie kommt Ihr darauf?»

Der Mönch grinste und entblößte dabei eine Reihe fauler Zähne: «Nur nicht so bescheiden, Meister. Vielleicht ist der Moment gekommen, dass ich eine kleine Beichte ablege.»

Langsam begann Mazzi zu begreifen. Noch wusste er nicht, unter welchen Umständen er nach Viboldone gekommen war, und die Zeit zwischen dem Augenblick, da er in Melegnano aus dem Pferdewagen gestiegen war, und jenem, da sich im Schatten der Stadtmauern mit einem Mal Himmel und Erde vor seinen Augen gedreht hatten, diese Zeit – eine Stunde? Ein Tag? Gar länger? – war aus seinem Gedächtnis so vollkommen gelöscht, dass sie ihm wie übersprungen schien.

Eines aber schälte sich nun bei Don Anselmos Worten jäh wieder aus der Vergessenheit heraus: Die Mappe! Vesals Brief! Mazzi schnellte vom Stuhl: «Meine Mappe! Was habt Ihr damit gemacht?»

«Warum diese Aufregung? Eure Mappe ist hier, in der Schublade meines Tisches. Wir haben Sie während Eurer Krankheit gut aufbewahrt. Nicht, dass wir Lavinia misstrauten, aber in heutigen Zeiten weiß man nie.»

«Ich will sie zurück!»

«Gleich, gleich …, lasst mich aber noch beichten, dass ich mir als Vorsteher des Klosters erlaubt habe, einen Blick in Euren Brief zu werfen, bevor ich in Eure Aufnahme einwilligte.»

«Ihr hattet kein Recht dazu, der Brief war nicht für fremde Augen bestimmt!»

«Gelesen habe ich ihn nicht wirklich, er ist für unsereiner von keinem Interesse. Mir ging es nur um Euren Namen. Außerdem wissen wir hier Geheimnisse zu wahren.»

Während dieses Worttausches waren auch nacheinander die drei Mönche hinzugestoßen, die Mazzi von weitem auf dem Feld gesehen hatte. Größer, aber kaum kräftiger als Don Anselmo, schienen sie, jung wie alt, ungefähr denselben Gesichtsausdruck mit ihm zu teilen, eine Mischung von Neugier und Verschlagenheit, die Mazzi unangenehm berührte. Er blickte von einem zum andern und schüttelte jedes Mal den Kopf, als auf die Grußformel ein in unverfänglicher Höflichkeit gekleideter Sitzbefehl folgte. Auf keinen Fall wollte er die Konversation, deren Kern und Richtung ihm noch entgingen, aus zwei Kopf tieferer Perspektive weiterführen.

«Ich bleibe stehen. Und ich will jetzt bitte meine Mappe zurückhaben. Dann können wir weiterreden.»

Zu seinem Erstaunen zeigten die Worte Wirkung. Don Anselmo nickte und machte ein nachdenkliches Gesicht. «Der Anrede zu glauben habt Ihr Verbindungen zur spanischen Krone, lässt, wenn ich mich so ausdrücken darf, in Madrid blaues Blut zur Ader. Soweit bringen es nur die Gescheiten oder die in die richtige Familie Hineingeborenen; bei Euch trifft wahrscheinlich beides zu.»

«Worauf wollt Ihr hinaus?»

«Darauf, dass der Himmel Euch zu uns geführt hat, Meister Vesal. Ja, hier muss Göttliches am Werk sein, denn kein anderer als Ihr könnte uns heute besser vor dem Untergang bewahren. Ihr runzelt die Stirn? Bedenkt bitte, bevor ich weiterrede, dass meine Fratres und ich Euch diese Tage vor dem Eurigen bewahrt haben. Spreche ich nach Eurem Sinn, Brüder?» Don Anselmo drehte sich zu den Mönchen, die hinter ihm Spalier standen, und wartete auf ein Zeichen der Zustimmung, um fortzufahren.

«Aber ich bin nicht-», entfuhr es Mazzi.

«Ihr seid nicht …?»

Mazzi biss sich auf die Lippen. Um ein Haar hätte er die Trumpfkarte, die man ihm zugespielt hatte, aus der Hand gegeben. Er räusperte sich, um Zeit zu gewinnen, und platzte mit der erstbesten Lüge heraus, die ihm einfiel: «Ich wollte nur einwenden, dass Ihr meine Macht womöglich überschätzt. Ich bin nicht der einzige Arzt am spanischen Hof und wüsste nicht, was ich in meiner bescheidenen Position für Euch ausrichten könnte.»

«Ausgerechnet Ihr sprecht von bescheidener Position! Ihr, der Ihr offensichtlich so großes Vertrauen in Spanien genießt, dass Philipp Euch erlaubt, ihm höchstpersönlich Briefe zu schreiben! Eure Bescheidenheit scheint uns fehl am Platz.»

«Was wollt Ihr von mir? Geld? Ich kann Euch einen Dukaten geben, den Rest in Gemmen.»

«Gemmen! Ach! Auch die haben wir in Eurer Mappe gesehen. Schöne Stücke, keine Frage, aber in unserem Fall von keinerlei Nutzen. Nein, Meister Vesal, was meine Brüder und ich uns von Euch erbitten, lässt sich nicht in Dukaten oder Gulden zählen. Auch wir können bescheiden sein. Wir werden Euch mit Eurem ganzen Hab und Gut weiterziehen lassen.»

«Eure Güte rührt mich», erwiderte Mazzi trocken.

«Sie hat allerdings ihren Preis: Wir möchten Euch ans Herz legen, von hier nach Mailand zu gehen, um dort beim Statthalter ein gutes Wort für uns einzulegen. Mailand ist keinen Tagesmarsch von hier entfernt, der Umweg gering.»

«Das kann ich nicht tun. Weder kenne ich den Statthalter, noch wüsste ich, wie ich zu ihm gelange.»

«De la Cueva heißt er, ein Spanier, klar; wie könnte es anders sein, seit das Herzogtum von Mailand Eurem König gehört. Wobei de la Cueva nicht einmal der übelste Statthalter ist, den wir bisher erdulden mussten. Doch letztlich geht es gar nicht um ihn, sondern um Borromeo, den neuen Erzbischof. Der sitzt zwar noch in

Rom, aber er macht uns hier schon die Hölle heiß. Sagt, er wolle unsere Brüderschaft reformieren, wo wir doch alle wissen, dass er nur darauf aus ist, unsere Pfründe zu konfiszieren, wenn nicht sogar den Orden aufzulösen.»

«Mit Verlaub, damit habe ich nichts zu tun. Ihr vergesst, ich bin Arzt, nicht Klosterbruder.»

«Das weiß ich schon. Aber zufällig seid Ihr in der idealen Position, um uns aus einem verflixten Engpass zu helfen. Hört zu: Borromeo wird in Kürze sein Amt in Mailand antreten, davor graut vielen im Land, nicht nur uns. Sein Ruf ist der eines schlauen und grausamen Wolfes, der Sünden riecht, wo keine sind. Seine Reformwut kennt keine Grenzen, darüber könnte ich Euch manche Geschichte erzählen. Leider scheint es, als habe er es ausgerechnet auf uns Umiliati abgesehen. Er will uns ausrotten, als wären wir das schlimmste Ungeziefer auf christlichem Boden.»

«Sicher braucht Ihr nicht ernsthaft um Euer Überleben zu bangen. Meines Wissens lassen sich religiöse Orden nicht so ohne weiteres auflösen.»

«Der Vatikan gibt Borromeo Rückendeckung, außerdem hat der Kerl im Konzil von Trient mitgemischt, das sagt doch alles: zurück zur Verehrung von Reliquien, zurück zum Glauben, dass Christus bei der Eucharistie leiblich anwesend ist, zurück zu den Ablässen, und weiterer alter Kram. Bedenkt: Wogegen Luther und seine Leute so arg gekämpft haben, wurde letztes Jahr im Konzil ohne mit der Wimper zu zucken wieder eingeführt. Es sieht schlecht aus für uns. Wir brauchen Eure Fürsprache. Redet bitte mit dem Statthalter; dem Leibarzt seines

Königs wird er Gehör schenken und Borromeo in seine Schranken weisen. Wahrlich, gelegener hättet Ihr uns nicht kommen können. Morgen wird Euch Don Carlo nach Mailand begleiten.»

Der letzte Satz war nicht zu missverstehen: ein Befehl. Mazzi lief es kalt den Rücken hinunter. Seine Augen maßen den Raum ab und musterten das Türschloss, zum Glück ein einfaches Fallriegelschloss, während er – zum wievielten Mal eigentlich seit Zante? – wieder auf Flucht sann.

Kannte er die Klosteranlage zur Genüge, um nicht vor der ersten verriegelten Tür zu scheitern? In welche Richtung würde er laufen müssen, um den Ausgang zu finden, rechts oder links? Und die Mappe? Mit welchem Handgriff konnte er die Schublade vor Don Anselmos Bauch aufreißen und gleichzeitig an den drei andern Gesellen vorbeispringen?

«Ihr sagt nichts. Passt Euch unser Angebot nicht? Uns scheint es eine angemessene Gegenleistung für Eure Rettung. Lavinia hat Euch dem sicheren Tod entrissen und vier Tage lange gepflegt, und wir haben Euch ein Zimmer mit warmem Bett zur Verfügung gestellt. Ohne uns würdet Ihr jetzt im Straßengraben von Melegnano liegen; Ihr könnt Gift darauf nehmen, dass Euch aus Angst vor dem schwarzen Tod keiner aufgelesen und begraben hätte.»

«Wie bin ich überhaupt hierher gelangt?», fragte Mazzi, um Zeit zu gewinnen.

«Remigio hielt sich an jenem Tag gerade in Melegnano auf. Es war Markttag. Doch erzähl du selbst unserem werten Gast die Geschichte, Remigio.»

Remigio zierte sich nicht: «Ich verkaufe in Melegnano jeweils das Futtergras, das wir hier am Hang anbauen. So auch vor vier Tagen.»

«Futtergras, um diese Jahreszeit?», unterbrach ihn Mazzi belustigt.

«Jawohl, Meister Vesal. Ihr mögt in Eurem Fach vielleicht der Weiseste sein, aber die landwirtschaftliche Kunst überlasst bitte uns. Wir wässern die Hänge über das ganze Jahr mit einem steten Tropfenfluss, so gefriert der Boden nicht und können wir bis zu neun Grasernten erzielen. Die letzte, im Dezember, lassen wir dann verfaulen, um den Hang für das nächste Jahr zu düngen.»

«Davon könnt Ihr leben?»

«Davon alleine nicht. Aber macht Euch keine Sorgen, arm sind wir nicht. Das Kloster hat im Laufe der Jahrhunderte genug Pachtland erhalten. Früher waren wir an die Hundert in der Gegend, Frauen, Männer, ganze Familien, aber jetzt ... seht, jetzt kann man uns an einer Hand abzählen.»

«Komm doch zur Sache Remigio, deine Sorgen interessieren unsern Gast nicht.»

«Wenn du meinst. Vor vier Tagen war ich also wegen des Futtergrases in Melegnano. Eben wollte ich mich wieder auf den Rückweg machen, es war um die Non herum, als ich Euch aus dem Stadttor wanken sah. Ihr wart sichtlich am Ende Eurer Kräfte, die Menschen wichen Euch aus statt zu helfen, und als Ihr dann noch hinfielt und Euch nicht mehr erhobt, suchte alles, was Beine hatte, fluchtartig das Weite.

Was blieb mir anderes übrig, als Euch auf meinen Karren zu hieven und ins Kloster zu bringen? Man schalt mich von weitem einen Verrückten, aber was konnte es mich kümmern? Der schwarze Tod macht mir nicht Angst. Gott beschützt mich. Mit einem Moribunden auf dem Karren wusste ich überdies, dass mich unterwegs kein Wegelagerer überfallen würde. In Wahrheit bin ich noch nie in größerer Sicherheit von Melegnano nach Hause gefahren.»

«Ihr habt diese Tage im Fieberwahn übrigens wilde Sachen gemurmelt, Meister Vesal», sagte Don Anselmo. «Wenn ich aus Eurer Unterschrift nicht entnommen hätte, dass Ihr aus Flandern stammt, hätte ich schwören können, Ihr seid Venezianer. Euer Akzent ist sehr ausgeprägt.»

Mazzi lächelte schwach: «Sollte das eine Falle sein?»

«Aber nein, wo denkt Ihr hin?»

«Gut. Es gibt nämlich eine einfache Erklärung dafür.»

Wie gelegen kamen Mazzi nun Guilandinos Kommentare, um von dieser Frage abzulenken. Wohl wissend, dass er sich auf dünnem Eis bewegte, begann er vorsichtig zum Besten zu geben, was er über Vesal wusste. Flandern erwähnte er mit keinem Wort, aber Padua, die Stadt, in der er selbst immerhin ein paar Tage gelebt und angeblich auch gelehrt hatte, versuchte er wahrheitsgetreu zu schildern. Er vergaß weder den Gestank der Schlächterhäuser noch die schlanken Kolonnen der Loggia im Hof der Universität, und um seinen Worten zuletzt auch ja das Siegel der Plausibilität aufzudrücken, holte er zu einer Kostprobe seiner vermeintlichen Kunst aus: «Jahre lang habe ich mit meinen Studenten Leichen aufgeschnitten. Ich habe Brustkörbe aufgebrochen und Rippen zersägt, um zu studieren, was sich tief in unserem Innern tut. Das Herz, das Ihr in Euch schlagen hört, werte Brüder, ist nichts als ein blutiger Fleischklumpen, ein ...»

«Aber es schlägt, Meister Vesal, das ist die Hauptsache. Solange wir leben, heißt Gott es schlagen. Eure Wissenschaft wird dieses göttliche Geheimnis nie und nimmer lüften können.»

«Und ob die Wissenschaft es lüften wird! Wir arbeiten daran, Don Anselmo, wir sind mit unserer Wissenschaft dem Göttlichen auf der Spur.»

«So, so. Dann erklärt uns doch bitte, was Ihr in Eurem Brief genau meint, wenn Ihr vom Sitz der Seele schreibt und ... Augenblick, ich zeige Euch die Stelle. Sie ist gleich auf der zweiten Seite; weiter habe ich nämlich nicht gelesen, weil mich, bitte verzeiht die Ehrlichkeit, Euer geschraubter Schreibstil doch rasch ermüdet hat. Aber wo ist denn diese Stelle wieder?»

«Ja, bitte, zeigt sie mir», bat Mazzi, der seine Aufregung nur mit Mühe verbergen konnte. Sollte das Glück heute auf seiner Seite sein? Das Herz, von dem er eben eine nüchterne Beschreibung geliefert hatte, raste, dass er meinte, es würde ihm aus der Brust springen; er versuchte sich zu sammeln, um nachdenken, auf keinen Fall durfte er sich diese kostbare Gelegenheit entgehen lassen, eine zweite würde sich ihm nicht bieten!

Ja, jetzt oder nie, erkannte Mazzi, als Don Anselmo die Mappe aus der Schublade gezogen hatte und nun achtsam auf die Knie legte. Ein Handgriff, Tritte und

Stöße nach links und nach rechts, ein Satz, und eh es sich die Mönche versahen, hatte Mazzi den Fallriegel geschoben und war zur Tür hinaus. Sie hörten seine Schritte im Korridor hallen, schnelle leichte Sprünge das Refektorium entlang, um die Ecke, an der Kapelle vorbei, leiser und leiser, kaum mehr vernehmbar – und zuletzt das Knarren des Tores, das ins Freie gab.

Rollend, rutschend und mit tollkühnen Sprüngen kollerte Mazzi den Hang von Viboldone hinunter, schnurstracks auf den Weg zu, den er unter sich im Nebel mehr erriet als erkannte. Das Fieber, das ihn geschwächt und vier Tage lang ans Bett genagelt hatte, schien sich seiner in neuer, Kraft spendender Form bemächtigt zu haben; in den Augen der Mönche, die sich hintereinander an den Rand des Hanges drängten, irrlichterte der Mensch, den sie eben noch in ihrer Macht geglaubt hatten, jedenfalls schon in weiter Ferne über Stock und Stein, von Sekunde zu Sekunde blasser und kleiner werdend bis hin zur bloßen Ahnung.

Dieser hinterherzurennen war zwecklos.

San Donato

In nordwestlicher Richtung, die Mazzi einschlug, schnitt der Weg durch Sumpf. Teichbinsen und Bachbungen deuteten darin den Verlauf von gurgelnden Rinnsalen an, ansonsten erstreckte sich das Gebiet eben und in dumpfen Brauntönen, nur hier und dort aufblitzend, wenn eine Wolke zerfaserte und Sonnenschein durchließ.

Mazzi schaute kein einziges Mal zurück. Erst als er sich in sicherer Entfernung vom Kloster wähnte, setzte er sich unter Flutschen und Flattern auf eine Moosbank am Rande des Wassers und vergewisserte sich, dass die Mönche ihm nichts aus der Mappe gestohlen hatten. Er fand die Edelsteine und Vesals elf Briefblätter vollzählig, das Siegel von Guilandinos Schreiben jedoch aufgebrochen und ungeschickt wieder zusammengeleimt.

«Maledetti frati!», fluchte er, «nun wissen sie, wohin meine Reise geht.»

Was die Mönche aber nicht wissen konnten und Mazzi selbst auch erst, als am Wegrand plötzlich die ersten Häuser von San Donato aus dem Abendnebel tauchten, war, wie tief sein Wunsch saß, im Dorf Halt zu machen, um Lavinia noch einmal zu sehen. Basel musste warten. Mazzi fragte ein Kind und später die Wäscherinnen am Dorftrog, wo die *herbera* mit den langen blonden Zöpfe wohne, und staunte, dass man ihn, einen Fremden, nicht gleich fortjagte, sondern mit unverhohlener Neugier begutachtete.

«Lavinia?»

Mazzi nickte.

Die Frau war offenbar im Dorf bekannt, wenn nicht gar, nach den Blicken zu urteilen, berüchtigt. Aller Finger deuteten in dieselbe Richtung, und aller Munde erklärten ihm: «Weiter nördlich, Signore, am Dorfausgang, das letzte Haus neben Beppes Mühle. Es ist nicht zu übersehen.»

Wie wahr die Weiber gesprochen hatten. Lavinias Haus stach schon von weitem aus der Reihe schlichter, aber einigermaßen frisch verputzter Behausungen heraus, eine Bruchbude mit eingefallenem Dachfirst, die Fenster im oberen Geschoss zugenagelt, die Wände voll Rissen und bis auf Wadenhöhe mit Tierkot verschmutzt. Die Tür war angelehnt, aus dem Spalt entwich Qualm, der Mazzi beim Herannahen den Atem verschlug. Bitteres, süßes Engelskraut!

Wundermittel und Lebenselixier– angebliches! Wie vertraut es ihm war, wie verhasst. In dessen Umnebelung war er groß geworden, buchstäblich und im übertragenen Sinn. Der erste Lungenzug beschwörte die Mutter herauf, die hustend über dem Kamin gebeugt, mit der Eisenstange in der Glut stocherte. Der zweite eine noble Signorina am Arm ihres Vaters, der einen *zecchino* auf den Tisch hatte rollen lassen mit den Worten: «Siehst du dieses Goldstück, Bianca? Befreie meine Tochter mit deinen Kräutern von der Melancholie, gib ihr den Lebenswillen zurück, dann sind dreißig Stück davon dein.» Dreißig *zecchini*!

Die Mutter war in die Knie gesunken und hatte seinen Rocksaum geküsst und später, als die beiden gegangen waren, ihren Giò an sich gedrückt und gejauchzt: «Mein kleiner Junge, hast du gehört? Bald sind wir reich, denn mein Engelskraut hat schon jeden aus der Dunkelheit zurückgeholt.»

Reich! Das Wort hatte ein paar Tage im Raum geschwebt, beseligend wie der schwerblütigste Malvasia Veneziens, und alle beide, Mutter und Sohn, hatten sich, mitten im Qualm der Angelika von diesem Gold geblendet, ein eigenes Haus, neue Schuhe und feine Gerichte erträumt. Nichts war daraus geworden. Während fünf Tagen atmete das Mädchen den angelischen Rauch ein, aber die Melancholie saß fest und ließ es nicht leben wollen; mit dem letzten Atemzug der Armseligen waren die Visionen von einer besseren Zukunft einfach verglüht.

Daran musste Mazzi denken, als er an Lavinias Tür klopfte.

Er war bei Anbruch der Dunkelheit in San Donato eingetroffen und hatte gehofft, dass Lavinia ihn gegen Entgelt beherbergen würde. Die Frau, die im Kloster so fürsorglich auf ihn gewacht hatte, hätte ihn vielleicht ohne Bedenken hereingelassen, aber zu Mazzis Befremden zeigte sich ein Wesen an der Türschwelle, dem die häusliche Umgebung eine fahrige, fast abweisende Ängstlichkeit aufzudrücken schien.

Lavinia erkannte ihn, noch bevor er den Mund geöffnet oder sie berührt hatte. Mit dem Lächeln, das ihr übers Gesicht huschte, ging jedoch eine Geste der Abwehr einher, die nicht zu missverstehen war: Mazzi kam ungelegen. Geräusche im Hintergrund verrieten ihm, dass sie nicht allein war; jemand schlurfte flüsternd hinter einem Vorhand hin und her, einen Säugling im Arm, der sich in den Schlaf quengelte. Lavinia legte den Zeigefinger an den Mund. «Kommt. Aber bitte – bleibt nicht allzu lange.»

Ein Feuer knisterte im Kamin, hellte, unstet flackernd, eine Ecke des Raumes auf und Lavinias Haar. Aufgelöst reichte es ihr bis zur Hüfte und umflutete ihre Gestalt wie zerfließender Bernstein. Zuan, dachte Mazzi, hatte ähnliches Haar gehabt. Ob Lavinia es für ihre Liebesnächte ebenfalls parfümierte?

«Warum seid ich gekommen, Meister Vesal? Ich habe Euch geheilt, mehr kann ich nicht tun.»

«Verzeiht, wenn ich hier hereinplatze, Lavinia. Bitte helft mir, sei es auch nur für diese Nacht. Ich bin vom Kloster weggelaufen. Es gab ein Missverständnis, ich bin nicht derjenige, für den Ihr mich hält. Und, wenn ich mich so ausdrücken darf, auch nicht mehr derjenige, den ich zu sein glaubte. Ich bin … verwirrt, Lavinia, Ihr müsst mir helfen.»

Lavinia stand mit verschränkten Armen an die Tür gelehnt und hörte nur mit halbem Ohr zu; ihre Aufmerksamkeit galt dem leiser werdenden Weinen hinter dem Vorhang. Erst als das Kind verstummte, schüttelte sie den Kopf und sagte: «Wer immer Ihr seid, für mich wart Ihr ein kranker Mensch, dem ich die Gesundheit zurückgeben sollte. Diese Aufgabe habe ich erfüllt, nicht ohne Bangen, denn Don Anselmo verriet mir, dass Ihr Arzt seid. Nun muss ich mich um die anderen Kranken kümmern. Es gibt viele in dieser Jahreszeit. Ihr aber könnt wieder auf eigenen Beinen stehen und gehen, wohin Euch beliebt. Ist Euch das nicht genug?»

«Nein. Die Hilfe, die ich brauche, ist eine ganz andere. Ich bin hier, Lavinia, weil ich …»

«Nun, so sagt schon. Bald kommt mein Vater nach Hause. Glaubt mir, Ihr würdet ihm nicht begegnen wollen. Wenn ich was tun kann, beeilt Euch.»

«Ich will, nein, ich muss … muss unbedingt …»

«Ihr stottert, mein Gott. Habt Ihr denn so Schlimmes zu beichten?» Mazzis Befangenheit hatte sie erweicht. Sie lächelte jetzt und bat ihn, sich kurz am Kamin zu wärmen, während sie ihm eine Schale Milch und Kastanien zubereitete.

«Ihr werdet mich für irr halten, aber die Sache ist die, dass ich richtig lesen lernen will.»

«Lesen?»

Lavinia hielt ihm die Schale und einen Löffel hin und wiederholte, fast belustigt:

«Lesen? Aber Meister Vesal, wenn jemand auf dieser Welt lesen kann, dann seid Ihr es doch. Ich verstehe nicht … Außerdem bin ich die Letzte, die es Euch beibringen könnte.»

Wäre Lavinia nicht blind gewesen, hätte sie die Röte in Mazzis Wangen steigen sehen. «Das meinte ich auch nicht. Aber wenigstens könntet Ihr mir behilflich sein, den richtigen Lehrer zu finden. Ich habe nicht viel Zeit, man erwartet mich jenseits der Alpen; ein paar Tage könnte ich jedoch im Dorf bleiben. Lasst mich erklären …»

«Bitte, nicht jetzt. Don Anselmo hättet Ihr fragen sollen, er kennt die Bibel auswendig.»

«Ihn? Niemals! Ins Kloster kehre ich nicht zurück.»

Wie zur Zeit seiner Krankheit stand Lavinia in einiger Entfernung, die Augen ungefähr auf ihn geheftet, und wartete schweigend, bis Mazzi die Milch ausgelöffelt hatte. Dann streckte sie die Hand nach der Schale aus und verschwand hinter dem Vorhang. Mazzi hörte sie tuscheln. Sie setzt sich für mich ein, dachte er, während er sich den Mund mit dem Ärmel sauberwischte, sie bettelt, mich behalten zu dürfen. Hierbleiben: Er wollte in diesem Augenblick nichts sehnlicher als dies.

Der Raum war trotz des Kaminfeuers kalt und unbehaglich, aber die auf einer Konsole aufgereihten Pestkugeln, die beschrifteten Krüge und vor allem die Kräuter, die zum Trocknen an Schnüren aufgereiht von der Decke hingen, erinnerten Mazzi an das Haus seiner Kindheit in Castello. Wenn er auch um nichts in der Welt mehr dort hätte leben wollen, so schenkte ihm die Erinnerung daran doch ein flüchtiges Gefühl der Geborgenheit.

Zum ersten Mal seit er von Guilandino auf der Brücke von Bassanello Abschied genommen hatte, kehrte Ruhe in sein Gemüt ein. Er starrte in die verglimmenden Kohlen und malte sich die nächsten Tage mitsamt Abschied aus, dessen Schmerz – er spürte ihn jetzt schon in der Kehle und im plötzlichen Aufwallen seines Blutes bei der Vergegenwärtigung von Lavinias letzten Worten – in keinem Verhältnis zur Flüchtigkeit ihrer Bekanntschaft stand und ihm doch so schwerfallen würde wie keiner zuvor.

Lavinia würde ihn weiter umsorgen, daran wollte er nicht zweifeln. Auch dass es ihm gelingen würde, sich in den kommenden Tagen unter Anweisung eines Gelehrten endlich aus seiner Ignoranz herauszuschälen, stand für ihn klar. Einer wie Guilandino wollte er nicht werden, aber wenn Lumpenpack wie die Umiliati, denen er eben entronnen war, das Lesen beherrschte, dann musste es auch in seiner Reichweite liegen.

«Meister Vesal!» Lavinia kniete neben ihm nieder und legte die Hände über die Glut. Ihre auffallend langen Finger und die Handgelenke gefielen ihm; Letztere waren so schmal, dass er sie ohne Mühe mit Daumen und Zeigefinger hätte umfassen können. Wie alt mochte sie sein? Dreißig? Vierzig? Er hätte es nicht sagen können; der Verdruss, Kummer sogar, der ihre Mundwinkel nach unten verzog, passte nicht zur Frische ihres Gesichtes.

Befangen vom Duft der Räucherung, die noch in ihren Kleidern nistete, rückte Mazzi von ihr weg.

«Meister Vesal», wiederholte sie nach einer längeren Pause. «Es tut mir leid, ich kann Euch in meinem Haus kein Logis anbieten.»

«Oh, aber eine Pritsche genügt mir, glaubt mir, ich bin nicht heikel. Und selbstverständlich werde ich dafür bezahlen.»

«Nein, nein. Ihr versteht nicht. Es geht nicht um Geld. Auch nicht um den Platz. Davon haben wir hier genug. Aber mein Vater … er duldet niemanden außer mir in seiner Nähe.»

«Was ist mit Eurem Kind? Und die Frau, mit der ich Euch habe reden hören?»

«Meine Mutter? Ach, sie zählt nicht. Seit die Pocken sie verunstaltet haben, führt sie ein Schattendasein, lässt sich kaum mehr blicken. Er jedenfalls sieht sie nicht mehr. Doch säumen wir nicht länger, Vater könnte in jedem Augenblick hereinplatzen. Kommt, ich zeige Euch den Weg zu meinem Schwager Bastiano. Ihr braucht ihm nur meinen Namen zu nennen, dann wird er Euch fraglos beherbergen. Er ist allerdings viel unterwegs, es könnte sein, dass Ihr eine Weile vor geschlossener Tür steht.»

«Und Ihr denkt, er würde mir das Lesen beibringen?»

«Ja. Bastiano ist im Kloster von Viboldone aufgewachsen. Er lebte dort bis er fünfzehn oder sechzehn Jahre alt war, aber Mönch wollte er dann doch nicht werden, so kam er wieder ins Dorf hinunter und fing an, Briefe für Leute zu schreiben und zu kopieren, die selbst nicht schreiben können. Jetzt reist er in der Gegend von Jahrmarkt zu Jahrmarkt und liest den Leuten die Hand, legt Karten und verfasst astrologische Horoskope. Damit hat er sich schon einen recht-» Lavinia hielt mitten im Satz inne und spitzte die Ohren.

«Was ist?»

«Zu spät, mein Vater ist eben um die Straßenecke gebogen. Ich höre ihn. Er ist … betrunken.»

Scham oder Angst ließen sie aufschnellen und wie ein gefangener Schmetterling durchs Zimmer flattern. Sie schwenkte die Arme in alle Richtungen, während Mazzi, von ihrer Panik angesteckt, vergeblich nach einem Unterschlupf Ausschau hielt. Der Raum bot keinen. Jetzt hörte auch er: torkelnde Schritte, die sich dem Haus näherten, Gebrumm, ein kurzes Lachen. Er hatte gerade noch Zeit,

Lavinias Hand zu ergreifen, die ihn mit einem energischen Ruck hinter den Vorhang zog, als die Tür aufsprang und der Betrunkene sich schnaufend und unter mächtigem Gefluch auf den Hocker fallen ließ, den Mazzi eben aufgegeben hatte. Von der Stimme, mit der er der Tochter befahl, ihm sein Essen zu bringen, machte sich Mazzi das Bild eines Hünen.

«Und Wein dazu, verstanden, du Hure?»

«Ja, Vater.»

Lavinia erschien hinter dem Vorhang und machte Mazzi Zeichen, er solle um Himmels Willen unter das erstbeste Möbel kriechen. Sie zitterte am ganzen Leib, während sie die Kastaniensuppe in eine Schale schöpfte, und atmete erst auf, als Mazzi sich zwischen zwei Stühlen unter einen Tisch gezwängt und sie ein bis zum Boden reichendes Tuch darüber gelegt hatte. Sie musste mit Weinkrug und Schale mehrere Male hin und herlaufen, bis der Vater endlich gesättigt war und, auf die Tochter gestützt, die Treppe hinauf in sein Schlafgemach polterte. Lavinia kam nicht zurück.

Wie in einem Zelt saß Mazzi, allseitig von Stoff und Garben trockener Lavendel- und Thymianzweigen umgeben, und wären die Käfer nicht gewesen, die aus den duftenden Blättern herauszukriechen begannen und ihm bald über Glieder und Gesicht liefen, hätte er sich beinahe glücklich gewähnt.

Nach einer Weile wagte er das Tuch zu lüften und einen Blick in den Raum zu werfen, in dem er die Nacht zu verbringen hatte. Er war nicht allein. Von einem Lumpenbündel in der Zimmerecke kamen Geräusche, flaches, wie von Schluckauf unterbrochenes Atmen sowie das Wimmern des Säuglings, den vielleicht ein erster Alptraum plagte. Mazzi zog rasch den Kopf ein, doch nicht bevor er erkannte hatte, dass Lavinia in dieser schäbigen Küche, in die die Alte mit dem Kind verbannt war, nebst Speisen auch Heil- und Zaubermittel zubereiten musste.

War Lavinia, die Blinde, eine Hexe? Wusste sie, wie er es aufgrund der gesichteten Kupelle, des Capitellums und dem turmförmigen Ofen vermuten musste, Gold und Silber zu läutern und Elixiere zu destillieren? Arbeitete sie gar, wie so viele Heiler auch, im Geheimen an der Panazee?

Lavinias Arzneien hatten ihn aus dem Fiebermorast gezogen, aber wie konnte er sicher sein, dass alles mit rechten Dingen zugegangen und er nicht zur Hörigkeit behext worden war? Er meinte, seine Retterin aus freien Stücken aufgesucht zu haben, doch war dem auch so? Vielleicht hatte ihn Lavinia mit ihren dunklen Künsten angelockt und war er ihrem Ruf nur gefolgt, weil er nicht anders konnte. Saß nun, während alles rundum den Schlaf der Seligen schlief, in einem fremden Haus unter einem Tisch versteckt wie der gemeinste Dieb und wusste nicht einmal, dass man ihn seines Willens beraubt hatte.

Draußen rüttelte ein später Herbststurm am Gebälk. Metallisches schepperte über das Kopfsteinpflaster. Dann winselte irgendwo ein Hund. Aber diese Laute waren es nicht, die Mazzi mitten in der Nacht das Blut in den Adern gefrieren ließen. Angestrengt horchend hielt er den Atem an und spähte unter dem Tuch zur Alten hinüber. Der Aufschrei, eine Klage fast, war nicht aus ihrer Ecke gekommen. Mazzi sah, wie die Alte die Decke über den Kopf zog und sich dichter gegen die Wand drückte.

Das Kind greinte kurz und fiel in den Schlaf zurück, während über ihm ein zweiter Schrei das Geheul des entfesselten Windes übertönte; lauter, schriller, aber gerade noch rechtzeitig von einer Hand unterdrückt, damit die Nachtruhe der Nachbarn nicht gestört würde. Mazzi kam ins Schwitzen. Er drückte sich vergeblich die Daumen in die Ohren, Lavinias Gefleh war inmitten des brünstigen Stöhnens des Vaters nicht zu überhören. Auch Schläge fielen, und auf schwaches Ausscheren folgten Ohrfeigen, neue Schreie. Ein einziges Mal reckte die Alte den Hals aus ihrer Vermummung und schlug mit der Faust gegen die Wand. Ihr Mann gab keine Ruhe, im Gegenteil.

Erst nach einem letzten, unter Schluchzern ausgestoßenen Seufzer kehrte Stille im Haus ein, und draußen heulte der Wind weiter und schlug der Regen gegen die klappernden Fensterläden, ohne Unterlass bis zum Morgengrauen.

***

Bastiano gönnte dem Neffen keine Pause. Die beiden hatten sich vor Tagesanbruch auf den Weg gemacht und waren unter rauschenden Baumkronen, dann wieder auf offenem Weideland dem Kanal entlanggegangen, der Onkel mindestens zehn Schritte voraus, das Kind, noch halb im Schlaf, klaglos hinterherhinkend. Kaum am

Lambro angelangt, drückte ihm Bastiano die Trampe in die Hand und hieß ihn, die Kresse aus dem Wasser reißen, während er selbst den Kescher eintauchte und wartend in die Hocke ging.

Der Junge tat, wie ihm befohlen. Harkte und stocherte mit einer Verbissenheit, die der Wut oder der Begeisterung entspringen mochte, so recht wusste er es selbst nicht. Kein Laut kam über seine Lippen, und er warf die Trampe auch erst ins Gras, als sich Bastiano mit der freigelegten Einbuchtung zufrieden erklärte.

«Das genügt, Luca», sagte er und machte dem Jungen neben sich Platz.

Lange geschah nichts. Ein Blubbern ließ die beiden gelegentlich aufhorchen, dann warf der Knabe ein paar Kiesel in den Fluss oder stach hier und dort aufs Geratewohl mit der Trampe in den sandigen Boden, aber weder Aal noch Barsch schwamm Bastiano ins Netz, vielleicht, dachte dieser, weil es noch dunkel ist, weil es so lange geregnet hat oder einfach wegen der Kälte. Die Fische regten sich nicht.

«Komm», sagte er schließlich, «spielen wir, dann geht die Zeit schneller um.»

Der Junge rückte näher zum Onkel heran, der inzwischen den Kescher wieder aus dem Wasser gezogen hatte, und klaubte ihm mit einem flinken Handgriff die Würfel aus der Manteltasche. «Wie viele Male wollen wir werfen?»

«Fünfzig, wie letztes Mal, ja?»

«Einverstanden. – Aber bist du sicher, ich meine, wirklich, wirklich sicher, dass wir wieder einen Durchschnitt von dreieinhalb erhalten? Könnte es heute nicht anders sein?»

«Nein, der Durchschnitt ist immer dreieinhalb. Es ist ein Gesetz.»

Luca schüttelte den Kopf. «Das verstehe ich nicht. Entweder gibt es den Zufall oder das Gesetz, aber beides gleichzeitig ist nicht möglich. Zufall bedeutet doch gerade, keinem Gesetz unterworfen zu sein.»

«Gut gesagt, aber leider falsch. Schlau zu sein genügt dir offenbar nicht mehr, du kleiner Schelm. Jetzt willst du sogar Cardanus übertreffen.»

«Nein doch. Ich wünschte nur, Cardanus wäre hier und könnte es mir erklären.»

«Vergiss es. Cardanus ist in Rom und kommt so schnell nicht wieder. Außerdem fürchtetest du dich vor ihm, als er das letzte Mal hier war.»

«Stimmt», lachte Luca. «Er guckte so furchtbar streng; und erst seine Nase! Lang und spitz wie die des Teufels kam sie mir vor. Aber da war ich noch zu klein, um auf anderes zu achten. Heut wäre es anders.»

«Mag sein. Doch wenn du nicht nach Rom reisen willst, musst du mit mir vorlieb nehmen und einfach glauben, was ich sage. Immerhin hab ich es aus erster Hand von ihm.»

«Von ihm oder von seinem Handlanger?»

«*Olà*, was soll diese Fragerei? Du nimmst die Dinge heute ja noch genauer als sonst.»

«Der Umgang mit Zahlen verlangt Genauigkeit, du selbst hast mir das beigebracht. Also sag, wie ist das mit deinem Wissen aus erster Hand?»

«Als ich noch mit Cardanus' Handlanger die Gegend für den Gouverneur von Mailand abmaß, spielten wir oft zu dritt in der *osteria* Würfel oder *tarocco*. Beide, Ferrari und er, spielten wie vom Dämon besessen, aber wenn es ums Kalkulieren ging, waren ihre Köpfe wieder klar wie Kristall. Oft verstand ich gar nichts von ihrem Gerede. Das mit dem Zufall und dessen Gesetzmäßigkeit ist mir jedoch im Gedächtnis geblieben. Und kürzlich hat mir Ferrari verraten, dass Cardanus ein Buch darüber schreibt.»

«Ein Buch über den Zufall? Aber wenn er so viel darüber weiß, warum ist er dann nicht steinreich? Einem, der die Würfelzahlen im Voraus kennt, müsste doch die Welt gehören?»

«Über den Zufall Bescheid zu wissen, heißt nicht, dass man jeden Würfelzug voraussagen kann. Man kennt den Spielverlauf in groben Zügen, aber …»

«Die Dreieinhalb?»

«Ja, wenn du so willst.»

«Was nützt es denn zu wissen, dass der Enddurchschnitt dreieinhalb sein wird, wenn man die einzelnen Würfelzüge damit nicht voraussehen kann?»

«Das ist eben höhere Mathematik. Die betreibt Cardanus nicht, um sich zu bereichern, sondern um des Fortschritts der Wissenschaft willen. – Aber spiel schon, es ist inzwischen hell genug.»

Der Junge schüttelte die Würfel dreimal in beiden Händen und ließ sie vor sich aufs Gras fallen. «Vier, eins und sechs. Kein schlechter Anfang. Und wer sagt mir jetzt, dass wir heute nicht fünfzig Mal nacheinander dieselbe Zahlen würfeln?»

«Niemand.»

«Also wäre es im Prinzip möglich?»

«Nein. Schau, ich würfle jetzt: Wetten, dass ich nicht dasselbe würfle wie du?»

«Was wollen wir wetten?»

«Einen *soldo*.»

Bastiano würfelte und grinste. «Eins, zwei und fünf. Siehst du? Ich hatte recht. Und jetzt schuldest du mir einen *soldo*.»

«Wir haben aber beide eine eins gewürfelt. Vielleicht wäre es anders, wenn wir nur mit einem Würfel spielten; ich meine, dann würden wir mit höherer Wahrscheinlichkeit fünfzig Mal dieselbe Zahl würfeln.»

«Das mag sein.»

«Was, du weißt es nicht?», staunte Luca.

«Nein, das heißt, nicht genau genug, um es dir darzulegen. Ich heiße nicht Cardanus.»

«Das habe ich schon lange gemerkt. Bald wirst du mir nichts mehr beibringen können. Aber jetzt hast du ja den Venezianer, um Lehrer zu spielen. – Doch würfeln wir weiter.»

Fünfzig Mal würfelten Onkel und Neffe um die Wette, und es war, wie Ersterer behauptet hatte: Die durchschnittliche Zahl belief sich auf dreieinhalb – genauer: auf drei und siebenundzwanzig Fünfzigstel.

«Na, Luca? Was sagst du jetzt?»

«Nichts. Ich nehme es zur Kenntnis und denke weiter darüber nach.»

«Nun lass mal sehen, ob du die Abfolge der fünfzig Würfe fehlerfrei aus dem Gedächtnis abrufen kannst.

Letztes Mal hattest du beim einunddreißigsten und sechsundvierzigsten Wurf gezögert und beim vorletzten Wurf einen Fehler gemacht.»

Luca setzte sich im Schneidersitz vor Bastiano ins Gras, schloss die Augen und begann aufzuzählen: «Vier, eins sechs; eins, zwei, fünf; drei, drei, vier; fünf, sechs, drei …» Diesmal rezitierte Luca die Reihe fehlerfrei und ohne Stocken.

«Sehr gut, Luca! Nur weiter so.»

«Letztes Mal hatte ich noch etwas Mühe mit meinem dritten Kreis. Ich verwechselte darin den roten Mann und die schwarze Frau und brachte so die Vier und die Sechs durcheinander.»

«Heute hat es aber prima geklappt.»

«Ja, ich übe auch gehörig. Wenn ich nicht zu müde bin, durchlaufe ich vor dem Einschlafen jeweils einmal den ganzen Gedächtnisgarten.»

«Beginnst du auch mit dem inneren Kreis, mit dem Ein und Allen?»

«Ja, natürlich. Ich stelle mich genau unter das große Auge des Doms und vergegenwärtige mir die Einheit alles Seienden, gehe von dort in die nächsten Kreise und sehe mich in jeder Laube genau um, bevor ich weitergehe. Ich glaube, dass ich mich früher zu sehr mit den Elementen beschäftigte und dabei die Figuren in den Domen vergaß. Wenn ich im dritten Kreis war, dachte ich an die drei alchemistischen Prinzipien Schwefel, Quecksilber und Salz, und so rutschte mir die Zahl drei so leicht heraus, anstatt die Vier, die Fünf oder die Sechs, die ich in den Lauben des dritten Kreises finde.»

«Ausgezeichnet. Dein Gedächtnis ist auf dem besten Weg zu seiner Vervollkommnung. Zahlenreihen sind jedoch eines, wie steht es mit Texten? Was hast auf diesem Gebiet vorzuweisen?»

«Texte fallen mir nicht ganz so leicht wie Zahlen, aber jeden Tag geht es ein bisschen schneller. Gestern habe ich vier Seiten Agrippa überflogen und mir anschließend laut aufgesagt. Ich denke, ohne Fehler.»

«Ich bin gespannt, lass mich hören.»

«Quatuor itaque quae diximus sunt elementa, sine quorum notitia perfecta nullum in magia producere possumus effectum. Sunt atquem …» Der Junge hatte sich nicht überschätzt, er rezitierte Agrippas Text in einem Guss, ließ kein Wort aus, versprach sich nicht.

«Da gibt's nichts auszusetzen, mein Junge. Und Agrippas *De Occulta Philosophia* ist immer eine gute Wahl. Fahr nur weiter so und merke dir: Lass nie nach in der Schulung deines Gedächtnisses, verstehst du: Nie! Das Gedächtnis ist elementares Handwerk, ohne das du keiner Wissenschaft je Herr werden wirst.»

«Ja, ja, ich weiß, Onkel. Das sagst du mir immer wieder.»

Mit diesen Worten sprang Luca auf, griff zum Kescher und trat ans Wasser. Bedacht, es nicht zu trüben, tauchte er ihn ein und schwenkte ihn sacht hin und her. Sofort flitzten silberne Funken in alle Richtungen, bildeten sich Blasen, gluckste und brodelte es unter dem verzückten Blick des Jungen, der wie im Rausch vor sich hinzumurmeln begann. Die Unruhe war jedoch nur von kurzer Dauer. Letzte Blasen bildeten sich auf der Oberfläche, drifteten, platzten, dann schien es, als habe der Kescher schon immer dagelegen, ein Ding des Flusses wie die Steine und Pflanzen, über die das Wasser seit Jahrhunderten achtlos hinweg- und hindurchfloss.

Luca stand still und durchforstete das Gewässer mit angehaltenem Atem. Wo versteckten sich die aufgeschreckten Fische? Er schaute genauer, bis er zwischen Blättern endlich die gestreifte Flanke eines Barsches erspähte, dessen Schwanz, ein rostig brauner Fächer, gegen die Strömung wedelte. Das Tier schien am Platz zu schweben.

«Siehst du was?»

«Pssst!»

Im jungen Stubenhocker, der seine Tage am liebsten mit dem Ausknobeln mathematischer Rätsel zubrachte, war der Jagdinstinkt erwacht. Nicht zum ersten Mal war er mit dem Onkel auf der Pirsch und erlebte, wie sich sein Unmut, Bücher und Zirkel zurückzulassen, mit der Aussicht auf einen Fang schlagartig in Gier kehrte. Gier nach Kampf und Tod und Allmacht.

Auch Bastiano hatte die Verwandlung bemerkt. Von seinem Platz aus beobachtete er, wie das Blut die Wangen des Neffen färbten, während dieser augenrollend und mit angespannten Gliedern über dem Wasserspiegel gebeugt stand, so seltsam erstarrt in seinen Bewegungen wie die dreitausend Skulpturen des Mailänder Doms, dann aber jäh den Kescher schwang und in Sekundenschnelle den Fisch aus dem Wasser schöpfte.

Lavinias erstes Kind, Lucas älterer Bruder, war ähnlich veranlagt gewesen, doch was Bastiano bei Luca als schlaues Kalkül bewundern konnte, war bei Aldo sehr bald in jene rücksichtslose Durchtriebenheit ausgeartet, die ihn schon mit vierzehn Jahren in die Laufbahn eines Ganoven und Strichjungen gelenkt hatte. Das Letzte, was Bastiano von diesem Neffen vernommen hatte, ein gutes Jahr her, war Raub auf offener Straße gewesen; nicht in irgendwelcher Straße, nein, sondern ausgerechnet in Mailands Corsia dei Servi, wo Serbelloni sich seinen ersten Palast hatte bauen lassen. Was die patrouillierende Privatmiliz des Generals dem Kind im Folgenden angetan hatte, blieb Mutmaßung; Bastiano hatte die Hoffnung jedenfalls aufgegeben, Aldo lebend wiederzusehen.

Nun war Luca da, von Lavinias drittem Kind nicht zu reden, und wenn alles mit rechten Dingen zuging, würde der Knabe in ein paar Jahren in die Fußstapfen Ferraris und Cardanus' treten. Ersterer zumindest schien große Stücke auf den Jungen zu halten. Hatte er sich nicht einmal hinreißen lassen zu schwärmen, welch glanzvolle Karriere dem hellen Köpfchen beschieden würde, welcher Ruhm – vorausgesetzt Bastiano verpflichte sich, es angemessen auszubilden.

Angefangen mit, es verstehe sich von selbst, der großen und fundamentalen Gedächtniskunst: *Ad Herennium*, Ramon Lull, Agrippa, Ficinus et alii! Die Tore der besten Universität würden sich Luca öffnen, hatte Ferrari prophezeit; jene in Bologna zumal, wo er selbst Mathematik unterrichtete. Bastiano hatte weder ja noch nein gesagt und sich Zeit ausbedungen. Luca sei noch gar jung, kaum dreizehn, und das Beispiel seines Bruders gebiete Vorsicht beim Schmieden weitsichtiger Pläne.

Der Knabe hatte inzwischen den zuckenden Barsch ins Gras geschüttet und suchte das Gelände nach einem Stein ab.

«Da, der ist schwer genug», sagte Bastiano und warf ihm einen vor die Füße. «Langsam, Luca, du schlägst ihn mir noch zu Mus. Dann können wir ihn nicht verkaufen.»

«Aber-»

«Basta, sag ich! Der Fisch ist tot, das genügt.»

Achselzuckend ließ Luca ab und kehrte mit dem Kescher ans Ufer zurück, seine Aufmerksamkeit schon ganz auf die nächsten Opfer gerichtet.

Stunden später machten Onkel und Neffe auf dem Rückweg einen Umweg durch die Wälder, in denen sie am Vortag Fallen gestellt hatten, und boten ihre Beute – Aale, Störe, Barsche und vier Hasen – für die Hälfte des Marktpreises an der Straße zwischen San Donato und Mailand feil.

«Reich werden wir damit nicht, Junge, aber nun, da wir bis auf weiteres noch einen Gast zu ernähren haben, kommt mir der zusätzliche Batzen willkommen.»

«Warum nimmst du ihn überhaupt bei dir auf?»

«Lavinia kann ich nicht nein sagen.»

Luca blinzelte zum Onkel hinüber und flüsterte: «Verzeih, ich hatte es vergessen.»

«Schon gut, Luca.»

Zwei Hasen waren ihnen geblieben. Luca streichelte gedankenverloren deren Fell und sagte eine Weile nichts. Es regnete wieder stärker, die Dörfler hatten Eile, nach Hause zu kommen und warfen von ihren Karren kaum mehr einen Blick auf die beiden hinab, erkannten sie womöglich nicht einmal unter ihren tiefsitzenden Hüten, sie für Wegelagerer oder Juden haltend, um die man besser einen Bogen machte.

Luca hatte Bastianos Frau nicht gekannt, sie war im Jahr seiner Geburt an der Pest gestorben, aber er wusste vom Onkel um die verblüffende Ähnlichkeit zwischen ihr und der Zwillingsschwester Lavinia und wie schwer diese es ihm machte, in Lavinia weniger die Schwägerin als das lebende Abbild der Verstorbenen zu sehen und, in Momenten besonders großer Niedergeschlagenheit, sogar Laura selbst, wie durch ein Wunder für ihn wiederauferstanden.

Laura zuliebe, die ihm das Versprechen auf dem Sterbebett abgenommen hatte, unterstützte er Lavinia nach bestem Vermögen. Deren häusliches Unglück zu lindern, lag nicht in seiner Hand, aber wenigstens konnte er ihr die Sorge um die Kinder abnehmen. Er holte sie zu sich und kümmerte sich um sie, als wären sie die eigenen und ohne sich von den Gerüchten im Dorf aufwühlen zu lassen. Weder wollte Bastiano ihnen Glauben schenken, noch hielt er sich dafür, Lavinias Ehre zu verteidigen. Was zählte, waren allein die Neffen, in deren Adern Lauras Blut floss; dieses wusch sie in seinen Augen von jeder hinter vorgehaltener Hand benannten Schande rein.

«Onkel?»

«Ja?»

«Wie lange gedenkt der Venezianer bei uns zu bleiben?»

«Keine Ahnung. Angeblich will er die Alpen überqueren. Aber bis jetzt hat er noch keinerlei Anstalten zum Aufbruch gemacht. Allzu lange sollte er nicht mehr warten, bald erschwert der Schnee das Passieren der Pässe.»

«Das solltest du ihm sagen; vielleicht weiß er es gar nicht. Und vielleicht ist sein Wunsch, Lesen zu lernen, nur eine Ausrede, um seine Reise hinauszuschieben.»

«Das glaube ich nicht, dazu zeigt er sich im Unterricht viel zu beflissen. Er scheint es im Gegenteil eilig zu haben. Jedes Mal, wenn ich ihm etwas ausführlich erklären möchte, wird er ungeduldig und sagt ‹ja, ja, weiter, ich hab's begriffen›. Dabei begreift er bei weitem nicht alles auf Anhieb. Ha, ein seltsamer Vogel ist er, fürwahr.»

Auch Luca lachte. «Du magst ihn, gib's zu.»

«Ja, er ist ein guter Kerl. Etwas verwirrt vielleicht, wer weiß, warum, aber das Herz hat er eindeutig auf dem rechten Fleck. Vor allem amüsiert mich sein Eifer. Über dreißig ist er, denke ich mal, doch wenn er in ein Buch guckt, verwandelt er sich in ein Kind. So was habe ich noch nie erlebt. Wir wissen allerdings nichts von ihm, außer, dass er vor den Umiliati geflüchtet ist, – was, unter uns gesagt, wiederum für ihn spricht. Bei dem Gesindel da oben haben wir es ja auf die Dauer auch nicht ausgehalten. Aber eben: Weiß Gott, was er auf dem Kerbholz hat, dass er so wenig von sich preisgibt. Und du, magst du ihn?»

«Ja. Er ist so anders als die Leute hier. Irgendwie feiner, auch wenn er Lumpen trägt und so unsäglich wenig weiß. Schade, dass er bald wegziehen wird. Ich würde übrigens fürs Leben gern erfahren, was er in seiner Mappe hortet. Du nicht? Es muss etwas Kostbares sein, denn er lässt sie kaum aus den Augen.»

«Frag ihn, dann zeigt er uns vielleicht seinen Schatz.»

«Muss man ihn fragen?»

«Was willst du damit sagen?»

Luca lächelte verschmitzt. «Nun, ich meine, wenn er schläft …»

**

Die Hässlichkeit von San Donato! Die abgrundtiefe Reizlosigkeit! Unversöhnt drehte Mazzi morgens und abends, vor und nach der Anstrengung des Lernens, seine Runde im Dorf und suchte eine graziöse Linie oder die delikate Farbe eines Hausanstrichs, die es nicht gab, so wie auch das Erlauschen von Gesprächsfetzen ihm nur immer die Verrohung des Ausdrucks bestätigte, die seit Brescia sein Ohr verletzte. Alles in diesem lombardischen Kaff rief ihm als deren genaue Kehrseite die Eleganz seiner Heimatstadt in Erinnerung. Ein Wohnen ohne Sinneswonne herrschte hier, die Behausungen so planlos zusammengewürfelt, dass sie sogar die Grenzen zwischen Palazzo, Kate und Schuppen verwischten. Meinte Mazzi durchs Fenster eines Hauses den Blondschopf eines Kindes zu erspähen, entpuppte sich dieser bei näherem Hinschauen als ein Kalb, und umgekehrt musste er hinnehmen, dass bei weitem nicht nur Kühe oder Gäule in den Ställen hausten.

Doch ausgerechnet in dieser beelendenden Siedlung lebte und wirkte das einzige Wesen, das ihm, so glaubte er, auf seiner Flucht Gutes beschert hatte. Lavinia wegen konnte er ohne Groll in San Donato ausharren; hier wenigstens barg jeder Moment in der Möglichkeit der Zufallsbegegnung die Gnade eines Lichtblicks.

Dabei waren die Stunden unter ihrem Dach nicht unbedingt die glücklichsten gewesen. Als Lavinia ihn am Morgen unter dem Tisch hervorgeholt und mit einer Kruste Brot unter Bitten und Flehen zur Tür hinausgeschoben hatte, in den Regen, in die Kälte, war Mazzi eine Weile durch die überfluteten Gassen von San Donato gewatet, der Wut und der Enttäuschung kaum Herr.

Nur sehr langsam war seine Laune aufgehellt und hatte das Gefühl, ein Verstoßener zu sein, bei der akustischen Erinnerung an die Nacht der Erleichterung Platz gemacht, letztlich einem Sündenpfuhl entronnen zu sein.

Welche Überraschung dann, nach Lavinia und ihrem dunklen Geheimnis auf einen Kerl wie Bastiano zu stoßen, einem Tausendsassa mit Händen voll Würfeln und Tarotkarten und einem Gesicht, in dem trotz des melancholischen Blicks fast immer ein Lächeln zuckte.

Vier Tage brauchte Mazzi unter seiner Anleitung, um die rudimentäre Lesefähigkeit aufzuholen, die im Laufe der Jahrzehnte wie alte Haut von ihm abgefallen war. Vier Tage, innerhalb derer er aber auch das Ausmaß seiner Lücken sowie die Bürde zu begreifen begann, die er sich mit seinem Rückeroberungsversuch aufgeladen hatte.

Am Morgen des fünften Tags waren Bastiano und der Junge außer Haus, jagten, fischten oder hingen sonstigen wilden Tätigkeiten nach, während Mazzi, von der Zeit gedrängt, nach seiner gewohnten Dorfrunde die Augen nicht mehr von Geschriebenem löste. Was er von Bastiano am Vortag gelernt hatte, versuchte er sich nochmals zu vergegenwärtigen, bevor er auf eigene Faust zu Neuem aufbrach.

Ungeduldig blätterte er in den Foliobänden und losen Blättern, die Bastiano ohne Ordnung in den Zimmern herumliegen hatte, und las, was ihm gerade unter die Finger geriet. Meist kam er nicht über eine oder zwei Zeilen hinaus und reimte sich davon nicht die Hälfte zusammen. Doch er ließ sich nicht entmutigen. Diese Häppchen waren besser als nichts, redete er sich ein, sie würden ihn einen Schritt weiter aus dem Schlamm jener geistigen Unmündigkeit ziehen, mit der er sich Guilandinos Hohn zugezogen hatte.

Einem wie Mazzi, für den Buch und Bibel ungefähr gleichbedeutend waren, bot Bastianos Sammlung verstörende Verführungen. Die Bibel ließ Mazzi links liegen, dafür war seine Neugier sogleich geweckt durch die Schrift eines gewissen Marcantonius Flaminius über den Erlöser, *Benificio di Cristo*, die nach dem vergammelten Aussehen zu urteilen schon durch viele Hände gegangen war, sowie ein arg zerschlissenes *Christliches Alphabet*, in dem er zu lesen versuchte, bis ihm die ersten Silberfische über die Finger glitten.

Zu harzig, musste er sich jedoch bald enttäuscht eingestehen und nahm nun abwechselnd Bände in die Hand, die von Sternen und Planeten, vom Spielen, von der Philosophie und der Säftelehre handelten, Dingen, über die er sich bis zu diesem Tag nie den Kopf zerbrochen hatte. Auch diese fand er schwierig; er wühlte weiter und stieß auf Folios, die ihm aufgrund der Abbildungen von Blüten und Wurzeln auf den ersten Blick vertrauter vorkamen, im schriftlichen Teil aber Listen von Begriffen enthielten, die ihn langweilten.

Blieb der Florentiner Ficinus. Bastiano schwor auf ihn. Die zögernde, gedämpfte Stimme, mit der dieser jedoch seine *Opera Omnia* gelobt hatte, so als ob die alleinige Erwähnung schon einem konspiratorischen Akt entspräche, verlieh den Bänden eine Aura heimlicher Verruchung. Tags zuvor hatte Bastiano seinem Schüler ein stockfleckiges Folio davon in die Hand gedrückt und versichert, dass Wahrheiten darin steckten, so kostbare und so köstliche wie die Trüffel in den Wäldern Piemonts: «Du glaubst mir nicht? Vergewissere dich selbst. Schlag die erstbeste Seite auf und lies. Es macht keinen Unterschied, wo du beginnst, früher oder später wirst du unter dem Laub der Wörter auf eine Stelle stoßen, die dich hellhörig macht; dort musst du graben und schaufeln, bis der Trüffel – eine tiefe Wahrheit – zum Vorschein kommt. Du wirst sehen, sie wird dein Leben verändern.»

Als Kind hatte es Mazzi immerhin so weit gebracht, dass er einzelne Wörter und Wortgruppen, auch lateinische, ohne große Mühe entziffern konnte. Der Beichtvater seiner Mutter hatte ihm das Alphabet beigebracht und ihn, allzu voreilig vielleicht, in den Dschungel biblischer Sätze geführt und dort mit dem herablassenden Gebaren des Besserwissers strampeln lassen. Sich durchs Dickicht grammatikalischer Finessen zu kämpfen, hatte Mazzis Neigungen wenig entsprochen, und als ihn obendrein der Verdacht zu plagen begann, dass hinter der Wahl der Lektüre Kalkül steckte und er eines Morgens sehr wohl in einer Klosterzelle erwachen könnte, hatte er dem Dominikaner die Heilige Schrift vor die Füße geworfen und verkündet, dass er nie – nie! – in seinem Leben mehr einen Satz lesen wolle.

Doch ein Vierteljahrhundert später, am Morgen des zehnten Novembers 1564, tat Mazzi gerade dies: Er las einen ganzen Satz. Las ihn, und erkannte, errötend, in dessen Bedeutung einen Wink des Schicksals: «Quinque sunt praecipui studiosorum hostes: pituitas, atra bilis, coitus, satietas, matutinus somnus. – Insbesondere fünf Feinde haben die Gelehrten: Phlegma, schwarze Galle, Beischlaf, Völlerei, morgendliches Ausschlafen.»

Bis auf Letzteres, das ihm seit jeher zuwider war, bestätigte die Aufzählung nur Guilandinos vernichtendes Urteil über ihn. War ihm der Satz als Warnung unter die Augen gelegt worden? Hatte nicht der Zufall, sondern Gottes Hand ihn zu dieser Stelle geführt, um ihm zu zeigen, dass Lesen allein noch keinen Gelehrten macht?

Wenn dem so war, kam die Warnung zu spät; die Wissbegier hatte Mazzi schon wie eine Krankheit infiziert. Noch ungeschickt von Wort zu Wort stolpernd, begann er bereits der Zeit entgegenzufiebern, in der er Vesals Brief mit einem Blick überfliegen und dessen Tragweite ohne fremde Hilfe begreifen könnte. Erst dann nämlich, fühlte er, würde er Herr seines eigenen Schicksals sein statt bloße Marionette in den Händen verschlagener Gelehrten.

Denn er war betrogen worden. Laut Guilandino, für dessen Aufrichtigkeit er früher die Hand ins Feuer gelegt hätte, knisterte der Brief vor politischer Brisanz, wo er doch, Don Anselmo zufolge, nur von Schleierhaftem handelte, das sich jedem Zugriff, auch gedanklichem, entzog: der Seele.

Wem nun glauben? Am Ende keinem.

Der Satz über die fünf Feinde der Gelehrten, den Mazzi verstanden, aber mitnichten verdaut hatte, war der erste in seinem Leben, den er von Anfang bis Ende allein bewältigte! Die Leistung erfüllte ihn mit Stolz und spornte ihn an, weiterzufahren. Er vergaß die Zeit, hörte den Hirten kaum, der seine Schafe durch die Gasse trieb, und auch die ächzenden Radspeichen der Karren nicht, die unter seinem Fenster marktwärts fuhren. Die Schrift hielt ihn gebannt; jeder Buchstabe war eine Welt für sich, seine Form eine präzise Lautbezeichnung, die, wenn zur Gruppe konfiguriert, nicht nur dem Ohr, sondern auch dem Geist das Wort offenbarte, das sich an das Bezeichnete außerhalb der Buchseite heftete, und zwar so fest, dass es, im Kopf zumindest, nicht mehr davon zu trennen war. Schrift, Laut und Ding wurden eins, und Mazzi kam sich vor wie ein Alchemist, der sich mit der Vermengung verschiedener Stoffe Zugang zu höheren geistigen Sphären schuf.

Frei von Schwindel war er indessen nicht: Wenn er vom Folio aufblickte und sich ein Wort in seinem venezianischen Dialekt vergegenwärtigte, erlebte er Momente der Verwirrung, bevor die Welt wieder ins gewohnte Licht rückte. Er nahm die Schale in die Hand, aus der er seine Hafergrütze gegessen hatte, starrte auf sie und skandierte dabei halblaut ‹scu-dè-la›, tat es so viele Male, bis sich die drei Silben in seinem Kopf langsam von ihrer Bedeutung befreiten und plötzlich, schlagartig, nur noch als leere Lauthülsen im Raum schwebten.

Da war ihm, als schwankte die ganze Welt und fände er nirgends mehr Halt; nichts mehr hatte seinen eigenen Namen, reinste Willkür herrschte in der Benennung und Begreifung der Dinge; den Stuhl konnte er Fenster heißen, das Fenster Tür, die *scudèla gòto*; es machte nicht den geringsten Unterschied. Was aber war die *scudèla*, wenn sie ihre Bezeichnung verlor? Und der Tisch und die Stühle? Er selbst? Ja, wer war er ohne seinen Namen?

Die Fragen ließen sich nicht verscheuchen, sie lenkten ihn ab, sodass die Wörter, die er fortan las, bald dieses und bald jenes besagten und er sich in ihnen immer tiefer verirrte.

Gegen die Tertia wurde er endlich erlöst: Die Tür sprang auf und Sekunden später landete etwas Weiches auf den Sätzen, über denen er die letzten Stunden geschwitzt hatte. Ein Feldhase!

«Gut getroffen, Luca, unserem Gast genau unter die Rübe.»

Bastiano stellte sich lachend vor Mazzi, stemmte die Fäuste in die Seite und fragte:

«Na, bist du heute Morgen weit genug in der Lektüre fortgeschritten, dass du dir eine Portion Hasenpfeffer verdienst?»

«Ich glaube schon.» Mazzi schob das Tier beiseite und wollte Bastiano zeigen, wie viele Zeilen er in den letzten Stunden geschafft hatte und welche Wörter ihm besondere Schwierigkeiten bereitet hatten, doch Bastiano unterbrach ihn mit einem ungeduldigen «Später, später», packte den Hasen bei den Löffeln und verschwand damit in der Küche.

«Wenn Ihr wollt, kann ich Euch weiterhelfen», schlug der Junge vor.

«Du?»

Luca nickte: «Bastiano hat mir alles weitergegeben, was er weiß: Latein, Mathematik, Geometrie, Astrologie, alles. Ich wäre kein schlechterer Lehrer als er.»

«Wie alt bist du denn?»

«Dreizehn. Noch zu jung, um die Universität zu besuchen, ich weiß, aber später werde ich nach Bologna oder Padua ziehen und studieren.»

«Padua? Daher komme ich eben. Und die Universität kenne ich auch, sogar von innen.»

Unter den zottigen Haarsträhnen leuchteten die Augen des Knaben auf. «Und, wie ist die Universität?»

«Ach … was soll ich sagen? Es kommt darauf an, ob du das Gebäude meinst oder das, was sich darin abspielt.»

«Das Letztere natürlich.»

«Grausiges spielt sich darin ab, sag ich dir! Infernalisches.»

Luca runzelte die Stirn, brach dann aber in ein helles Lachen aus. «Ihr schwindelt mich an, nicht wahr? Ihr könnt ja nicht einmal lesen, warum würde einer wie Euch eine Universität betreten?»

«Das ist eine andere Geschichte, aber wenn du wissen willst, was dort getrieben wird, dann würdest du wahrscheinlich nicht studieren wollen.»

«Mein Plan ist schon lange gefasst.»

«Willst du die Toten wirklich um ihre ewige Ruhe bringen?»

«Die Toten? Welche Toten? Ich will lernen, wie man kubische Gleichungen löst und mit negativen Zahlen rechnet, da brauche ich keine Toten zu stören.»

Luca hatte sich inzwischen neben Mazzi auf einen Hocker gesetzt, klappte Ficinus' Buch auf einer neuen Seite auf und vertiefte sich kurz in den Text, bevor er wieder aufblickte und sagte: «Ficinus ist Bastianos Gott. Ein bisschen auch meiner. Aber sagt: Warum wollt Ihr so inständig lesen lernen? Als Goldschmied seid Ihr bis jetzt doch ganz gut ohne ausgekommen?»

Die Augen des Jungen meidend, die ihm Lavinia und ihrer Farbe wegen auch Venedigs Nebel, den berüchtigten Caigo in Erinnerung riefen, suchte Mazzi Ausflüchte. Er schwafelte von Jugendträumen, von verpassten Chancen und angeborener Neugier und glaubte am Ende fast selbst, was er sagte.

Nicht Luca. Der Knabe unterbrach ihn mit stets neuen Fragen, bohrte ohne Scham, bis Mazzi, an die Grenze seiner Geduld gelangt, mit der Wahrheit herausrückte. «Ja, wenn du es so genau wissen willst, reise ich von hier nach Basel zu einem bekannten Drucker. Bevor ich aber mit meinem Empfehlungsschreiben bei ihm anklopfe, will ich wissen, was darin steht.»

«Hm, das klingt nicht sehr glaubhaft. Ihr hättet uns den Brief schon am ersten Tag zeigen können, dann hätten wir ihn Euch vorgelesen und Ihr wärt jetzt bereits über den Bergen. Das habt Ihr aber nicht getan. Der Brief ist eine Ausrede oder eine Erfindung.»

«Nein, Junge, den Brief gibt es, ich schwöre es. Ich trage ihn bei mir.»

«Ach so. Das ist also Euer Schatz. Ein Brief!»

«Eigentlich sind es zwei Briefe. Und beide will ich, nein, muss ich mit eigenen Augen lesen, denn ich traue niemandem.»

«Nicht einmal Bastiano?»

«Sollte ich?»

«Aber ja doch. Bietet er Euch nicht Kost und Logis und verbringt die Hälfte seiner Zeit damit, Euch das Lesen beizubringen? Das sollte Euch Freundesbeweis genug sein.»

«Recht hast du. Bastiano ist wirklich herzensgut und überdies gelehrt, aber eigentlich doch ein Rätsel. Wie kommt es, dass er so viel weiß und trotzdem so bescheiden lebt? Vor allem frage ich mich, warum einer wie er sich überhaupt mit mir abgibt. Reich bin ich nicht, dass er hoffen könnte, mir beim Tarotspiel mein Vermögen abzuluchsen. Er weiß es, was also steckt hinter seiner freundschaftlichen Güte?»

Statt einer Antwort zuckte Luca nur mit den Achseln und kehrte mit spitzbübischer Unschuldsmiene die Handflächen nach außen. Schwieg, die Lippen halb geöffnet, als wären sie im Begriff, ein gewichtiges Wort zu entlassen. Aber nichts kam. Auch das Gesicht blieb einen Moment blank – lange genug, damit Mazzi sich zum ersten Mal der reizvollen Unbestimmtheit bewusst werden konnte, mit der dessen Züge noch zwischen den geschlechtlichen

Merkmalen schwankte. Ein Knabe, ja, allein schon der Name bürgte für die zukünftige Männlichkeit; hatte sich die Natur aber nicht in den wie Mondsicheln geschwungenen Brauen, im feinen Mund und den falben, wenn auch seit langem nicht gewaschenen und in Zotteln abstehenden Haaren die Möglichkeit offen gelassen, jederzeit die vorbestimmte Entwicklung umzuwenden?

Ach, dachte Mazzi, über sich selbst erschreckend, was kümmert mich Lucas Geschlecht? In Zante hätte mich das Rätsel noch auf eine süße Folter gespannt, aber heute?

«Luca, warum sagst du nichts? Rühre ich an ein Geheimnis?»

Der Knabe schüttelte den Kopf.

«Seid du und Lavinia denn Bastianos einzige Familie?»

«Meine Güte, habt Ihr viele Fragen! Geht damit lieber direkt zu ihm in die Küche. Er wird Euch besser Auskunft geben können als ich. Aber ich muss Euch warnen: Bastiano lässt sich nicht gern von seinen Pfannen ablenken. Er erwartet heute Abend Gäste.»

***

Hasenpfeffer und in Schmalz gebratene Klöße, die in den Tellern wie goldene Inseln aus der Weintunke ragten, waren Teil eines Mahls, zu dem Bastiano drei Männer geladen hatte. «Spirituali wie ich selbst», meinte er noch nachschicken zu müssen, doch Mazzi maß weder Bastianos zögerndem Tonfall noch dem Wort selbst eine besondere Bedeutung bei, und als sich die Gäste am Abend einfanden, zwei Hiesige und einen, dessen Intonieren beim Sprechen die modenesische Herkunft verriet, dünkten ihn – die ersten beiden zumal – in keiner Weise vergeistigter als er selbst.

Hatte Mazzi nun geglaubt, dass man in gemütlicher Runde bei Speise und Trank zusammensitzen würde, sah er sich angesichts der Geheimniskrämerei der drei Ankömmlinge bald enttäuscht. Man flüsterte statt sich ausgelassen zu unterhalten, warf zwischen einem Bissen und dem nächsten Blicke zur Tür oder trat ans Fenster und spähte, achtlos am Wein nippend, hinter dem Vorhang auf die Gasse. Gesprochen wurde anfangs nur das Nötigste; der Hase schmeckte.

Einzig der Modenese, den Bastiano mit Gianni anredete, legte eine gewisse Redseligkeit an den Tag, die ihn das Essen vergessen ließ. Man möge ihn dafür entschuldigen, bat er, als er merkte, wie sehr seine euphorischen Exkurse vom stillen kulinarischen Genuss abstachen, er könne seine Freude kaum bändigen. Nach Jahren zermürbender Zweifel und Ränkespiele stehe sein Lebenstraum, ja, nichts Geringeres als der Traum eines ganzen Lebens, endlich vor der Verwirklichung. «Morgen, meine Herren, ist es so weit», verkündete er und gönnte sich einen Schluck Wein, bevor er endlich das erste Hasenstück anfasste und mitsamt Knochen in den Mund schob.

Ein Lebenstraum! Gab es so etwas Großes, Jahrzehnte Überspannendes? Wie sehr Mazzi den Mann um diesen Traum beneidete, noch bevor er wusste, worin er bestand! Er bewunderte die selbstzufriedene Gelassenheit, mit der Gianni sich beim Essen zurücklehnte und die Beine ausstreckte, und dachte dabei an den eigenen Traum, wenn er überhaupt je einen solchen gehegt hatte, dachte, dass dieser in den letzten Wochen auf die Hoffnung bloßen Überlebens geschrumpft war. Nicht weiter als bis zum nächsten Tag mochte er mehr denken, denn sobald er versuchte, in eine fernere Zukunft zu blicken und für diese gar Pläne zu schmieden, erhob sich vor ihm die Wand der Alpen, Massen steilster Felsen und glattesten Eises, die ihm unüberwindbar schienen.

Sollte er aufgeben? Vesals Vermächtnis vergessen und auf gut Glück in die Heimat zurückkehren im Vertrauen, dass die Wogen geglättet seien, seine Missetaten vergeben? Nein, dieser Versuchung wenigstens würde er nicht erliegen.

Während Mazzi Gianni beim Essen zuschaute, fühlte er sein Schicksal mit einem Mal wieder schwer und dunkel auf ihm lasten. Warum nur hatte es ihm auf Zante die letzten Worte eines Sterbenden empfangen lassen – ihm, der doch nichts von höheren Dingen verstand? Vesals Worte nicht aufgegriffen zu haben war die Schuld, die er nun glaubte abbüßen zu müssen. Er mochte die Dinge drehen, wie er wollte, die Reise war nicht zu umgehen.

Gianni hatte inzwischen Knorpelstückchen aus dem Mund gezogen und sorgsam auf den Tellerrand gelegt und fuhr nun munter fort zu erzählen. Rhetorisch begabt, gestaltete er seine Abreise aus Modena zu einem gefährlichen Abenteuer aus, an dessen Glaubwürdigkeit jeder zweifelte, aber um des Spaßes willen keiner rüttelte. Wegelager, Spione und vom Wahnsinn Geschlagene hätten seinen Weg gesäumt, beteuerte er, und auf der letzten Etappe sogar eine mitfahrende Dirne, die er sich kaum vom Leibe habe halten können, kurz: das übliche infame Gesindel, mit dem auf Reisen nun einmal zu rechnen sei.

«Was nimmt man aber nicht alles in Kauf, um sein Ziel zu erreichen, nicht wahr? Morgen geht die Fahrt jedenfalls weiter, und wenn mich keine weiteren Zwischenfälle aufhalten, werde ich bald in Genf eintreffen. – Ah, Calvins Stadt! Mir scheint, ich spüre schon deren klare Luft.»

«Hast du dir diesen Schritt auch gut überlegt?», fragte Bastiano. «Womöglich gibt es dann kein Zurück mehr und wäre dieser Abend unser letzter zusammen.»

«Ja, was denkst du denn? Seit ich ein halbes Jahr in den Verließen von Castel Sant'Angelo abgesessen habe, lebe ich nur noch für diese Idee! Damals hatte ich mich im Wirtshaus nach ein paar Gläsern hinreißen lassen, öffentlich über den Papst zu lästern; eine Lappalie war das, nichts weiter, aber zu meinem Pech traf sie auf falsche Ohren.»

«Jetzt aber bist du frei.»

«Richtig, aber wie lange? Und was ist das für eine Freiheit, wenn ich niemandem mehr trauen, keine Bücher mehr erwerben kann, ohne fürchten zu müssen, dass ein Kollege mich beim Kauf ertappt und den Inquisitor auf mich ansetzt? Nein, nein, das nenne ich nicht Freiheit. Außerdem würde ich bei einer zweiten Anzeige nicht mehr so glimpflich davonkommen, ich bin vorgemerkt. Ist das ein Leben, ich frage euch?»

«Hier ist es nicht besser», wandte Bastiano ein.

«Na, was zögert ihr denn noch? Nur weg von hier, ich sag's doch. Je schneller, desto besser.»

«Du hast gut reden. Du lebst allein. Ich habe Luca durchzubringen, das nimmt noch ein paar Jahre in Anspruch, und auch die beiden hier haben Frau und Kinder. So einfach ist es für unsereins nicht.» Bastiano hatte beim Sprechen den Arm um Lucas Schultern gelegt und verkündete in die Runde: «Versteht mich nicht falsch. Luca ist kein Hindernis, im Gegenteil. Ich wüsste nicht, wie ich ohne seine Hilfe überleben könnte. Doch selbst wenn ich allein lebte, würde ich San Donato nicht verlassen.»

«Das ist dein Entscheid. Ich hingegen kann es kaum erwarten, endlich freiere Luft einzuatmen.»

«Erst musst du es jedoch bis Genf schaffen. Die Stadt liegt nicht um die Ecke», räumte Angelo ein.

«Stimmt. Aber welches sind in diesen Herzogtümern für unsereiner die Alternativen, sag? Kopfklammer? Streckbank? Würgschraube? Scheiterhaufen? Pechf-»

«Hör auf, wir haben dich verstanden. Aber Bastiano hat recht, du lebst ohne Anhang und brauchst also auf niemanden Rücksicht zu nehmen. Zudem bist du auch noch der Jüngste an diesem Tisch, von Luca einmal abgesehen. Ich aber habe dreiundfünfzig Winter auf dem Buckel. Diese verflixten Berge hoch- und runterzugehen tue ich mir nie im Leben an. Dann zehnmal lieber den Scheiterhaufen.»

Mazzi musterte den Menschen genauer, der so leichtsinnig über den Tod sprach. Ein Trinker. Kunststück, dass einer wie er nicht mehr reisen mochte. Tatsächlich ließ sich Angelo von Luca gerade neuen Wein einschenken und stierte, in Gedanken wohl noch bei der Beschwerlichkeit früherer Reisen weilend, in seinen Teller, als erkannte er in den Soßenmäandern die Wegschlaufen und in den Knödelbrocken das Alpenmassiv, bevor er mit einer Grimasse aufschaute und den Becher in einem Zug leertrank.

«Jawohl, so wahr ich Angelo Dotti heiße, zehnmal lieber den Scheiterhaufen als die Berge.»

«Jetzt übertreibst du aber», wandte Piero ein, der sich bis dahin noch mit keinem Wort an der Diskussion beteiligt hatte, sondern immer nur beim geringsten Geräusch, ob Windzug oder Jaulen, zum Fenster geschnellt war. «Du weißt überhaupt nicht, wovon du sprichst. Bedenke, bei lebendigem Leib verbrannt zu werden – welche Höllenqual! Erst recht, wenn die Inquisitoren belieben, dich bei kleinem Feuer schmoren lassen, damit sie sich so lange wie möglich an deinem Leiden ergötzen können. Genau dies tun sie nämlich neuerdings.»

«Mach dir keine Sorgen um mich. Mir wird so was nie passieren. Sollte mich der Inquisitor schnappen, widerrufe ich.»

«Widerrufen?!»

«Na, was schaut ihr denn alle so verdattert? Ja, widerrufen, habe ich gesagt! Warum nicht, wenn es mir die Haut rettet?»

«Feigling! Verräter! Abtrünniger!» Von allen Seiten regnete es Schimpfwörter auf Angelo nieder; selbst Luca, jung wie er noch war, stimmte mit schrillem Eifer in die Empörung ein.

Mazzi, der sich die Gunst der Stunde nicht durch unüberlegte Worte hatte verspielen wollen, versuchte den Geschmähten nun in Schutz zu nehmen: «Die Idee des Widerrufs ist doch gar nicht so übel. Ich würde wahrscheinlich auch so handeln. Nach der Freilassung könnte ich wenigstens wieder meinen Glauben ausüben, das wäre der Menschheit von größerem Nutzen als mein Märtyrertod.»

«Nicht doch. Gerade in diesen widrigen Zeiten könntest du den Gläubigen mit deinem Tod ein Vorbild sein, ihnen Kraft spenden.»

«Davon hätte ich selbst aber nichts mehr.»

«Es geht eben nicht nur um dich, Giò. Auch nicht um Gianni, Angelo, Piero, Luca oder mich. Letztlich spielt der einzelne Mensch keine Rolle, er ist jederzeit ersetzbar. Die Ideen hingegen nicht. Die gilt es mit allen uns zur Verfügung stehenden Mitteln zu fördern und zu verbreiten, selbst auf Kosten unseres Lebens, wenn es notwendig ist. Verstehst du?»

Bastiano ereiferte sich. Er wollte diese Ideen, die ihm das Feuer in die Augen zauberte, zu einem alles umspannenden protestantischen Credo ausgestalten, sprach bald von Eucharistie und göttlicher Gnade und wollte schon, vom Beifallsgemurmel seiner Genossen ermutigt, zu Christi Höllenfahrt übergehen, als Mazzi seinen Redeschwall mit einer wegwischenden Bewegung abklemmte: «Halt. Vergiss es, ich nehme zurück, was ich gesagt habe.» Ideen und Phrasen waren Mazzis Terrain nicht. Er mied sie wie früher die morastigen Lagunenränder seiner Stadt; zu weich war ihm der Boden unter den Füssen, zu groß die Gefahr des Einsinkens.

«Was redest du da für Schwachsinn? Gehörst du etwa gar nicht zu den Spirituali? Was du eben von dir gegeben hast, lässt es mich ernsthaft bezweifeln.» Gianni hatte sich beim Sprechen nach vorne gebeugt, um Mazzi besser in Augenschein zu nehmen. Was er sah, schien ihn nicht zu überzeugen.

«Wer ist dein Gast?», fragte er schließlich, zu Bastiano gewandt. «Warum sitzt ein Fremder hier unter uns?»

«Nur nicht so argwöhnisch, Gianni. Girolamo mag vielleicht nicht zu den Spirituali zählen, aber ich bürge für ihn. Er ist auf der Durchreise, genau wie du.»

«Hm. Das sagst du, und wir haben dir einfach zu glauben. Ich gebe zu, dass ich in letzter Zeit argwöhnischer geworden bin und ein bisschen überall Verräter wittere. Selbst auf der Reise hierher wurde ich das Gefühl nicht los, dass man mir folge.»

«Bist du auch sicher, dass es nur ein Gefühl war?»

«Sicher kann man nie sein. Aber ich möchte mich nicht auch noch in deinem Haus unsicher fühlen müssen. Erinnerst du dich noch an Gian Francesco Alois? Sein Fall hat mir arg zu denken gegeben.»

«Klar, verstehe. Alois wäre heute vielleicht noch am Leben, wenn sein bester Freund nicht gegen ihn ausgesagt hätte. Aber Giò ist kein Verräter, sondern ein Freund. Nehmt mein Wort dafür.»

«Alois hätte bestimmt auch für Sasso gebürgt, der übrigens nicht nur sein bester Freund war, sondern auch ein Verwandter. So tief sind wir inzwischen gesunken, dass nicht einmal mehr das Blut Allianzen sichert.»

«Ach», mischte sich Piero ein, «Alois' Schicksal war schon viel früher besiegelt; der Verrat war nur die Spitze des Eisbergs einer persönlichen Kränkung, mit Fragen der Glaubensfreiheit hatte die Sache nicht viel zu tun.»

«Woher willst ausgerechnet du das wissen?», fragte Angelo.

«Ich war doch im März wegen des Länderkaufs in Neapel, erinnerst du dich nicht mehr?»

Angelo schlug sich mit der Faust an die Stirn, ließ dann den Köpf hängen und höhnte unter dem Kraushaar: «Wie konnte ich das nur vergessen – bei dem lausigen Preis, den du uns für das Landstück ausgehandelt hast! »

«Na, dich hätte ich sehen wollen! Du warst schon lange nicht mehr in Neapel und hast wohl auch vergessen, was für Schlitzohren die Neapolitaner sind. Ich habe …»

«Nur ruhig, ihr beiden», fuhr Bastiano dem Jüngeren ins Wort. «Euer Zwist geht uns hier nichts an. Außerdem war Piero gerade daran, etwas Interessantes zu erzählen.»

«Genau. Um Alois ging's. Seine Enthauptung und öffentliche Verbrennung auf der Piazza Mercato zogen im März eine riesige Menge von Schaulustigen an. Ich mischte mich unter sie und schnappte bei dieser Gelegenheit allerlei über den Fall auf.»

«Was zum Beispiel?»

«Ja, erzähl doch schon. Hierzulande wissen wir nur, dass Alois während seiner Gefangenschaft Bischöfen und Erzbischöfen von Neapel lutherische Ideen in die Schuhe geschoben hat, bloß um sich selbst vor Gericht weißzuwaschen. Das ist ihm bekanntlich nicht so gut bekommen, und wenn ich es mir bedenke, ist das auch recht so. Verräter sollen für ihre Taten büßen. Also, was weißt du mehr?»

«Indirekt wurde ihm eine Frau zum Verhängnis.»

«Seine Geliebte?»

«Nein. Cornelia ist die Tochter seines Freundes, Baron Bernaudo. Der Sekretär des Vizekönigs wollte sie unbedingt zur Frau nehmen, sie soll sehr schön sein, aber Bernaudo wollte keinen spanischen Fuchs zum Schwiegersohn. Weder mit Geschenken noch mit Drohungen konnte De Soto den Baron umstimmen. Was tat also unser schlauer Spanier? Ließ kurzerhand Bernaudos besten Freund verhaften und erpresste diesen damit. Alois' Freilassung gegen Cornelias Hand. Ein brillanter Schachzug; Bernaudo hatte, moralisch gesehen, keine Wahl.»

«Und?»

«De Soto bekam seine Cornelia, doch statt sein Versprechen einzulösen, ließ er Alois nach Rom ins Gefängnis des Sant'Uffizio verlegen. Dann erst kam Sasso mit seiner Anzeige auf den Plan. Ein abgekartetes Spiel, wenn Ihr mich fragt.»

«Typisch für die spanischen Hunde. Wie ich sie hasse!» Bastiano spuckte zum Nachdruck auf den Boden, schien sich dann des Kindes zu besinnen und rüttelte an Lucas Arm, der neben ihm am Einnicken war. «Warum gehst du nicht schlafen, Luca? Wir werden noch lange hier sitzenbleiben und wie letztes Mal über Dinge diskutieren, die dich nicht interessieren.»

«Mm, über die Beichte und so?»

«Genau. Darüber und die Unsinnigkeit des kirchlichen Fastengebots. Wir wollen darüber eine Schrift verfassen und sie in Mailand verteilen, bevor Borromeo mit seinen radikalen Ansichten hier Einzug hält.»

«So was Langweiliges, dann geh ich wirklich schlafen. Was ist mit Euch, Mastro Mazzi? Interessieren Euch die Fragen des Beichtens und Fastens?»

Mazzi grinste verunsichert: «Nun …»

«Nicht wirklich, gebt es zu. Kommt, gehen wir in den Dachstock und spielen Karten. Das wenigstens macht Spaß.»

«Nicht zu lange, Luca. Wir sind knapp an Kerzen.»

Es sollten Bastianos letzte Worte an den Neffen sein.

Auf Pritschen sitzend, umgeben von Bündeln staubiger Schriften, von Fellen, zusammengerollten Decken, Kisten und Truhen, spielten Mazzi und Luca *ronfa*, während zwei Stockwerke tiefer vier Männer ein Manifest zu Papier brachten, von dem sie sich keine geschichtliche Umwälzung, aber immerhin eine Erschütterung lokalen Ausmaßes erhofften. Von Zeit zu Zeit hallten Bruchstücke ihrer Gedanken bis hinauf, dann hielten die Spieler inne, horchten und zwinkerten einander über die aufgefächerten Karten hinweg zu, alle beide froh, zu stechen statt in tiefster Nacht noch über Göttliches debattieren zu müssen.

Lucas Müdigkeit war schon beim ersten Abheben verflogen; die Karten schienen ihn zu erregen, doch handhabte er sie so flink und gewandt, dass Mazzi spätestens nach der zweiten Niederlage der Verdacht auf Betrug kam. Er nahm sich vor, fortan die Hände des Jungen beim Austeilen genauer zu beobachten, aber er konnte in deren Bewegungen nicht das geringste Anzeichen von Finte entdecken. Die Karten glitten und flogen Luca wie von selbst aus den Fingern und kamen jedes Mal mit unfehlbarer Genauigkeit haarscharf neben Mazzis Karten zu liegen, ohne sie zu berühren.

Als Mazzi ein fünftes Mal verlor, entfuhr ihm ein Seufzer des Unmuts, er suchte den Blick des Jungen, der gerade die Karten wieder einsammelte und sich dabei ein Lächeln über die überlegene Punktzahl nicht verkneifen konnte, und murrte: «Hier geht nicht alles mit rechten Dingen zu, Luca. Es kann doch nicht sein, dass du fünf Mal nacheinander gewinnst.»

«Warum nicht? Fragt Bastiano, ihn schlage ich bei *ronfa* auch.»

«Immer?»

«Nein, aber oft.»

«Darf ich mir die Karten mal ansehen?»

«Bitte sehr.» Luca breitete die achtundvierzig Karten vor Mazzi aus und wartete, bis dieser jede einzeln umgedreht und begutachtet hatte.

Mazzi betastete, bog und beschnüffelte sie, fand an ihnen jedoch nichts Außergewöhnliches. Bis auf zwei Asse waren die Karten alt und zerknittert.

«Und, seid Ihr zufrieden?», fragte Luca schließlich.

«Ja, die Karten scheinen so weit in Ordnung zu sein, spielen wir also weiter. Ich teile aus.»

Der Junge zog sich eine Decke über die Knie und wollte nach seinen Karten greifen, als ein lauter Stoß und wirres Verrücken von Stühlen das Haus erschütterte.

«Was zum T-»

«Schschsch, still, Junge.»

«Sollten wir nicht hinuntergehen und-»

«Nein, auf keinen Fall. Wir bleiben hier.»

Noch eh das Gezeter und Gepolter unten losging und fremde Stimmen sich in jene bald fluchenden, bald ihre Unschuld beteuernden von Bastiano und seinen Freunden mischten, hatte Mazzi das Unglück erfasst – und im selben Atemzug auch sein und Lucas Glück. Ohne lange zu überlegen, sammelte er die Karten ein, löschte die Kerze und zog den Jungen mit einem Ruck hinter die Truhen.

«In die Hocke», flüsterte Mazzi, «und kein Ton mehr, verstanden?»

Benommen und verängstigt wie er war, ließ sich der Junge von Mazzi widerstandslos zu Boden drücken. Keine Spur blieb mehr von der Überlegenheit, mit der er während des Kartenspiels noch aufgetrumpft hatte. Nun hockte der Junge mit zusammengepresstem Mund neben ihm unter einer Pferdedecke und presste die Handballen an die Ohren, um die Metzelei nicht zu hören, die unten ihren grausam raschen Verlauf nahm.

***

So viel Blut! Mazzi roch es schon auf der Treppe, als er sich in den frühen Morgenstunden durchrang hinunterzusteigen. Es war zwischen die Bodenlatten gesickert und in Vertiefungen des Holzes zu klebrigen Pfützen geronnen, hatte die Wände verspritzt und den Saum des bis zum Parkett reichenden Fenstervorhangs verfärbt. Giannis Barett und *zimarra* badeten in einer Lache. Selbst auf dem Tisch, von denen Teller und Schalen geflogen waren, glänzten, vom Tageslicht beschienen, rote Schlieren – genau wie in den *botteghe* von Paduas Fleischerquartier, durch das Guilandino ihn schadenfreudigen Blicks in die Universität getrickst hatte. Jahre schien es her, und ach, Jahrzehnte, seit er Fra Baldino mit seinem unachtsamen Dolchstoß ins Jenseits befördert hatte. Blut klebte an seinen Händen, gewiss, aber dieses hier, dessen metallischer Geruch den Raum erfüllte und die letzten Fliegen der Jahreszeit anlockte, dessen Anblick ihn halb krank machte und doch auch faszinierte, hatte wenigstens ein anderer auf dem Gewissen, nicht er.

Durch die Küche nach draußen zu gelangen und aus San Donato zu verschwinden, wäre Mazzi jetzt ein Leichtes gewesen. Er erwog es für den Bruchteil einer Sekunde. Die Tür stand angelehnt, der Weg bis zu ihr nur von Stühlen und Geschirrsplittern überstellt.

Über ihm aber kämpfte ein Junge um seinen Verstand, ein Kind fast, das über Nacht alles verloren hatte und, starr vor Schreck, sich nicht mehr getraute, unter der Pferdedecke hervorzukriechen. Konnte er mit diesem Wissen das Weite suchen?

Mazzi tat ein paar Schritte auf den Tisch zu, an dem vor wenigen Stunden noch eine angeregte Gesellschaft gesessen hatte, und schaute sich um. Bastiano und Piero lagen zusammengekrümmt und mit aufgeschlitzter Kehle nebeneinander in einer Ecke, und auf der Schwelle zum Nebenzimmer erkannte er Angelo – weniger am Gesicht, denn dieses war bis zur Unkenntlichkeit zerstochen, als am Wams, dessen grelle Farbe ihm am Vorabend unangenehm aufgefallen war.

Mazzi kniete neben ihm nieder und betrachtete die Wunde, die von der rechten Schulter schräg hinunter zum

Gürtel sein Innerstes nach außen gekehrt hatte. Er erfasste, was er sah. Wie auf einer Landkarte breiteten sich Täler, Flüsse und Gebirge vor ihm aus, und wenn ihn auch die Übelkeit zu übermannen drohte, so konnte er nicht umhin als mit einem Holzlöffel – jenem vielleicht, mit dem Bastiano am Vortag die Weintunke ausgeteilt hatte – sacht im hervorquellenden Gedärm herumzustochern auf der Suche nach den ihm bekannten Körperteilen, die er während der Leichensektion gesichtet hatte.

Ob es denn so war, dass jeder Mensch, Venezianer und Mailänder, Weißer und Schwarzer, unter der Bauchdecke dieselbe Anordnung aufwies, Herz über Leber und Milz, vom Nabel abwärts Darm? Es schien ihm der Fall zu sein. Was von Angelos Leber blieb, nicht viel mehr als Fetzen dunkel klaffenden Gewebes, fand er, wo ihn seine Erinnerung suchen hieß, ebenso den Magen, den er zudem dank der unverdaut daraus hervorberstenden Knödel- und Hasenbrocken ohne Schwierigkeiten identifizieren konnte. Und das Herz? Es war, soweit er es beurteilen konnte, intakt und lag wie bei jenem jungen Leichnam, unter dem Rippengewölbe, leicht links. Im Unterschied zu jenem aber war bei Angelo viel Blut geflossen; es hatte über Nacht Krusten an den Hauträndern gebildet, die Organe beschlagen.

Was Vesal wohl an seiner Stelle tun würde, lebte er noch, überlegte Mazzi, während er Lappen und Venen lüftete, bohrte und, zunehmend dem Rausch pietätloser Neugier verfallend, wie in einer Suppe rührte, bei der es gegolten hätte, Fleisch- und Gemüsestücke möglichst gut miteinander zu vermengen. Dass Angelo vor wenigen

Stunden noch ein lebender Mensch wie er selbst gewesen war, einer, der sich Wein in die Kehle geschüttet hatte und lieber hatte sterben wollen, als die Reise anzutreten, vor dem er, Mazzi, sich so sehr fürchtete, hatte er vergessen. Er forschte jetzt, drang tiefer, drückte, stach und meinte dabei, den Fremden von Zante besser zu verstehen, ja, ihm nah zu sein, weil seine Augen sahen, was dieser früher mit solch großer Leidenschaft beschaute.

Er kam zum Schluss, dass Vesal sich fraglos über das unverhoffte Studienmaterial freuen und sogleich Schere und Skalpell zücken würde, ohne einen Gedanken an die Umstände zu verschwenden, die ihm diese drei Leichen beschert hatten.

Drei Leichen!

Warum nur drei?

Mazzi legte den Holzlöffel aus der Hand und richtete sich auf. Nüchternheit überkam ihn. Mit einem Mal erinnerte er sich wieder, wo er war, und erkannte seine Verblendung: Nicht im Universitätssaal bei einer Leichensektion befand er sich, nein, sondern im Haus von Lavinias Schwager und Kind, mitten in der Verheerung einer schauerlichen Tat. Ein Anflug von Angst trieb ihm Schweißperlen an die Stirn.

War er auch allein? Er spürte eine Gegenwart im Raum, meinte ein Reiben zu vernehmen, den Druck angehaltenen Atems. Eine Weile blieb er reglos stehen und spitzte die Ohren, doch bis auf das Surren der Fliegen, das bei genauerem Hinhören nur lauter und bedrohlicher wurde, herrschte Stille. Hatte er sich die Geräusche wirklich nur eingebildet, verwirrt nach einer in stummem Bangen durchwachten Nacht? Er hörte doch, ja, hörte inmitten des Fliegensurrens, dass er nicht der einzige Lebende unter diesen Toten war, fühlte ihn im Raum, den andern. Aber wo? Er tat ein paar Schritte zurück und drehte sich um.

«Luca!»

Der Junge stand im Türrahmen und starrte wie in Trance durch Mazzi hindurch. «Was machtet Ihr da gerade?»

«Ich … ich erkläre es dir später. Aber bleib nicht hier. Schau nicht!»

«Bastiano? Wo ist Bastiano?»

«Warte, Luca, geh nicht …»

Mazzi versuchte, ihn am Hemdzipfel zurückzuhalten, doch Luca preschte mit einem Satz an ihm vorbei, suchte kurz das Halbdunkel ab und warf sich neben dem Onkel nieder. Er weinte nicht und machte keinen Laut, als er sah, was ihn die Nacht schon hatte begreifen lassen, saß nur mit aufgerissenem Mund über den Toten gebeugt und strich ihm behutsam das blutverklebte Haar aus der Stirn.

Mazzi ließ ihn gewähren. Der Junge brauchte Zeit, sich wieder aufzufangen und würde vielleicht, wer weiß, gerade in diesem befremdlichen, liebevollen Streicheln die Kraft finden, um von Bastiano und ihrer gemeinsamen Vergangenheit Abschied zu nehmen; wollte, nein, musste den Tod unter den Fingern spüren, um dessen Wirklichkeit zu begreifen.

Aber auch Mazzi benötigte einen Augenblick der Ruhe. Er musste überlegen, wie es für ihn und den Jungen jetzt weitergehen sollte. Zu seinem Erstaunen stand Luca jedoch bald wieder auf. Scheinbar gefasst und mit einer Stimme, die so stumpf und teilnahmslos klang, dass Mazzi erschrak, sagte er: «Wir haben Glück gehabt. Hätten wir uns gestern Abend nicht nach oben verzogen, hätten sie auch uns die Kehle durchschnitten.»

«Ja. Glück …»

«Oder schlimmer noch: Stellt Euch vor, sie hätten uns abgeführt, wie Gianni. Ihn werden sie mit Sicherheit zu Tode foltern.»

«Es sei denn, eben Gianni war es, der Bastiano und seine beiden Freunde an die Inquisitoren verriet.»

«Nein, das ist ganz und gar unmöglich; nicht Gianni. Er war Bastianos Freund und kam oft hier zu Besuch. Immer brachte er irgendwelche antipäpstlichen Pamphlete mit, zu denen Bastiano und er, manchmal auch noch andere, Kommentare verfassten.»

«Kommentare? Wozu?»

«Für die Leute der Region, die keine komplizierten Bücher lesen wollen oder es nicht können. Die Kommentare waren vereinfachte Versionen von verbotenen Schriften.»

«Das dürfte die Inquisition mit der Zeit tatsächlich in den falschen Hals gekriegt haben. Aber können diese Kommentare der Grund für diese … tierische Grausamkeit gewesen sein?»

«Ich glaube schon. Bastiano besitzt überdies viele verbotene Bücher. Er weiß, dass er sich dabei in Gefahr bringt, aber er glaubt, gerade diese verbotenen Bücher seien die einzigen, die es heutzutage zu lesen lohne.»

Ungewollt war Luca beim Sprechen in die Gegenwart zurückgefallen. Mazzi korrigierte ihn nicht. Er ermutigte ihn im Gegenteil weiter zu sprechen und Titel aufzuzählen, während er ihn sacht vom Onkel weglockte und in die Küche geleitete.

Unter dem Kupferkessel, in dem Bastiano die Hasen gekocht hatte, glomm noch Asche. Daneben lagen die Felle ausgebreitet, Bastianos und Lucas Schuhe und, gegen die Wand gelehnt, der Kescher, an dessen Netz Algenreste vertrockneten.

«Wir dürfen nicht hier blieben, Luca. Die Inquisitoren könnten zurückkommen.»

Luca nickte: «Richtig, packen wir also und verschwinden.»

«Ich bring dich zu Lavinia zurück.»

«Nein. Zu ihr kehre ich niemals zurück.»

«Sie ist deine Mutter. Sie wird sich um dich kümmern.»

«Nein. Ich will nicht!»

«Hast du denn andere Verwandte, bei denen du unterkommen könntest?»

«Nein.»

«Na, siehst du. Du hast keine Wahl.»

Der Junge blieb stur. Selbst dann, als Mazzi seinen Beutel aus der Mappe holte und ihm einen Chrysopras vor die Augen hielt, wollte er von seinem Vorschlag nichts wissen.

«Da, ich schenke ihn dir. Mach damit was du willst, behalte ihn als Andenken oder verkaufe ihn. Aber ich bitte dich, kehr zu deiner Mutter zurück. Sie könnte eine weitere Arbeitskraft sicher gut gebrauchen. Außerdem kannst du nicht allein in diesem Haus weiterleben.»

«Nein. Das will ich ja gar nicht.»

Langsam verlor Mazzi die Geduld. «Was zum Teufel willst du denn? Der Tag bricht an, wir sollten uns davonmachen.»

«Ich will mit Euch über die Berge.»

«Was willst du? Habe ich richtig gehört?»

«Ja, ich begleite Euch.»

«Aber, Luca, du hast keine Ahnung, mit wem und worauf du dich da einlassen würdest. Nein, das geht niemals.»

«Bastiano hat mir gesagt, dass Ihr ein guter Kerl seid.»

«Ach, Bastiano! Wie konnte er dies wissen? Er kannte mich ja erst seit vier, fünf Tagen.»

«Bastiano weiß solche Dinge. Er irrt sich nicht.»

«Mag sein, doch was willst du drüben mit deinem Leben anfangen? Hast du dir das überlegt? Ich dachte, du wolltest auf die Universität?»

«Ja, das will ich noch immer. Basel hat auch eine Universität, sogar eine vortreffliche. Und es lehren dort Koryphäen wie Acronius und Urstisius; ob ich nun nach Basel, Pavia oder Bologna gehe, macht keinen Unterschied. Pico della Mirandola ging mit vierzehn Jahren an die Universität; der Teufel soll mich holen, wenn ich es ihm nicht gleichtun kann.»

Mazzi war fassungslos. Da redete ein Knabe, der gerade Zeuge eines Blutbades geworden war, von seiner Studienlaufbahn und von obskuren Professoren. Er wollte ihn wenigstens fragen, was Koryphäen seien, aber durch die Lamellen des Fensterladens drang Morgenlicht; San Donato würde bald erwachen.

Unterwegs

Die Schreckensnacht war aus der Welt weder wegzu-
schaffen noch wegzudenken. Sie begleitete Mann und
Kind, die sich in den Morgenstunden des elften Novembers aus San Donato wegschlichen und auf Nebenpfaden
gen Mailand gingen, floss ein in den anbrechenden Tag
und färbte ihn dunkel. Luca sprach kaum. Von Zeit zu Zeit
murmelte er «da lang» oder «rechts», ohne die Augen zu
heben, ansonsten schleppte er sein Bündel, das nicht gerade klein war, in stiller Versunkenheit neben Mazzi her.

Auch Mazzi sagte nichts. Er beschloss, dem Jungen zu
vertrauen und die Sterne am Himmel für einmal ohne
Deutungsversuche leuchten zu lassen. Zwischen Kassio-
peia, die schon hoch stand, und dem Großen Wagen, der,
auf Augenhöhe, im Begriff war, hinter Büschen und Bäumen den Horizont zu berühren, verblasste die Stella Pola-
ris ohnehin rasch, sodass sich Mazzi durch die neblige
Ebene lotsen ließ wie ein Umnachteter, als der er sich auch
fühlte.

Als zu ihrer Linken die neuen Stadtmauern Mailands mit
ihren Türmchen und Lünetten auftauchten, machten sie
Rast. Luca packte die Wurst und das Brot aus, die er vor
der Flucht im Haus aufgestöbert hatte, brach beides ent-
zwei und begann, an einen Baum gelehnt, mit mechani-
scher Gier zu kauen.

«Was, du kannst essen?! Nach all dem, was ...» Mazzi
suchte nach Worten; keines schien ihm das Schaudern, den

Ekel, aber auch die Faszination auszudrücken, die er beim Anblick der gemeuchelten Opfer empfunden hatte. Vielleicht, dachte er, war die Sprache für solche beunruhigenden Gegensätze nicht geschaffen, brauchte er nicht länger zu suchen und durfte seinen Satz guten Gewissens in der Schwebe lassen.

Hatte Schweigen, über die Bequemlichkeit hinaus, nicht auch Vorteile? Solange nämlich das Morden der letzten Nacht in keiner sprachlichen Zwangsjacke stak, blieb Luca frei, darüber zu denken und zu fühlen, wie ihm beliebte. Aber was dachte und fühlte der Junge eigentlich? Litt er in irgendeiner Weise? Musste er sich Gewalt antun, um nicht zu schluchzen, um seiner Wut nicht mit Flüchen und Verwünschungen Luft zu machen, während er scheinbar gleichmütig ein Stück Wursthaut ausspuckte und sich den Mund mit dem Handrücken sauber rieb?

Allzu gern hätte Mazzi es gewusst oder wenigstens in seinem Blick einen Funken Wohlwollens gefunden, ein Zeichen, dass der Junge ihm die gotteslästerliche Entweihung nachsah. Luca war jedoch nicht zu deuten.

Als er den letzten Bissen hinuntergeschluckt hatte, blickte er auf und wies mit einem Kopfnicken hinter Mazzi in die Ferne: «Mailand meiden wir wohl lieber, nicht wahr?»

***

Wären Lucas erstaunliche Überlebensstrategien nicht gewesen, hätte Mazzi schon nach wenigen Stunden bereut, ihn mitgenommen zu haben. Wo Mazzi im Unterholz nur einen Haufen Laub sah, sichtete der Junge Röhrlinge, die er im nächsten Weiler für einen *soldo* verkaufte; und hatte er die Käufer erst mit seiner frischen Ware bezirzt, zückte er Karten oder Würfel und gaunerte den Gutgläubigen gleich noch eine zweite Münze ab. All dies fand Mazzi schön und gut; sogar komisch.

Doch was nützte ihm ein Gefährte, der mit keiner Miene verriet, was durch seinen Kopf ging, und auch keinerlei Anstalten machte, die alltäglichen Vorkommnisse der Reise kommentierend mit ihm zu teilen? Zwischen einem Dorf und dem andern war Mazzi, als wanderte er allein, aber ohne die spontane Ungezwungenheit, die er bis dahin genossen hatte. Wie ein Schlafwandler bewegte sich das Kerlchen an seiner Seite, stumm, abwesend und doch an ihm klebend, dass Mazzi fast glaubte, es fürchte, jederzeit nach San Donato zurückgeschickt zu werden.

Mazzi täuschte sich. Nicht aus Furcht blieb Luca ihm dicht an der Seite, sondern im Wissen um Gefahren, von denen er selbst nicht die geringste Ahnung hatte. «Wölfe», antwortete Luca leise, als Mazzi ihn schließlich fragte, warum er sich beim Gehen ständig nach allen Seiten drehe.

«Wölfe?! Aber doch nicht am helllichten Tag!»

«Doch, wenn sie Hunger haben, streunen sie auch am Tag. Ich habe mein Messer jedenfalls griffbereit in der Tasche, für den Fall.»

«Pass auf, so ein Ding ist gefährlich! Steck es lieber in dein Bündel. Ich trage meines seit einer guten Weile nicht mehr auf mir.»

«Das solltet Ihr aber.»

Mazzi schüttelte den Kopf. Lucas Unruhe schien ihm übertrieben. Wölfe! Deshalb also, seit sie Cimiano hinter sich hatten, dieses Meiden offenen Geländes, dieses Pirschen und Schleichen entlang den Waldrändern, Innehalten bei jedem Geräusch, das sich dann doch nur als Vogelruf oder Knacken von dürrem Holz erwies. Lächerlich.

Als er jedoch in Crescenzago Wasser glitzern sah, einen schnurgeraden, sauber eingefassten Lauf, an deren Anlegern eine Reihe von Kähnen festgebunden waren, wurde auch ihm leichter ums Herz.

«Ein Fluss! Kähne, schau, Luca! Einer wird uns sicher mitnehmen.»

«Nein, wir müssen weiter. Die Martesana ist nichts für uns. Sie verläuft ostwärts und brächte uns zur Adda, aber Ihr wollt doch zum Ticino, und der liegt westlich von hier.»

«Ich möchte aber nicht den ganzen Weg bis Basel zu Fuß machen, Junge.»

«Klar, ich auch nicht. Wenn wir keine Zeit mehr verlieren, sind wir morgen früh in Gaggiano. Dort schiffen wir uns ein.»

***

Allmählich taute der Knabe auf, legte, wie betäubt vom wiegenden Rhythmus der Wellen, die gegen den Rumpf des Schiffes schlugen, seine anfängliche Zurückhaltung ab. Es war seine erste Reise auf Wasser, und sie verwandelte ihn, den Neunmalklugen, zurück in ein Kind, das staunen konnte. Er bejubelte jeden Brückensteg, der sich über ihm wölbte, und schreckte fuchtelnd die starr wie Säulen am Ufer stehenden Reiher auf. Dann zählte er die Schiffe vor und hinter ihm, ihrer zwölf waren es, die von ebenso vielen Pferden getreidelt wurden; rechnete das Gewicht der Waren aus, die auf diese Weise von Mailand bis an den Lago Maggiore gelangen würden, und kam auf Aberhunderte von Tonnen.

Vor allem aber begann er wieder von sich aus zu sprechen. Stellte Fragen, erzählte sogar ein bisschen aus seinem jungen Leben. So erfuhr Mazzi auf der Strecke zwischen Gaggiano und Castelletto mehr über ihn als in den letzten fünf Tagen, die er unter seinem Dach gewohnt hatte.

Wie Bastiano hatte auch Luca seine Zeit im Kloster von Viboldone unter den Umiliati abgesessen. «Schlitzohren waren das, allesamt. Anselmo war der schlimmste. Verlangte jeden Monat mehr Geld für meine Erziehung, und als meine Mutter nicht mehr zahlen konnte, als ihm auch ihre Kräuter und Elixiere nicht mehr genügten, da … da … ach, Ihr wisst schon, was ich meine.»

Mazzi nickte: «Und so hat Bastiano dich zu sich geholt.»

«Ja. Bastiano weiß mindestens so viel wie dieser Unhold. Ihm verdanke ich den Garten des Gedächtnisses und das ganze Wissen, das ich damit aufbauen kann.»

«Der Garten des Gedächtnisses? Was ist denn das?»

«Kennst du ihn nicht? Das ist ein großer Garten mit konzentrischen Kreisen, den man sich im Kopf ausdenkt und mit allerlei Symbolen und Figuren ausstaffiert.»

«Wozu soll der gut sein?»

«Fürs Gedächtnis eben. Wenn man etwas auswendig lernen will, irgendeine Zahlenreihe, einen Text oder auch

… ich weiß nicht, wenn ich mir zum Beispiel alle Leute, die wir heute am Ufer des Kanals gesehen und passiert haben, einprägen will, versetze ich sie gedanklich in diesen Garten, aber nicht zusammen, sondern der Reihe nach und jeweils in verschiedenen Lauben dieses Gartens. Wenn ich mich später an sie erinnern will, brauche ich nur durch den Garten zu spazieren, und schon tauchen alle in derselben Folge wieder auf.»

«Nützt dir das was?»

«Und wie! Ich kann auf diese Weise ganze Traktate auswendig lernen, Seite um Seite, und vor allem brauche ich sie nicht tausendmal zu lesen; sie bleiben mir schon bei der ersten Lektüre im Kopf haften. Was ich einmal gesehen habe, vergesse ich nicht mehr.»

«Wärst du aber bei deiner Mutter geblieben, hättest du von ihr die Kräuterkunst lernen können.»

«Ja, sicher; mehr aber nicht. Nie hätte ich etwas über die Schönheit geometrischer Figuren gelernt, über die Zahlen und Sterne, die mein Schicksal zeichnen.»

«Dafür würdest du Leute heilen, ist das nicht auch eine ehrbare Sache?»

«Doch, natürlich. Aber die Zahlen sind wichtiger. Sie sind der Schlüssel zum Universum.»

«Oha, das sind große Worte, Junge.»

«Die Wahrheit ist groß, Mastro Mazzi. Wenn Ihr erst gut lesen könnt, werde ich Euch die Zahlen erklären. Und, falls Ihr wollt, auch den Garten des Gedächtnisses. Sicher werdet Ihr mir dann beipflichten. Und wenn nicht, werden wir miteinander Streitgespräche führen. Genau wie die Gelehrten an der Universität.» Luca blinzelte ihm unter den Haarzotteln schelmisch zu und wies auf Mazzis Mappe.

«Was meint Ihr, wir könnten doch anfangen, Eure Briefe zu lesen. Dann wisst Ihr am Ende der Reise wenigstens, was drin steht.»

«Jetzt gleich?»

«Warum nicht?»

Ja, warum nicht? Sie saßen, seit es zu regnen angefangen hatte, im Innern einer Kabine unter Stoffballen und Salzstöcken, alleinige Passagiere auf diesem Transportschiff, dessen Reise nach Castelletto noch Stunden dauern würde. Luca hatte recht, sie hatten alle Zeit der Welt.

Mazzi zog Guilandinos Brief aus der Mappe und faltete ihn auseinander. «Da, fangen wir mit diesem an.»

Luca beugte sich über das in leichtem Durchzug flatternde Blatt und pfiff bald anerkennend durch die Lippen. «Das ist ein wahres Kunstwerk der Rhetorik! Hut ab, Euer Mann muss ein vortrefflicher Gelehrter und Latinist sein, Mastro Mazzi. Er wiegt jedes Wort ab und vergisst dabei doch nie die Eleganz des Ausdrucks. Bei den Umiliati musste ich ähnliche Übungen schreiben, ich kenne diese Art der Formulierung bestens.»

Mazzi tat sich beim Vorlesen jedoch schwer und schämte sich vor dem Jungen. Er stockte, missverstand, zog voreilige semantische Schlüsse. Ohne Lucas geduldiges Lenken wäre er nicht über die ersten paar Zeilen gelangt. Lesend, vielmehr entziffernd, was dieser ihm vorkaute, ermaß er den Wissensgraben zwischen ihnen. Dabei beunruhigte ihn nicht so sehr das Wissen selbst, das er wie einen riesigen Berg vor sich hochschießen sah, als vielmehr die Zeit, die er brauchen würde, um diesen Berg zu besteigen und, von hoher Warte schauend, mehr von der Welt und seinen Gesetzen zu erkennen. Auf diesem beschwerlichen Aufstieg war ihm der Junge so weit voraus, dass er ihn schon fast oben wähnte, während er selbst, der doch zwei Jahrzehnte mehr auf dem Buckel hatte, noch am Bergfuß zauderte. Würde sich das Versäumte je nachholen lassen? Mithilfe jenes absonderlichen Gartens etwa, von dem Luca ihm vorgeschwärmt hatte? Bei jeder neuen Stockung wuchsen die Zweifel, doch Luca nickte ihm immer wieder ermunternd zu und führte ihn durch Guilandinos Wortwelt wie am Vortag durch die Ödnis der Poebene: auf geradestem Weg und ohne je sich vom Ziel, dem Schlusspunkt, ablenken zu lassen.

Endlich, kurz bevor sie am Abend in den Hafen von Castelletto einliefen, stieß Mazzi einen Seufzer der Genugtuung aus. Er war beim Abschiedsgruß angelangt, las: «Ave et in aeterna gratitudine, Melchior Guilandinus Borussus». Was für einen kunstvollen Brief hatte er da bewältigt! Er konnte es selbst kaum glauben.

«Seht, Mastro Mazzi, Ihr könnt lesen! Und habt Ihr auch alles verstanden?»

«Ich denke schon.»

Mazzi hatte den Brief nicht nur verstanden, sondern auch in den gewundenen Formulierungen seinen ehemaligen Gastgeber wieder leibhaftig vor sich gesehen: Zuerst schmierte Guilandino dem Basler Drucker vier Zeilen lang Honig um den Bart, dann verwandte er weitere drei Zeilen darauf, die eigene Lehr- und Forschungstätigkeit mit sorgfältig dosierter Bescheidenheit zu umreißen, wobei das Austeilen von Seitenhieben an die Kollegen nicht fehlen konnte, die, man verstehe sich unter Gelehrten, schrieb er, doch eigentlich mit wenigen Ausnahmen Stümper seien.

All dies sollte den Drucker wohlwollend auf das Anliegen stimmen, das ihm Guilandino zu guter Letzt ans Herz legte: Oporinus möge bitte das ihm durch den Goldschmid Girolamo Mazzi überbrachte Dokument schnellstmöglich drucken und weitmöglichst zirkulieren lassen, auf dass dem Verfasser, dem großen Andreas Vesalius aus Brüssel, seinem teuren und, wie ihm zu Ohren gekommen sei, auch Oporinus' teurem Freund, die Gelegenheit gegeben sei, die eigene Version eines gewissen Sachverhaltes postum – das Wort war unterstrichen – öffentlich bekanntzugeben. Das sei doch, Oporinus werde ihm bestimmt beipflichten, das Mindeste, was die Menschheit für den genialen Flamen noch tun könne.

«Na, Mastro Mazzi, seid Ihr zufrieden?»

«Ja, natürlich. Bloß … ich frage mich, was es mit diesem Sachverhalt auf sich hat.»

«Ich bin sicher, dass der andere Brief die Antwort liefert.» Luca hatte dies ganz unverfänglich gesagt und dabei sogar ein Gähnen unterdrückt, doch Mazzi war sogleich auf der Hut.

«Kaum. Es geht darin um ganz andere Dinge.»

«Dann kennt Ihr den Inhalt ja schon?»

«Nein, ich weiß nur, dass er von weltpolitischem Belang ist.»

«Ach so, tatsächlich?» Luca grinste.

«Junge, du lachst mich nicht etwa aus?»

«Doch, Mastro Mazzi, genau das tue ich.»

«Warte nur, einmal werde ich dir den Brief zeigen, dann wirst du mir glauben müssen.»

«Morgen?»

«Weiß ich noch nicht. Vielleicht, vielleicht auch nicht.»

Wieder lachte der Junge, diesmal ungehalten, und Mazzi blickte in einen rosigen Mund voll makellosen Zähnen, die ihn an die Wölfe vom Vortag mahnten, denen sie nicht begegnet waren.

***

Dominikanermönche, die in der Nähe der Holzbrücke von Castelletto eine Mühle betrieben, gewährten den beiden einen Schlafplatz in ihrem Kornspeicher am Kanal. Es war kalt und die Decke, die sie sich teilen mussten, mit Flöhen bespickt. Mazzi sank ins Korn und grub eine Mulde für sich und Luca, der sich schlotternd an ihn schmiegte und einschlief, noch eh Mazzi ihm die Decke über die Schultern gezogen hatte.

Die Haare und die Jacke des Jungen stanken nach abgestandenem Schweiß, nach Holzkohle, nach Dung. Während der Lektüre von Guilandinos Brief hatte Mazzi Acht gegeben, den Brief nicht in Lucas Hände zu legen, vor den schwarzen Fingernägeln hatte ihm gegraust, aber nun, wie er in Korn gebettet neben dem ungewaschenen Jungen lag, machte er eine Entdeckung, über die er sich wunderte: Die Ausdünstungen behagten ihm. Er begann sie ebenso genüsslich einzuatmen wie den Duft von Moschus, mit dem sich Zuan, er selbst auch, früher den Körper einzureiben pflegte.

Denn der Junge roch, oh Wunder, weder nach raffinierten Essenzen oder Distillaten, sondern einfach und absichtslos nach sich selbst. Sein raues Leben, seine Jugend, ja, sein ganzes Menschsein fand Mazzi in diesem Geruch eingefangen, sodass er sich beim Luftholen bald wie ein Dieb vorkam, der sich Zug um Zug die Wesenheit des Schlafenden einverleibte.

Ohne es zu ahnen, verschenkte sich ihm Luca mit diesem Geruch, und die leise Euphorie, die mit dieser Vorstellung einherging – sie war nicht mehr als ein kurzer Schwall überbordender Anteilnahme –, diese Euphorie ließ Mazzi die gemeinsame Reise plötzlich in einem neuen Licht sehen. Er spürte Lucas Gesicht an seiner Brust und dessen klamme, in löchrigen Socken steckenden Füße, die Wärme zwischen seinen Beinen suchten, und dachte mit Rührung, dass dieses Kind – Lavinias Kind! – sich in seine Obhut gegeben hatte, als hätte es in ihm einen neuen Vater gefunden.

Bastiano aber war nicht vergessen. Beim Aufwachen murmelte der Junge seinen Namen und bat ihn, nicht Mazzi, um eine Schale Milch. Erst als er sich den Schlaf aus den Augen gerieben und aufsitzend die Kornkörner aus den Haaren geschüttelt hatte, schien er zu begreifen, dass er in keinem Bett geschlafen hatte und Bastiano nirgends war. Die Erkenntnis schien seine Laune jedoch in keiner Weise zu trüben, denn er fuhr grinsend fort von einem Traum zu erzählen, in dem Mazzi und er um die Wette Hühner gerupft hatten.

«Das hättet Ihr sehen sollen, Mastro Mazzi! Überall flogen Federn, es wurden immer mehr, bis wir einander in diesem wirbelnden Flaum ganz aus den Augen verloren und ich mich wie in einer weißen Decke eingewickelt fühlte. Und Ihr, was habt Ihr geträumt?»

«Nichts. Ich habe sehr tief geschlafen. Überhaupt suchen mich Träume nur selten heim.»

«Wie schade. So lebt Ihr nur ein Leben, Euer Tagesleben. Während Ihr traumlos schläft, seid Ihr in gewissem Sinn tot, ich aber lebe, habe mein Nachtleben. Bastiano und ich erzählen einander am Morgen immer als erstes unsere Träume. Ob Ihr es glaubt oder nicht, kommt es oft vor, dass wir einander darin begegnen.»

Achtundvierzig Stunden waren seit ihrem Weggang von San Donato verstrichen, und noch immer hatte Mazzi keinen günstigen Moment gefunden, um mit Luca über die Mordnacht zu sprechen. Während sie über den Kornberg zur Tür stapften, wollte er einen Anlauf nehmen, doch der Junge kam ihm zuvor: «Mastro Mazzi, wie seid Ihr eigentlich zu Vesalius' Brief gekommen?»

***

Der Kanal, auf dem Mazzi und Luca das Tessin zu erreichen hofften, hieß nicht umsonst Naviglio Grande. Nach Castelletto schwoll die Wassermenge, sprudelte wilder und wichen die Ufer stellenweise bis zu hundert Ellen auseinander. Im Gegenstrom kam die *cobbia*, die nun bloß noch aus sechs Schiffen bestand, im Schritttempo voran; zudem brachten das Passieren von Schleusen und die Auswechslung der Pferde, zwölf noch immer, die Reise immer wieder zum Stillstand.

Der Kanal selbst, ein grünbraunes, von sporadischem Sturzregen durchsiebtes Schaumband, brauste jedoch ungehindert zwischen Wäldern und Äckern gen Mailand hinab und riss alles mit, was sich ihm ohne Wurzeln in den Weg stellte. Der Regen, der ihm diese erschreckende Fülle gab, verdichtete sich am zweiten Reisetag zu Eisregen, und am dritten, als die *cobbia* eben Robecco verlassen hatte, fiel Schnee.

Mazzi war missgelaunt. Er brauchte Geld und wusste auf dieser Strecke, die so dürftig an Weilern war, nicht, wo er es hätte auftreiben können. Wohl verdiente Luca mit seinen Karten und Würfeln hier und dort eine Handvoll Münzen, aber sie reichten kaum für das Essen aus, und der Fährmann, den die widrigen Wetterbedingungen ohnehin grantig stimmten, verlangte täglich einen zusätzlichen *soldo* zum vereinbarten Preis.

«Die Pferde, Maestro, seht selbst, was der unbändige Strom sie an Kräften kostet. Sie stehen kaum mehr auf den Beinen. Und das Futter ist rar diese Tage, so teuer.» Er hielt die Augen aufs gegenüberliegende Ufer gerichtet, während er sprach, wollte die Hand, die ihm wie von alleine aus dem Ärmel glitt, nicht sehen und tat, als gehörte sie ihm gar nicht und hätte er nichts mit ihr zu tun, wenn sie sich mit gekrümmten Fingern nach oben drehte, um die geforderte Münze zu empfangen.

Mazzis Missmut wuchs: «Bis wohin wird mein Geld nun reichen? Mehr habe ich nämlich nicht zu verschenken.»

«Vielleicht bis Tornavento. Es kommt eben aufs Wetter an, Maestro. Glaubt mir, wenn es nur an mir läge, würde ich Euch mit Eurem Sohn umsonst mitfahren lassen. Aber die Pferde wollen fressen, und sie fressen viel. Vom Warenzoll nicht zu reden. Mein ganzer Lohn geht drauf.»

Es war nichts zu machen. Jeden Morgen musste sich Mazzi dieselbe Litanei anhören und einen neuen *soldo* springen lassen. Drei weitere Tage, rechnete er, und er würde trotz Perlen und Achaten pleite sein: auf einen Buben angewiesen. Wenn das nicht haarsträubend war! Demütigend! Nein, er konnte, wollte nicht wie der letzte Bettler weiterreisen. In Boffalora, wo die *cobbia* haltmachte, um jene aus der Gegenrichtung passieren zu lassen, sprang Mazzi von Bord. Allein.

Bis zur Tertia habe er Zeit, versicherte ihm der Fährmann, aber Achtung: «Warten werde ich nicht. Wenn Ihr zur Tertia nicht erschienen seid, lade ich den Jungen ab und fahre.»

«Keine Sorge, meine Runde habe ich in diesem Kaff schnell gedreht.»

Während die Saumpferde gestriegelt und mit Hafer versorgt wurden und Luca sich in das einzige Buch vertiefte, das er aus Bastianos Haus gerettet hatte, streifte Mazzi durch die wenigen Gassen des Ortes, die sich hinter dem Kanal gegen die von stattlichen Säulen und Arkaden getragene Kartäuserscheune drängten. Er musste bald einsehen, dass kein Mensch in Boffalora Gemmen brauchte; Weizen, Fleisch, Stoffe, gewiss, aber Gemmen? Wozu sollten die in einem Weiler wie diesem gut sein?

Mazzi mochte den Frauen noch so schmeicheln, sie konnten sich keinen Goldring an ihren schwieligen Händen vorstellen, und wenn Mazzi die Perle an die Butzenscheibe hielt und das Licht irisierend darüberwandern ließ, staunten sie zwar, die Bäuerinnen und Krämerinnen, ja, staunten umso mehr, als sie erfuhren, dass die Auster von einem Blitz hatte getroffen werden müssen, damit aus der Verbindung von Feuer und Wasser ein solches Wunder entstehen konnte, aber zum Kauf konnte sich am Ende doch keine entschließen.

Mazzi gab sich nicht geschlagen: «So wollt Ihr nun dieses Wunder des Ozeans tatsächlich verschmähen? Könnt dulden, dass eine andere Dame sie am Finger oder an ihrem Busen tragen wird?»

«Wir sind keine Damen», grinsten die Frauen und blickten verlegen auf ihre Schürzen und Latschen hinunter.

«Aber vielleicht die Kartäuser drüben? Die haben genug Moneten, um ihre Altäre zu schmücken», werweißte eine und zeigte mit ihrer Harke auf die große Scheune, die Boffalora überragte.

«Vielleicht macht man Euch auf.»

«Nein, besser Ihr versucht Euer Glück in Magenta», schlug eine andere vor. «Unter den noblen Crivelli, die sich an Markttagen wie heute unter das Volk mischen, findet Ihr bestimmt einen Abnehmer.»

***

Einem Bauern folgend, der seine Kühe zu Markt trug, legte Mazzi die Strecke nach Magenta in weniger als einer halben Stunde zurück. Dort sah er sich in der Menge nach den Betuchten um und verwickelte sie mit einem beiläufigen Kompliment in ein Gespräch. Komplimente nämlich, das wusste er von früher, wirkten wie Würmer an der Angel; kaum eine Dame, die damals auf Zante seine *bottega* ohne ein Kleinod verlassen hätte, wenn er sich zuvor, je nach Farbe des Edelsteins, den er ihr andrehen wollte, ausgiebig über das reizvolle Blau ihrer Augen oder den samtenen Teint ihres Dekolletés ausgelassen hatte.

Am Ende bissen sie doch alle an; schwierig war nur der erste Satz, das blitzschnelle Abwägen des Maßes an Schmeichel, das die Dame bereit war zu goutieren: zu wenig, und die gesenkten Mundwinkel verrieten Enttäuschung, zu viel, und die Braue schnellte in Empörung hoch.

Die Frau, die seine Perle schließlich kaufte, trug selbst schon welche. Drei Reihen Süßwasserperlchen zierten ihre Halskrause, billige Reiskörner im Vergleich zum Prachtstück, das Mazzi ihr nun vor die weiten, sogleich vor Begierde funkelnden Augen hielt. Sie hatte eben von einem Schuster ein Paar Chopinen mit Riemen aus auserlesenstem Ziegenleder erstanden und war nun, von ihrem Kauf noch ganz berauscht, für Mazzi eine Beute, die kaum mehr zu beweihräuchern war.

Er nannte seinen Preis, und schon zog sie ihr Täschchen wieder hervor und schüttete ihm ohne Feilschen und Wimpernzucken eine Handvoll Silbermünzen in die Hand. *Berlinghe*, erkannte Mazzi, eine jede gute zwanzig *soldi* wert! Er begann leise zu zählen: zwanzig *soldi*, vierzig, sechzig, achtzig … so viele waren es, dass er in Versuchung geriet, den Preis zu senken oder ihr wahllos ein paar Münzen zurückzuerstatten.

Die Schöne hatte die Perle jedoch bereits in ein Tüchlein gewickelt und in ihre Tasche gebettet und wollte weder mehr sehen noch hören, sondern nur noch dem Eindruck der Raffsucht vorbeugen, den sie mit ihrem übereilten Kauf erweckt haben mochte: Sie heirate in den nächsten Wochen, rechtfertigte sie sich, und die Perle sei gewissermaßen ein Geschenk an sich selbst für den großen Tag, an dem sie, eine Crivelli, ins Haus der Melzi d'Eril einziehe. Ob ihm der Name etwas sage, fragte sie noch. Nein? Nun, so solle er wenigstens wissen, dass man seine Perle bald am Finger einer Gräfin bewundern werde.

Und mit diesen stolzen Worten ließ ihn das Fräulein auf dem Marktplatz stehen und tänzelte wehenden Mantels davon, umwirbelt von Schneeflocken und rasch in ihnen verschwindend.

Die wellige Geschmeidigkeit dieses Kleidungsstücks ließ Mazzi einen Augenblick vergessen, dass er nicht auf der Piazza San Marco stand, sondern auf dem Marktplatz eines verlorenen Nestes der Lombardei. Er musste die Münzen in seiner Jackentasche befühlen, um sich zu vergewissern, dass er nicht geträumt hatte. Aber nein, er hatte nicht geträumt, die Münzen füllten seine Tasche zum Bersten: Er war, zumindest für seine Begriffe, reich.

***

Die Tertia hatte noch nicht geschlagen, als Mazzi in Boffalora wieder an Bord der *cobbia* stieg. Zusätzliche Waren wurden gerade aufgeladen, die neuen Pferde gesäumt.

«Wo wart Ihr, Mastro Mazzi? Ich habe den ganzen Quai abgeklopft, um Euch zu finden. Der Fährmann meinte schon, Ihr wolltet mich hier im Stich lassen.»

«Was hast du denn für dumme Gedanken? Schau vielmehr, was ich dir gebracht habe. Eine Jacke, Socken und ein paar ordentliche Schuhe. Die deinen fallen ja demnächst aus dem Leim.» Mazzi legte die Gaben in Lucas Schoss und streckte sich auf den Stoffballen aus.

Wie ihn Lucas Freude rührte! Der Junge stotterte wirre Dankesworte hervor und stolzierte in seiner neuen Ausstattung ein paar Mal vor Mazzi hin und her, bevor er sich neben ihn warf und, den Wuschelkopf an seiner Brust reibend, ausrief: «Bastiano hat recht, Ihr seid ein guter Mensch, Mastro Mazzi. Ich werde immer mit Euch bleiben.»

«Immer?»

«Ja, immer. Ich schwöre es!»

«Ein paar neue Schuhe und eine Jacke, und schon schwörst du ewige Treue? Übertreibst du da nicht ein bisschen?»

«Nein. Ich habe noch nie neue Kleider erhalten. Ihr könnt Euch nicht vorstellen, wie man sich fühlt, wenn man immer die alten Klamotten anderer tragen muss und erst noch der letzte der Reihe ist.»

«Ich habe aber den Eindruck gehabt, dass Bastiano gut für dich sorgte.»

«Ja, eigentlich schon, beklagen will ich mich nicht. Bastiano liegt aber nur mein geistiges Wohl und Gedeihen am Herzen; was ich trage, ist ihm vollkommen einerlei. Er sagt es selbst: ‹Kleider sind Nebensache, es zählt nur, was du im Kopf hast, denn das lässt sich nicht auswechseln; das ist dein, bist du.›»

«Mm, da hatte Bastiano nicht Unrecht. Doch, Luca, hör mir mal gut zu. Seit wir vor fünf Tagen von San Donato weggegangen sind, sprichst du von Bastiano, als … als wäre er noch hier.» Mazzi fühlte, wie sich der Junge an seiner Seite versteifte; er wartete eine Weile auf eine Antwort, und als diese nicht kam, fuhr er vorsichtig fort: «Du erinnerst dich, nicht wahr, dass wir aus San Donato geflüchtet sind, und weißt auch, warum?»

Noch immer schwieg Luca.

«Warum, denkst du, wären wir sonst hier, auf diesem Schiff, und reisen zusammen in den Norden?»

«Wir reisen nach Basel, weil Ihr Vesals Brief bei Oporinus drucken lassen wollt und ich dort auf die Universität gehen werde.»

«Ursprünglich wolltest du aber nicht nach Basel gehen, sondern nach Padua oder Bologna.»

«Bastiano hat nichts dagegen, dass ich mit Euch reise. Er sagt ja selbst immer, dass man gute Gelegenheiten am Schopf packen soll. Ich tue nur, was er mir rät.»

«Vermisst du Bastiano und dein Leben in San Donato denn nicht?»

«Nein, warum sollte ich? Wir sind ja nicht für immer getrennt. Irgendwann werde ich nach San Donato zurückkehren oder, noch besser, wird Bastiano nachkommen, wo immer ich mich niederlasse. Es ist nur eine Frage von ein paar Jahren.»

Zu Mazzis Verblüffung schien der Junge zu glauben, was er sagte. Er bohrte weiter, doch so umsichtig er die Anspielungen an die Mordnacht auch formulierte – das Wort selbst brachte er nicht über die Lippen –, sie drängten den Jungen nur weiter in die Verneinung: Schauerliche Geschehnisse – welche schauerlichen Geschehnisse denn? – hatten keine stattgefunden. Bastiano lebte.

Nach einigem Bohren von Seiten Mazzis wechselte Luca das Thema: «Aber sagt, Mastro Mazzi, findet Ihr nicht, dass wir verdammt langsam vorankommen? Wir fahren immer nur morgens und bleiben jeden Nachmittag mitten im Nichts vor Anker, um die entgegenkommende *cobbia* vorbeizulassen. So hatte ich mir die Reise nicht vorgestellt. Der Fährmann schätzt, dass wir bis zum Lago Maggiore noch sechs Tage fahren. Sechs Tage! Das können wir uns doch nicht zumuten!»

«Ist dir diese Reise so sehr zuwider?»

«Nein, darum geht es gar nicht. Aber Ihr habt doch selbst gelesen, dass Guilandino den Drucker um Eile bittet. Vesals Schreiben soll möglichst schnell unter die Leute kommen, und Ihr säumt und säumt, als ginge es Euch nichts an. Dabei seid Ihr doch in San Donato so ungeduldig und erpicht auf die Reise gewesen.»

«Ach …»

Wie konnte Mazzi dem Jungen erklären, was sich seit San Donato geändert hatte, wusste er doch selbst nicht recht, warum ihm von Tag zu Tag leichter ums Herz wurde auf dieser beschaulichen Reise, so leicht, dass er das Ziel vergaß und sich wünschte, es verlagere sich immer weiter in eine Zukunft, von der ihm jegliche Vorstellung fehlte.

«Wir könnten bei der nächsten Anlegestelle aussteigen und mit der Kutsche weiterfahren. Das ginge bestimmt schneller.»

«Ja, aber, weißt du … ich liebe Wasser. Ich bin darin aufgewachsen … sozusagen. Vor Land ohne Meer oder Fluss graut mir.»

Der Junge hatte keine Wahl. Sechs Tage kämpfte sich die *cobbia* noch durch die tosenden Wellen des Naviglio Grande, und weitere zwei vergingen auf dem Lago Maggiore, bis sie in den Hafen von Magadino einlief und Mazzi und Luca über Stegen durchs Moor wieder Boden unter den Füßen fühlten.

***

Tesìn nannten die Hiesigen ihr Land und das Wasser, das Mazzi über die glimmenden Granitbrocken des Tales gurgeln sah, als er Ende November mit seinem Schützling den Alpen entgegenzugehen begann. So lange die Wassermenge die Bezeichnung eines Flusses rechtfertigte und die beidseitig mit Schnee besprühten Berge noch weit auseinander lagen, fühlte er sich in Hörweite von Rauschen weiterhin zuversichtlich. Der Fluss war Arterie und das Tal Teil des großen Erdleibes, dessen Herz im Berginnern pochte.

Mazzi meinte in den Schwellungen des Geländes Organe von gigantischen Dimensionen zu erkennen. Diesmal aber war er nicht der Betrachter von außen, sondern stand selbst mitten drin, watete sozusagen mit beiden Füßen im weiten Fleisch und fand darin – ja, was fand er denn alles, wenn er sich im Tal umschaute? Der Steinbrocken dort, der aus den sanften, von allerlei Weglinien durchkreuzten Hängen hervorbrach, lag er nicht genau wie die Leber in fein geädertem Gewebe eingebettet? Und all jene Wasserfälle, die sich rinselnd oder donnernd aus den Felsspalten ins Tal stürzten, besagten sie nicht, dass der Berg blutete?

«Wie dem auch sei, diese Gegend ist ja so unwirtlich und rau nicht», sagte er sich. «Wasser umgibt mich auch hier, und die Berge scheinen mir bis jetzt auch nicht dramatisch höher als die euganeischen Hügel. Bald werden wir in Basel eintreffen, und dann … ja, dann … wird alles gut sein. Irgendwie.»

Kaum lagen die drei Burgen Bellinzonas jedoch in seinem Rücken, meinte er, das Wasser fließe leiser und erlaube sich mehr Sandbänke und Inseln, sodass er befürchtete, dieses würde noch vor dem Alpenmassiv versiegen.

«Ich fühle mich wie ein Fisch in der Wüste», beichtete er Luca anderntags. «Das Meer ist so weit, und dieser Fluss so seicht, dass ich die Steine auf seinem Grund sehe. Am Ende versiegt er mir noch, bevor wir den großen Bergaufstieg in Angriff nehmen.»

«Unsinn, Mastro Mazzi.»

«Unsinn, Unsinn … das ist leicht gesagt.»

«Keine Bange, Ihr werdet bestimmt nicht verdursten.»
Es ging ihm nicht ums Verdursten.

Sie hatten die Taverne von Osogna in der Früh verlassen, eine heruntergekommene Spelunke, deren Dachboden sie mit Pilgern, Soldaten und Viehhändlern für die Nacht geteilt hatten, und blickten nun durch wirbelnde Schneeflocken erstmals aufs Livinental und den Gotthard hinaus, der sich, dunkel und gedrungen, wie der Wirt ihn beschrieben hatte, von der Talsohle in den Himmel hochreckte.

«Das also soll der Gotthard sein! Welch ein Ungestüm. Siehst du ihn, Luca?»

Luca nickte, in Gedanken noch bei Mazzis seltsamer Befürchtung. Er verstand sie nicht. Wasser, ob Fluss oder Meer, bedeutete ihm nichts, aber er sah, wie Mazzi es während des Gehens ängstlicher noch als die Berge beäugte und von Stunde zu Stunde stiller wurde.

Bei der ersten Rastpause, für die sie in den Trümmern eines eingestürzten Stalls Zuschlupf suchten, gelang es ihm, ihn mit allerlei Geschichten abzulenken, und am Ende richtete er es noch ein, in scheinbarer Beiläufigkeit seine Mutter zu nennen. Schon lange hatte er nämlich bemerkt, dass Lavinias Name ein Lächeln auf Mazzis Lippen zauberte und dieser dann eine Weile in seliger Nostalgie schwelgte.

«Mastro Mazzi, liebt Ihr meine Mutter denn, dass Ihr immer so aufmerksam und beglückt zuhört, wenn ich von ihr erzähle?»

«Lieben?! Es kommt darauf an, was du darunter meinst. Deine Mutter ist eine feine Frau, aber nein, ich liebe sie nicht in diesem Sinn. Es ist bloß so, dass ich mich damals in ihrer Obhut so sicher gefühlt habe; aufgehoben, wie ich es nur zu Hause als Kind je gewesen bin. Ein unglaubliches Gefühl war das. Ich hatte es im Laufe der Jahre vergessen, doch da, in der verschwommenen Gegenwart deiner Mutter, war ich plötzlich wieder davon erfüllt. Dafür werde ich ihr stets dankbar sein.»

«Also ähnelt Eure Mutter der meinigen?»

«Nein, nicht wirklich. Aber sie macht ungefähr dasselbe wie Lavinia, sammelt Kräuter, braut Elixiere, kuriert Menschen.»

«Dann sind wir ja fast Brüder.»

«Ja, wenn du so willst.»

«Ihr könntet aber auch mein Vater sein.»

Mazzi schmunzelte. «Meinetwegen kann ich auch das sein. Hast du denn keinen? Ich meine, außer Bastiano?»

Luca schwieg und begann Steinchen aus dem Boden zu lösen, die er mit Daumen und Zeigefinger in alle Richtungen wegspickte. «Wetten, ich kann den Balken dort drüben treffen?»

«Luca, wenn du meinst, dass ich mich zu sehr in dein Leben einmische, sag es ruhig. Du schuldest mir keine Antworten.»

«Warum also stellt Ihr mir Fragen?»

«Nun, die Frage nach deinem Vater schien mir naheliegend; soviel ich weiß, war Bastiano nicht dein Vater, sondern dein Onkel.»

Der Junge lachte plötzlich auf: «Richtig. Und er ist es immer noch. – Wie wär's mit einem Würfelspiel?»

«Jetzt, in dieser Ruine, bei dieser Kälte?»

«Ja, jetzt. Lasst uns ein paar Mal würfeln. Dann brechen wir wieder auf.»

Wie in der Mordnacht erzielte Luca auch dieses Mal auffällig bessere Werte. Nach dem vierzehnten Wurf legte Mazzi die Würfel nieder und sagte kopfschüttelnd: «Tut mir leid, Junge, aber mit dir spiele ich nicht mehr. Du mogelst.»

Luca zögerte einen Augenblick, bevor er zugab: «Ja, Ihr habt recht, ich mogle. Doch auch Bastiano mogelt.»

«Aber wie? Ich habe rein gar nichts beobachtet.»

«Das ist ein Geheimnis. Bastiano hat mich schwören lassen, dass ich unsere Karten- und Würfeltricks niemandem verrate. »

«Ich werde es nicht weitererzählen.»

Luca schüttelte den Kopf. «Spart Euch die Mühe, ich werde nichts sagen. Freut Euch doch, dass wir mit meiner Schummelei zu Geld kommen, wenn wir es brauchen. Mit Euren Edelsteinen kommen wir nämlich nicht weit. Was machen wir, wenn Ihr den letzten verkauft habt?»

«Das weiß ich noch nicht. Aber zu billiger Betrügerei werde ich mich nicht erniedrigen.»

«Ist sie denn so billig? Es braucht Jahre der Übung, bis man so tadellos mogeln kann wie Bastiano und ich. Wenn es sein muss, kann ich übrigens auch ohne schummeln gewinnen. Bastiano hat mich gelehrt, wie man die Würfel werfen muss, damit sie mit größerer Wahrscheinlichkeit die höchste Zahl erzielen. Die Methode ist leider nicht ganz unfehlbar, darum ziehe ich das Schummeln vor.»

«Hm, verbieten kann ich es dir nicht, aber sei vorsichtig, Junge.»

«Vorsichtig? Ihr seid so ängstlich, Mastro Mazzi. Wir haben in diesem Land doch nichts zu befürchten.»

«So sieht es auf den ersten Blick aus. Aber wir befinden uns hier auf fremdem Boden unter Leuten, deren Gepflogenheiten wir nicht kennen. Wer weiß, vielleicht bestraft man hier Betrüger mit der Todesstrafe.»

«Das glaube ich nicht. Mich hat man noch nie erwischt. Und die Tessiner scheinen mir bis jetzt nicht anders als die Mailänder.»

«Unser Wirt in Osogna war aber anders: Er betreibt seine Wirtschaft, handelt daneben mit Pferden, Wein und Weizen, hat sogar ein Jagdgewehr – er sagte es ja selbst – und zuletzt erfahren wir, dass er der Dorfpfaff ist. Diese Vermischung von Weltlichem und Kirchlichem wäre doch in San Donato kaum möglich, oder irre ich?»

«Keine Ahnung. Die Pfaffen sind ohnehin ein Volk für sich. Nein, ich bezog mich auf Menschen wie Ihr und mich. Da sehe ich keinen Unterschied.»

«Ich schon. Das heißt, ich ahne ihn mehr, als dass ich ihn sehe, fühle sozusagen, dass es ihn gibt. So wie auch die Umgebung anders ist.»

***

Mazzis Gefühl blieb für die nächsten Stunden vage. Veränderungen machten sich erst bemerkbar, als sie ihm, Spur um Spur akkumuliert, mit einem Mal als Umwälzung ins Auge sprangen. Nach Faido schossen plötzlich

Steinwände aus dem Boden, fand er sich in einer Schlucht eingekesselt, in die von weit oben zwischen überhängenden Felszacken ein Lichtstrahl fiel, der weder Helle noch Wärme spendete.

Was ihn aber am meisten wunderte und nach einer Weile sogar zu amüsieren begann, war die Sprache, die er in dieser verengten Welt vernahm. Er erkannte sie zwar noch als seine eigene oder zumindest als ein Gerüst davon, das sich im Laufe der Entfernung von seiner Heimat bis fast zur Unkenntlichkeit verändert hatte, aber nun, wie er am Ausgang der Schlucht das Zollhaus von Rodi betrat, fand er sie ganz verwandelt, wie zur Parodie ihrer selbst verkommen.

War es möglich, dass er von einem Dorf aufs nächste kaum mehr ein Wort verstand? Wie ausländisch erst würde es jenseits des Gotthards klingen! Den Bewohnern von Rodi mochte er jedenfalls noch so angestrengt aufs Maul schauen, die Verwandtschaft zum Venezianischen schien ihm verloren. Selbst Luca hatte jetzt seine Mühe und musste sich mit Handzeichen behelfen. «Spitzen wir die Ohren, Mastro Mazzi, so schwierig kann diese Sprache nicht sein.»

Während Luca draußen nach den Säumern Ausschau hielt, die ihre Tiere für die bevorstehende Alpenüberquerung sattelten, versuchte Mazzi über den Preis für Mahlzeiten, Übernachtung und die Reise ins Urnerland zu verhandeln sowie die Zollformalitäten zu erledigen.

Man machte es ihm nicht leicht. Und weil er obendrein fürchtete, dass der Zollknecht ihn seiner Ignoranz wegen betrügen könnte, weigerte er sich, den Inhalt seiner Mappe vor ihm auszuschütten. «Sie enthält nur zwei Briefe und ein paar Gemmen», versuchte er zu erklären, doch der Mann ließ nicht mit sich reden. Jede Ware, und sei sie auch noch so klein und leicht, würde er prüfen und angemessen verzollen.

Wohl oder übel beugte sich Mazzi dem Willen des Wichtigtuers, aber er tat sich schwer, nicht mit der Wimper zu zucken, als dieser die Mappe aufriss und ebenso unzimperlich die Briefe daraus zog. Würde er Vesals Schreiben konfiszieren, um selbst zu einem späteren Zeitpunkt Profit daraus zu schlagen? Oder würde er ihn, Mazzi, am Schluss der Lektüre gar als Bote einer heiklen politischen Nachricht verhaften lassen?

Der Knecht verriet keinerlei Regung, während er las. Doch las er überhaupt? Tat er nicht nur so? So oberflächlich überflog der Knecht die Folios und Guilandinos Empfehlungsschreiben, dass Mazzi nach einer Weile meinte aufatmen zu dürfen: Er hatte es mit einem zu tun, der mindestens so unwissend war wie er und es vor allen, vielleicht sogar vor sich selbst, kaschieren wollte.

Tatsächlich faltete der Zollknecht die Briefe bald zusammen und richtete sein Augenmerk auf die wenigen Edelsteine, die Mazzi noch blieben. «Kristalle?»

«Cristalli? No, rubini e agati.»

Dem Zollknecht waren Gemmen dieser Art offensichtlich noch nie unter die Augen gekommen. Er kannte den Wert von Bergkristallen und wusste also auch je nach Gewicht und Reinheitsgrad, welche Abgaben für deren Transport zu entrichten waren; Mazzis winzige roten und graugrünen Steine aber bürdeten ihm Rätsel auf. Sie wogen kaum mehr als ein paar Weizenkörner und schienen ihm, wie auch das blaue Felsstück mit den glitzernden Einsprengseln, das zwar schwer in der Hand lag, so bar jeglichen vermarktbaren Werts wie die Kiesel am Wegrand. Der Knecht zögerte.

«Non è niente», nutzte Mazzi den Augenblick, «son solo sassi.»

Nur Steine. «Hm.» Der Knecht musterte Mazzi von oben bis unten und brummte schließlich, bei den Galoschen angelangt, einen willkürlichen Preis. «Weiter?»

Selbst Lucas Habseligkeiten entkamen der Inspektion nicht. Mazzi hievte das Bündel auf den Tisch, und der Zollknecht zwängte die Hände hinein, noch eh der Knoten ganz gelöst war. Luca hatte Kleider aus San Donato mitgenommen, aber auch allerlei Krempel, für den niemand sonst Verwendung gefunden hätte außer ein junger Mensch, der sich noch nicht entscheiden wollte, zu den Erwachsenen zu gehören: Ein Filzball kam zum Vorschein, eine Schleuder, ein Stück Fuchsfell, der Schädel eines Nagetiers, allerlei Riemen und zuletzt, in Leinenfetzen eingewickelt, Lucas Schatz: ein Buch.

Ein Buch! Wieder stutzte der Knecht, diesmal weniger über die Buchstaben, die er sich nicht einmal mehr zu entziffern bemühte, als über Format und Gewicht eines Objektes, dessen Nutzen ihm nicht einleuchtete. Er hielt es umgekehrt im Arm und blätterte eine Weile darin mit der freien Hand, wahllos, ja, gelangweilt, bis seine Augen auf eine Zahlenreihe fielen, die sich vom laufenden Text abhob.

«Was ist das?», fragte er und hielt Mazzi die Seite unter die Nase.

«Keine Ahnung. Das Buch gehört meinem Begleiter, nicht mir.»

«Hol ihn!»

Ein Blick auf die Zahlenreihe, und Mazzi erfasste den Argwohn des Zollknechts; er konnte ihm diesen nicht einmal verübeln. Früher hatte er in den Büchern seiner Mutter ähnliche Konstellationen von Zeichen und Zahlen gesehen und beobachtet, wie die Mutter sie nutzte, um Liebestränke zu brauen oder Tag und Stunde für das Pflücken gewisser Kräuter zu bestimmen. Magie stecke in diesem Buch, musste der Zollknecht denken und womöglich bereits überlegen, ob er den Besitzer verhaften solle.

Luca, der Ahnungslose, stand draußen im Windschutz einer Tanne und unterhielt sich mit zwei Säumern, die ihren Maultieren eben die Last aufgebunden hatten und sich nun anschickten, deren Hufe auszukratzen.

Mazzi sah Luca mit ihnen in die Hocke gehen und händefuchtelnd weiterreden, während sich die Männer – beide schon so betagt, dass man ihnen den Aufstieg kaum zumuten mochte – an den Hufen zu schaffen machten, ohne dem Jungen mehr Gehör zu schenken.

«Luca, komm, ich fürchte, wir kriegen Ärger.»

«Warum?»

«Dein Buch!»

«Was ist damit? Wehe, man will es mir wegnehmen! Ich brauche es.»

Der Zollknecht hatte inzwischen eine kleine Schar um seinen Tisch versammelt, die wie von Blödheit geschlagen auf die fragwürdige Seite stierte.

«Ein paar Zahlen, na und? Die sehen doch eigentlich ganz harmlos aus», wagte einer nach einer Weile kleinlaut zu sagen, doch die andern stellten sich nacheinander auf die Seite des Knechts und beharrten darauf, den Besitzer zur Verantwortung zu ziehen: «Wir müssen hart sein. Bücher sind gefährliche Ware, egal, was drinsteht.»

Als sich jedoch herausstellte, dass der Besitzer noch nicht einmal Flaum auf der Oberlippe hatte, war man sich des weiteren Vorgehens nicht mehr so sicher. Man schämte sich, einen Jungen dunkler Künste zu beschuldigen, auch wenn in seinen Augen der Funke der Durchtriebenheit loderte. Anderseits konnte man sich auch nicht ganz des Gedankens erwehren, dass der Teufel bekanntlich gern in die Gestalt von Jugendlichen schlüpfte, um sein übles Werk zu vollbringen. Was tun?

Luca war sich des Dilemmas nicht bewusst und so tat er, statt den Erwartungen entsprechend seine Unschuld zu beteuern oder den Zollknecht um Vergebung zu bitten, aus reinstem Unwissen das Richtige: Er lachte. «Was, Ihr versteht diese Zahlen nicht?»

«Nun, verstehst du sie etwa? Wenn ja, sprich!»

«Es handelt sich um eine kleine mathematische Aufgabe, um ein Rätsel sozusagen. Ich kann es leicht erklären.»

Ein Rätsel! Waren Rätsel nicht eben Teil der verruchten Magie, die es zu bekämpfen galt? Vages Unbehagen huschte über die Gesichter. Schon wollte der Zollknecht das kurze Schweigen nutzen, um Luca eine verfängliche Frage zu stellen, doch hatte keiner in der Runde damit gerechnet, dass diese teuflischen Zahlenreihen im Munde des jungen Schmutzfinkes eine ganz andere, hellere Färbung erlangen würden: «Die Sache ist einfach. Cardanus sagt: ‹Von vier Männern besitzen der erste, der zweite und der dritte zusammen 34 Münzen. Der erste, der zweite und der vierte haben zusammen 73 Münzen, der erste, der dritte und der vierte 72 Münzen und der zweite, der dritte und der vierte schließlich 88 Münzen›. Hier habt Ihr die Zahlen 34, 73, 72 und 88 aufgelistet. Und die Summe ergibt, wie Ihr ebenfalls lesen könnt, 267.»

«Gut, das sehen wir. Und was sollen wir mit diesem Wirrwarr anfangen?»

«Die Frage lautet jetzt, wieviele Münzen jeder Mann besitzt.»

«Das kann man unmöglich wissen.»

«Doch. Cardanus zeigt eben, wie man es berechnen kann. 267 muss dreimal die gesamte Summe der Münzen sein, also ist diese 89. Nun lässt sich leicht ausrechnen, wie viel mehr und wie viel weniger als 89 Münzen jeder besitzt.»

«Solch höheres Wissen ist mir nicht geheuer. Da ist Magie im Spiel!»

«Magie? Aber nein, das ist reines Rechnen. Man kann es an der Universität lernen.»

«Warum weißt du über solche Dinge Bescheid?»

«Ich habe ein paar Jahre im Kloster gelebt, dort haben mir die Mönche Latein und Mathematik beigebracht.

Cardanus, der dieses Buch verfasst hat, ist ein Freund meines Onkels, der sich selbst auch mit solchen Rechnungen befasst.»

Aller Augen richteten sich auf Mazzi, der bange und doch voll Bewunderung den Ausführungen des Jungen gelauscht hatte.

«Nein, nicht er», berichtigte der Knabe. «Der hier ist mein Vater.»

«Du scheinst ein kluger Kopf, Junge. Trotzdem werden wir das Buch noch einer eingehenden Untersuchung unterziehen, bevor wir dich damit über den Pass reisen lassen.»

Luca wollte protestieren und das Buch an sich reißen, aber Mazzi hielt ihn am Arm zurück. «Ruhig, Luca. Verscherze dir das gewonnene Wohlwollen nicht.»

«Aber-»

«Komm. Lassen wir die Herren ihre Arbeit tun. Heute ist es für den Aufstieg ohnehin zu spät. Die ersten Säumer sind schon weggeritten.»

«Ich will aber wissen, was mit meinem Buch geschieht. Meinetwegen könnt Ihr alle meine Klamotten haben, auch die Schleuder gebe ich Euch. Aber das Buch brauche ich. Ohne reise ich nicht weiter.»

Der Zollknecht wandte ein: «Einer aus Mailand ist gerade auf der Durchreise. Der kennt sich in solchen Dingen aus und wird uns über das Buch aufklären. Bis dann musst du warten.»

«Einer aus Mailand? Was soll das heißen? Auch ich bin aus Mailand. Warum gilt mein Wort weniger als das seine?»

«Dich kennen wir nicht, ihn aber schon. Seit Jahrzehnten begleitet er Transporte, vor allem Bücher, aber auch Kunstobjekte und Stoffe, über den Gotthard und macht hier Halt. Wenn er dein Buch gutheißt, bekommst du es zurück.»

***

Dem Mailänder war anzusehen, dass ihn die Gesellschaft seiner Mitreisenden anwiderte. Er mied deren Nähe, wich, wann immer der Pfad es zuließ, Vieh und Mensch aus, und weil seine Statur ihm ohnehin erlaubte, auf jeden hinabzusehen, nutzte er den Vorteil aus, im Wissen, dass die Geringschätzung in seinem Blick gegebenenfalls der hohen Warte zugeschrieben würde.

Er trug als Einziger der über hundert Mann zählenden Gruppe städtische Kleidung, für die Jahreszeit nicht einmal besonders warme, dafür edle und elegante, und betonte sein aristokratisches Gehabe auch sonst gern mit allerlei Requisiten. Den kürzlich aus Frankreich in Mode gekommenen schmalen Oberlippenbart, der in einen ebenso schmalen Kranzbart mündete, hatte man in diesem livinischen Bauerndorf kaum je gesehen, ebenso wenig eine derart auffallend dekorierte Schamkapsel.

Was der exotische Lombarde jedoch an den Füßen trug, Schuhwerk, vorne breit, grotesk breit, und abgerundet wie ein Ochsenmaul, löste statt der Bewunderung, die er sich erhoffte, nur Kopfschütteln aus. Ob solche Schuhe taugen würden – noch verlief der Weg ja sanft ansteigend und war er eisfrei –, lautete die Frage, die keiner aussprach und die sich doch jeder stellte, der den Mann heimlich von oben bis unten musterte und die Augen dann kaum mehr von der extravaganten Fußkleidung lösen konnte. Ob der Städter nicht rutschen und bei der nächsten Engstelle in die Tiefe stürzen würde?

Fulvio Colombo selbst schien diese Möglichkeit nicht einmal in Gedanken zu streifen. Behänden Schrittes ging er dem Konvoi voraus, des Weges offensichtlich kundig, denn vor keiner Abzweigung, von denen es bei zunehmender Höhe ohnehin immer seltener welche gab, zögerte er oder entschied sich gar für die falsche Richtung. Wenn er sich dennoch nie ganz von der Gruppe losschritt, dann nur wegen der Fracht, die auf dem Schlitten hinter ihm hergezogen wurde. Sie war kostbar: levantische Baumwolle, Muranoglas und Gewürze aus dem Orient, die er unbeschadet und in toto auf der andern Seite des Gotthards abzuliefern hatte. Colombo war, entgegen seines frivolen Geschmacks für Damast und Seide, ein pflichtbewusster Mensch.

Wen seine unfehlbare Ortskundigkeit verwunderte, wusste nicht, dass Colombo den Gotthardt heuer zum einundvierzigsten Mal überquerte. Die meisten Säumer aber kannten ihn von früheren Reisen und zwinkerten einander zu, als sie ihn so ungebührend herausgeputzt aus der Menge ragen sahen. «Ach, unser *Milanes*», raunten sie, «ein unverbesserlicher Geck.»

Mazzi hielt ihn zuerst für einen venezianischen Signore. Er kannte die Sorte, hatte er sich früher doch partout zu ihnen zählen wollen. Tatsächlich hätte ihn ein paar Jahre früher Prunk und Grazie dieses Mannes geblendet und hätte er, von der schönen Erscheinung angestachelt, sein ganzes Geld verjubelt, um ihr nachzueifern und sich nach Ladenschluss beim Gang durch die *calli* im Neid armer Schlucker zu sonnen.

Inzwischen aber war er, zumindest im Blick eines Aristokraten wie Colombo, selbst so tief gesunken, stank, sah liederlich aus. Seine Hose, die einzige, die er noch besaß, schlotterte formlos um seine Beine, war voll Dreckschlieren und an den Knien abgewetzt. Er nahm es mit einem Achselzucken hin. Was hatte die Hose mit ihm zu tun? Und die alte Schaube, die ausgelatschten Schuhe? Außer dem Hut des seligen Gabriele Falloppio, den ihm Guilandino zum Abschied aufgesetzt hatte und unter dessen Krempe er die Verwilderung seines Gesichtes hätte verbergen können, wenn ihm danach gewesen wäre, lag ihm kaum mehr etwas an einzelnen Kleidungsstücken, denn sie hatten mit ihm, Girolamo Mazzi, letztlich nichts zu tun.

Er steckte in ihnen, richtig, aber anders als in der Haut, denn sie ließen sich abstreifen und auswechseln. In der Haut jedoch steckte er auf immer, sie teilte seine Welt in eine äußere und eine innere, war seine allseitige Grenze. Alles andere, sichtbare, an ihm war austauschbare Zufälligkeit. Und was das Unsichtbare anbelangte, die Säfte, die Knochen und Organe, nun, waren sie nicht genau dieselben wie jene, die Colombo unter seiner Haut barg? Wenn dem so war, und Mazzi zweifelte seit der Leichenschau in Padua eigentlich nicht mehr daran, dann brauchte er sich weiß Gott vor niemandem zu schämen, nicht einmal vor einem hoffärtigen Laffen wie Colombo. Wenigstens diese Einsicht und Freiheit hatte ihm jene schreckliche Schau gebracht.

Sein Irrtum bezüglich Colombos Herkunft, den er erst einsah, als dieser später in Hörweite den Mund auftat und sich in breitestem lombardischem Dialekt über die Zugtiere beschwerte, meinte, die einen lahmten, die anderen seien zu alt, dieser Irrtum also bewirkte, dass Mazzi während der ersten Etappe über Prato und Airolo nicht die grandiose Landschaft aufnahm, die sich vor ihm wie eine Theaterkulisse zu entfalten begann, sondern mit einer Flut jäh aufwallender Erinnerungen von Venedig zu kämpfen hatte.

Plötzlich spürte er den ätzenden Geschmack des Kloakenwassers wieder auf der Zunge, hörte noch einmal, während er die eigene Mutter – arme Frau – an der Nase herumführend durch Castello hetzte, den Widerhall der eigenen Schritte in den leeren *calli* und roch das Blut seines Opfers, ja, roch es so inständig, als bespritzte es ihn eben hier, auf weiter Alp, von neuem. Don Anselmos Blut! Aber auch Bastianos Blut in San Donato, Angelos Blut, Pieros Blut, er roch jedes. In wessen Adern es auch floss, es roch nach demselben Entsetzen, nach derselben Schuld. Seine Nase erinnerte sich.

Schnaufend vor Beklommenheit setze Mazzi einen Fuß vor den andern und versuchte sich gegen den gedanklichen Überfall zu wehren, indem er alles ausblendete, was nicht seiner unmittelbaren Sicherheit diente. Ein letzter Blick auf das von Tannen und Lärchen bewaldete Gelände und auf die Ställe, die leer, zum Teil eingestürzt, an den Hängen klebten, dann senkte er die Augen, entschlossen, sich bis zur ersten Rastpause ganz auf den Weg zu konzentrieren.

Er war gekiest und streckenweise mit Granitplatten belegt, breit genug für mehrere Leute und noch überraschend leicht zu begehen. Vereinzelte Schneeflocken wehten darüber, hie und da brach ein Kraut aus Ritzen hervor, blitzte Glimmer auf, wenn die Sonne, fahl wie sie an diesem Tag auch schien, darauf fiel. Über diese Einzelheiten grübelte Mazzi in der Monotonie des langsamen Vorwärtskommens wie über große Ereignisse.

Nach einer Weile jedoch begann ihn der Rhythmus seiner Schritte in eine Art Trance zu wiegen. Die Granitplatten lösten einander im Takt zweier Atemzüge ab, rollten stetig unter ihm weg, er sah nur sie und vor ihm knapp noch zwei Paar Frauenfüße; ja, die nahm er von Zeit zu Zeit wahr. Manchmal machte er auch Strümpfe mit Löchern und wallende Röcke aus, erkannte, dass der eine grau war und der andere schwarz, aber dazwischen versank er wieder in seine visuelle Dämmerung und ließ es geschehen, dass mit seinen Augen auch die Gedanken abstumpften und die Heimatstadt mit ihrer Angst und Sünde allmählich in jene dunkle Ecke zurückwich, in der sie sich während Wochen still gehalten hatte.

Erst auf halber Höhe des Berges fühlte sich Mazzi gelassen genug, um die Augen vom Boden zu heben und in die Gegenwart zurückzukehren. Sie bestand nur noch aus Stein und Schnee. Er staunte, wie winzig die Häuser im Tal geworden waren und wie öde die Hänge. Kaum ein Strauch wuchs mehr. Zu seiner Rechten türmten sich Granitbrocken und ragten Klippen aus den zerklüfteten Wänden. Ein Bussard kreiste über dem Karst und – oh Wunder – rieselten Bäche aus allen Spalten ins Tal hinunter. Luca hatte recht gehabt, er würde nicht verdursten, Wasser begleitete ihn weiterhin.

Wo aber steckte das Kerlchen? Und wie lange waren sie schon unterwegs? Mazzi hatte den Sinn der Zeit verloren. Wolken, die am Morgen noch wie feine Schaumfäden den Himmel durchzogen hatten, waren dunkler geworden und umflorten schon den Gipfel. Mazzi reckte den Hals und fand seinen Gefährten schließlich zuvorderst in ein Gespräch mit dem Mailänder verwickelt. Wunderte es ihn?

Nicht einmal, und doch versetzte ihm die Entdeckung einen Stich ins Herz. Er beobachtete, wie der Erwachsene dem Jungen – seinem Jungen doch! – zulächelte und sich niederbeugte, um ihn besser zu verstehen. Die beiden standen so nahe nebeneinander, dass sie sich fast berührten, auch da, wo der Weg ihnen Abstand gönnte.

«Luca!»

Der Junge hörte nicht oder wollte nicht hören; er führte jetzt ein geflüstertes Selbstgespräch, während Colombo zu Boden schaute und hin und wieder ermutigend nickte. So versunken waren alle beide in Lucas Monolog, dass sie nicht merkten, wie sie nach und nach von der vorwärts drängenden Menge überholt wurden. Als auch die beiden Frauen vor Mazzi sich an ihnen vorbeigezwängt hatten, stimmte Mazzi seine Schritte auf

Lucas und Colombos gemächlichere Gangart ab und spitzte die Ohren. Er verstand kein Wort.

Wohl aber der Mailänder, denn Mazzi hörte ihn immer wieder ausrufen: *«Bravissim!»*, *«Ottim!»*, *«Giüscht, giüscht!»*.

«Luca!»

Nicht der Junge drehte sich auf Mazzis Ausruf um, sondern ein sichtlich verärgerter Colombo, der die Frechheit hatte, Mazzi um Geduld zu bitten. «Lasst den Jungen gefälligst ausreden, er ist bald fertig!»

Luca ließ sich nicht stören. Er murmelte noch eine Weile unter Colombos wohlwollendem Blick, und als seine Rezitation beendet war und Colombo ihm lobend auf die Schulter klopfte, grinste er: «Ha! Seht nur, Mastro Mazzi, wozu der Garten des Gedächtnisses mich befähigt. Sieben Seiten Cardanus, die ich vorgestern zum ersten Mal gelesen habe, kann ich jetzt fehlerfrei aufsagen. Sie sind da oben auf immer gespeichert.»

«Ja, was für eine Leistung, nicht wahr? Ich muss zugeben, dass Euer Junge mich beeindruckt. *Complimenti!* Noch nie bin ich einem solch gelehrten Knirps begegnet. Auf einer Alpenüberquerung schon gar nicht.»

«Seid Ihr selbst denn ein Gelehrter?», fragte Mazzi.

«Ich? Sehe ich danach aus?»

«Nein, das heißt, ich weiß nicht … aber Ihr habt dem Jungen sieben Seiten lang zugehört und offenbar verstanden, was er sagte. Das zeugt doch von einer gewissen Gelehrsamkeit.»

Colombo zupfte die Halskrause zurecht und erklärte mit kaum verhohlener Selbstgefälligkeit: «Ich begleite seit Jahrzehnten für eine Mailänder Firma Büchertransporte in alle Lande. Viele unserer Kunden wollen ihre Kostbarkeiten nur mir anvertrauen. Dabei kommen mir immer wieder interessante Exemplare unter die Augen. Wie könnte ich mir deren Lektüre entgehen lassen? Und – ohne mich brüsten zu wollen, möchte ich in diesem Zusammenhang doch noch anfügen, dass ich vor vielen Jahren eines der wertvollsten und gelehrtesten Bücher aller Zeiten, wenn nicht das wertvollste überhaupt, über den Gotthard gebracht habe.»

«Gehört mein Cardanus nicht auch zu den größten Werken aller Zeiten?»

«Aber doch, ja.»

«Ohne Eure Hilfe hätte man es mir in Rodi konfisziert.»

«Das ist kaum mein Verdienst. Ich habe nur wahrheitsgetreu umrissen, was darin steht. Cardanus ist kein dunkler Magier, aber Zöllner sind bekannterweise Ignoranten. Bücher mit Zahlen erregen nun einmal ihren Argwohn; inzwischen weiß ich damit umzugehen. Darf ich übrigens fragen, was Euch ins Schweizerland führt?»

Das Letzte, was Mazzi dem Mailänder verraten wollte, war die Wahrheit. Vesals Brief erwähnte er deshalb mit keinem Wort, sondern erzählte stattdessen von Lucas Ambitionen, in Basel bei den Koryphäen Mathematik zu studieren.

«Meine Aufgabe ist es, auf den Jungen zu wachen, bis er am Ziel ist.»

«Basel? Seid Ihr sicher, dass Ihr nach Basel wollt? Die Zeiten sind nicht gerade die besten, um dorthin zu reisen.»

«Warum? Meines Wissens herrscht dort nicht Krieg.»

«Nein, nein, Basel ist friedlich. Aber die Pest wütet, und dies seit Wochen.»

«Die Pest?!»

«Ja. Auch Zürich, wohin ich zu reisen habe, soll heimgesucht sein. Jedenfalls werde ich meinen Aufenthalt aus diesem Grund verkürzen und nur gerade so lange bleiben, bis ich meine Ware abgegeben und den Buchnachlass eines kürzlich verstorbenen Freundes eingesehen habe. Dann aber reise ich sofort nach Mailand zurück.»

Luca horchte auf: «Ein Buchnachlass? Was soll daraus werden?»

«Das wird sich zeigen. Bibliander, so hieß mein Freund, verfügte über eine immense Bibliothek, die wahrscheinlich vom Zürcher Collegium übernommen wird. Wenn es nicht schon geschehen ist, würde ich das eine oder andere Buch gern für die Mailänder Ca' Grande erwerben. Ich bin sicher, es wäre im Sinn meines Freundes.»

«Da müsst Ihr aber doch eine Ewigkeit in Zürich ausharren, wenn Ihr sämtliche Bücher durchsehen wollt.»

«Genau das werde ich vermeiden. Ich habe eine Liste von Titeln zusammengestellt und hoffe, dass mir Biblianders Kollegen behilflich sein werden, diese rasch zu finden. Mehr als zwei Tage möchte ich nicht in Zürich bleiben. – Wenn ich mir bei dieser Gelegenheit einen Rat erlauben darf: Überdenkt auch Ihr Eure Pläne. Zürich und Basel sind zur Zeit kein gutes Pflaster.»

«Das mag schon sein», sagte Mazzi verunsichert. «Aber wir haben keine Wahl, wir werden in Basel erwartet. Es kann uns doch nichts zustoßen, wenn wir vorsichtig sind, oder?»

«Mein Freund dachte das wohl auch. Er ist vor zwei Monaten gestorben.»

***

Die letzten Serpentinen der Tremolaschlucht setzten Luca zu. Ausgerechnet er, der am Morgen noch voll Tatendrang von Rodi losgestapft war, zeigte am Nachmittag erste Anzeichen von Erschöpfung. Lustlos und zunehmend übel gelaunt schleppte er sich vorwärts und klagte bald über Schwielen und Kopfschmerzen und über das gemeine Schicksal, das ihm einen viel zu großen Berg zumuten wollte. Verfluchter Gotthard mit seinen unendlichen Serpentinen. Warum nicht umkehren? Ja, jetzt gleich, warum nicht? Was hielt sie zurück? Wenn sie jetzt losmarschierten, konnten sie Airolo noch vor dem Eindunkeln erreichen und schon in wenigen Tagen wieder in San Donato sein. Warum nicht, Mastro Mazzi? Warum nicht?

Er redete in einem fort, aber leise und eher zu sich selbst als zu seinem Gefährten, der ohnehin nicht so recht wusste, was er von diesen Fantasien halten sollte. Mit der Zeit aber versiegte auch diese Kraft, der Junge versank in trotziges Schweigen und bewältigte das letzte Stück zur Passhöhe nur noch in schlafwandlerischer Gleichgültigkeit.

Der Konvoi erreichte das Hospiz gerade noch vor Anbruch der Dunkelheit bei Eisregen und heulendem

Sturmwind. Die beiden Seen waren zugefroren und schimmerten hell in der Steinwüste. Ein paar Klosterbrüder verteilten Schalen dampfender Brühe an die Durchfrorenen, die in ihrer Behausung Platz fanden, doch die anderen, spät Hinzugekommenen wie Mazzi und Luca, mussten vorerst draußen mit den Tieren auf der Windschutzseite Vorlieb nehmen.

Der Mailänder war nicht zu sehen. Er hatte Mazzi und dem Jungen nach seiner ominösen Warnung den Rücken gekehrt und war wieder vorausgestakst – wahrscheinlich um als Erster im Hospiz einzutreffen, wie Mazzi dachte, während er sich, müde auch er, neben dem Jungen zu Boden gleiten ließ. So einer war dieser Mailänder eben; erteilte ungefragt Ratschläge und kümmerte sich am Schluss doch nur um das eigene Wohl.

Mazzi legte den Arm um den Jungen und strich ihm tröstend übers Haar: «Geduld, Kleiner, es kann nicht mehr lange dauern, bis auch wir etwas Warmes zu essen bekommen.»

Luca nickte schwach und schloss die Augen. Mazzi fühlte, wie er sich trotz der Kälte gehen ließ, und glaubte bald, er sei eingeschlafen, als dieser plötzlich mit einem Ruck tiefer rutschte, den Kopf auf seine Schenkel legte, und zwischen halbgeschlossenen Lidern unruhig, wie von jähem Fieber ergriffen, um sich zu blicken begann.

«Ist dir nicht gut?»

Luca gab nur ein unverständliches Raunen von sich.

«Was sagst du? … Trinken? Ist es das, was du mir sagen willst?»

Kein Zeichen.

Aufs Geratewohl holte Mazzi den Trinkbeutel aus der Tasche und beträufelte Lucas Lippen, die, aufgesprungen und am Rand gerötet, einen Spaltbreit offen waren. Wie vertraut ihm dieser Augenblick war, so vertraut, dass es ihm kalt über den Rücken lief. Aber diesmal gab es keinen Grund zur Beunruhigung, Luca war vor einer Stunde noch wohlauf gewesen, er war jung, nichts fehlte ihm. So schnell mochte es einem gesunden Menschen doch nicht ans Lebendige gehen! Mazzi beugte sich über Lucas Gesicht, um sich zu vergewissern, dass das Wasser ihm auch ja in den Mund floss, und wartete auf ein Schluckgeräusch. Es kam nicht.

Ein Maultier scharrte in Mazzis Nähe, Kinder quengelten vor Hunger und Müdigkeit, und jemand schrie, fluchte vielleicht, in einer nie gehörten Sprache. Mazzi nahm alle diese Geräusche wie durch eine Wand wahr, gedämpft, als drängen sie aus fernstem Jenseits durch. Immerhin atmete der Junge noch. Mazzi fühlte die unmerklichen Hebungen und Senkungen der Brust unter seiner Hand, es war ein Lebenszeichen, ein schwaches zwar und das einzige, an das er sich klammern konnte. Aber mochten ihm diese flachen Atemzüge, nach Zante, als Beruhigung genügen?

«Mein Gott, Luca, wach auf! Das kannst du mir nicht antun, nein, bitte, bitte, wach um Himmels willen auf!» Mazzi wimmerte und flehte, und als der Junge noch immer keinen Laut von sich geben wollte, packte er ihn bei den Schultern und begann ihn zu schütteln.

«Halt! Was fällt Euch ein?», erhob sich eine Frauenstimme in seinem Rücken. «Seid Ihr von Sinnen? Lasst den Bub schlafen. Er ist nur müde, wie wir alle auch.»

«Nur müde? Aber er atmet kaum. Seht, wie schlaff er mir in den Armen hängt. Ein Hampelmann hat mehr Leben in sich als mein Junge. So helft mir doch, tut was, schnell.»

«Ruhig Blut. Er regt sich ja schon.»

Tatsächlich hatte Luca den Kopf gedreht und starrte Mazzi entgeistert an, aber das Lebenszeichen war nicht von Dauer. Schon im nächsten Augenblick sank Luca in seine Ohnmacht zurück, ohne mehr die Kraft zu finden, die Augen ganz zu schließen.

«Der Bub muss nur was Ordentliches essen, dann wird's ihm gleich besser gehen. Aber solange der Magen leer ist …», riet die Frau ohne große Überzeugung.

Die Mönche waren anderer Meinung. Als Mazzi, irr vor Sorge, mit dem Jungen im Arm bei ihnen anklopfte und um Hilfe bat, genügte ihnen ein Blick auf Lucas blutlose Wangen, um den Ernst seines Zustandes zu erkennen.

«Flüssigkeit, schnell. Der Junge ist am Austrocknen.»

Abseits der Menge, zwischen Scheiten und Werkzeug richtete man ein Lager und verlor keine weitere Zeit, Luca Brühe und Kräuterspiritus einzulöffeln. Eine Weile schien nichts zu helfen. Die Flüssigkeit lief in den Mundwinkeln zusammen und ronn den Hals hinunter unters Hemd; nur Weniges verschwand im dünnen Lippenspalt. Dieses Wenige aber zeigte allmählich Wirkung: Eine leichte Röte strömte ins Gesicht des Jungen zurück. Er tat ein paar Seufzer und begann zaghaft, dann immer gieriger zu schlürfen, was man ihm an den Mund trug.

Mazzi, der sich bis dahin abseits gehalten hatte, näherte sich beim ersten Geräusch und vergewisserte sich, was die Geräusche ihn zu hoffen erlaubt hatten: Sein Junge kehrte zurück!

Trotzdem tat Mazzi in dieser Nacht kein Auge zu. Er misstraute dem Schein der Gnade. Gnade! Die Mönche hatten sich dieses Wortes bedient, nicht er. Ihm klang es zu sehr nach Willkür, ließ ihn fürchten, dass Gott sie ihm jederzeit entziehen würde. Jedes Mal, wenn der Sturm draußen besonders laut tobte und er Lucas Atem nicht mehr hörte, stockte ihm das Herz. Dann musste er das Ohr an den Mund des Jungen kleben und die Wärme seiner Wangen befühlen, um den Schrecken zu bannen; so verbrachte er die Stunden bis zum Morgengrauen zwischen Bangen und Vernunft, aber keine Minute entspannt.

**

Übel vor Schlafmangel und nervlicher Aufreibung trat er am zweiten Dezember den Abstieg auf Urner Seite an. Alles in ihm widersetzte sich dieser weiteren Strapaze, und doch musste er mit dem sich in Bewegung setzenden Konvoi Schritt halten. Er wusste: Man würde nicht auf ihn warten. Jeder Schritt im Schnee, der über Nacht knietief gefallen war und sich an Schattenstellen zu Eis erhärtet hatte, kostete ihn Mühe.

Als hätten Luca und er Rollen getauscht, war er es jetzt, der sich recht und schlecht vorwärts schleppte, während der Junge strotzend vor neuer Lebenslust und wie gewichtslos voraushüpfte, ja, regelrecht hüpfte, wo die andern nur zögernd einen Fuß vor den andern setzten. Selbst die Säumer lenkten ihre Maulesel nun mit besonderer Vorsicht durch Engpässe und über die gefürchteten Überhänge.

Gegen Mittag fiel erneut Schnee. Als man vom Vordermann gerade noch einen Schatten ahnen konnte, nach dem alles, Konvoi, Berg und Weg sich in ein undurchdringliches Flockengewirbel auflöste, rief Mazzi den Jungen zurück und hielt fortan seinen Arm umklammert, damit er ihm nicht wieder entschlüpfe.

Selbst wählte er, auf der abschüssigen Seite zu gehen, auch wenn ihm vor der Tiefe grauste. Er versuchte, kaltes Blut zu bewahren. Mit etwas Glück war das Schlimmste schon überstanden und das Tal nicht mehr weit.

«Mastro Mazzi, Ihr sagt nichts mehr.»

«Ich konzentriere mich auf den Weg.»

«Wollen wir nicht tauschen? Die Tiefe macht mir nichts aus, ich bin schwindelfrei.»

«Nein, Junge, das kommt nicht in Frage. Es wird schon gehen.»

Der Junge lachte. «So, so. Auch mit den Haaren im Wind?»

Mazzi führte die freie Hand zum Kopf, aber zu spät. Ein Windstoß hatte ihm eben den Hut weggefegt; wie ein viel zu großes Herbstblatt wirbelte das schwarze Ding einen Augenblick in Griffnähe, bevor es abdrehte und schaukelnd in die Tiefe sauste.

Falloppios Hut! Während der Wanderschaft hatte Mazzi ihn wie einen treuen Gefährten liebgewonnen. Andere trugen Lederbeutel mit Schutzsprüchen um den Hals oder glaubten ans tägliche Morgengebet, um sich die Schutzhand Gottes zu sichern. Er aber hatte im Laufe der Reise sein Vertrauen in diesen Hut gelegt, Besitz eines Arztes, den er nicht einmal persönlich gekannt hatte. Als er einen vorsichtigen Blick über den Wegrand wagte und gerade noch sah, wie der Hut auf einem Felsen aufschlug, bevor die Schneeböe ihn weiter in die blendend weiße Schlucht hinunterriss, war ihm zumute, als stünde er nicht nur ohne Kopfbedeckung in der Kälte, sondern nackt, schutzlos – und schuldig, den Segen für eine Selbstverständlichkeit gehalten zu haben. Nun hatte Gott ihn mit einem Windstoß bestraft.

Nicht genug des unglücklichen Zwischenfalls musste Mazzi sich wenig später auch noch vom Mailänder Vorwürfe gefallen lassen. Dieser hatte seine Spitzenposition vom Vortag aufgegeben und sich seit dem Aufbruch geschickt hinter Mazzi und dem Jungen platziert, um sich von Zeit zu Zeit mit Letzterem auszutauschen. Augenblicke bevor Mazzi seinen Hut verlor, hatte er Luca gefragt, ob er denn nicht wisse, dass Cardanus in Mailand Vorlesungen halte, und ob sich angesichts dieser Tatsache die Reise nach Basel nicht erübrige? Dann wieder hatte er Genaueres über Lucas Herkunft und Verwandtschaft erfahren wollen. Zu Mazzis Freude hatte ihm der Junge allerlei Lügen aufgetischt, ohne sich sonderlich zu bemühen, sie ihm als Wahrheit zu verkaufen.

«Spaßvogel, du. Wie kommt es, dass du dich gestern so ernst und gelehrt gabst und heute so aufgekratzt bist? – Olà, was ist denn das?»

Ein im Wind tanzender Hut! Der Anblick zauberte ein kurzes Schmunzeln auf Colombos Gesicht, doch als Mazzi vor ihm stehenblieb und konsterniert in die Tiefe blickte, nahm der übliche Hochmut wieder überhand: «Macht schon vorwärts, Ihr haltet die Kolonne auf. Einen Hut zu verlieren ist nicht das Ende der Welt. Und einen weiteren Rat habe ich heute noch für Euch: Gebt Eurem Jungen ordentlich zu trinken, bevor Ihr weitergeht.»

«Was mischt Ihr Euch in unsere Angelegenheiten ein, Mastro Colombo, das möchte ich mir verbitten.»

«Ihr behauptetet doch, dass Ihr bis zur Ankunft in Basel für das Wohl des Jungen verantwortlich seid. Nun … Euch scheint nicht klar zu sein, dass Ihr den Jungen gestern aus lauter Unachtsamkeit um ein Haar verloren hättet. Jeder weiß doch, dass bei Strapazen wie dieser Trinken von höchster Wichtigkeit ist, wichtiger als Essen und Schlaf.»

«Was sagt Ihr da? Ich bin groß genug, um selbst auf mich aufzupassen. Dass ich gestern zu wenig getrunken habe, ist allein meine Schuld. Wenn schon bin ich zu tadeln, nicht mein Vater.»

«Dein Vater, eh?» Wieder dieses Schmunzeln.

Luca schnaubte empört zurück: «Jawohl, mein Vater.» Er hatte Colombos Innuendo nicht erfasst. Wie konnte er auch?

«Lass, Luca. Was kümmern uns die Zweifel dieses Herrn? Gehen wir weiter.»

***

Vom Urnerland nahmen Mazzi und Luca zunächst nicht viel mehr wahr als dieselben Schneemassen und Steinhänge, die sie tags zuvor auf der Südseite bewältigt hatten. Sie stapften in der Mitte der Kolonne, die sich einem Tausendfüßler gleich langsam das Gelände hinunterbewegte, und wussten sich in der erstickenden Dichte der Flocken bald weder räumlich noch zeitlich mehr zu orientieren.

Wie weit lag der Gipfel hinter ihnen und wie lange würde es dauern, bis sie – endlich – das Tal erreichten? Keiner wusste es. Luca mischte sich von Zeit zu Zeit unter die Leute, Tessiner wie Urner, um sie auszufragen.

«Nun, was hast du erfahren?», frage Mazzi. «Kommen wir bald in den nächsten Weiler?»

«Keine Ahnung, Mastro Mazzi. Die Säumer schwafeln dummes Zeug. Reden alle vom Teufel, statt mir eine vernünftige Auskunft zu geben.»

«Vom Teufel? Bist du sicher?»

«Ja doch. ‹Diavol› versteh ich wohl. Aber was der hier zu tun hat, das weiß eben nur der Teufel.»

Mazzi und Luca begriffen auch dann nicht, was es mit dem Teufel auf sich hatte, als Stunden später eine Frau zu schreien begann, dieselbe, schien Mazzi, die ihn am Abend zuvor des Wahnsinns beschuldigt hatte. Sie schrie, wie selbst vom Wahnsinn gepackt, und bekreuzigte sich mit der Rechten, während sie mit der Linken in die Tiefe wies, wo weit unten ein Stück Gebälk in den Schnee-

241

massen hervorleuchtete. «Da», krähte sie, «seht, die Brücke! Des Teufels Brücke!»

Mazzi schluckte leer: «Wenn das eine Brücke ist!»

Beidseitig von steilen Wänden flankiert, spannte sich ein verlottertes Konstrukt über den Fluss, der sich bis jetzt nur durch sein Rauschen bemerkbar gemacht hatte. Nun sahen ihn alle: Wasser von klarstem Grün, das, von keinem noch so mächtigen Steinbrocken aufzuhalten, tosend und schäumend zwischen den engen Felswänden ins Tal hinunterstürzte. Es mahnte Mazzi an flüssigen Smaragd.

«Weiter, los!», befahl der erste Säumer und zerrte zum Zeichen des Aufbruchs am Halfter seines Esels. Der Konvoi setzte sich wieder in Bewegung, doch schon nach den ersten Kehren entstanden Lücken. Nicht jeder war gut zu Fuß und frei von Schwindel, um kaltblütig die von Lawinen weggetragenen Wegstellen zu passieren. Manche spielten mit dem Gedanken umzukehren, mussten aber doch einsehen, dass sie zu nahe am Ziel waren, um sich vor den letzten Schwierigkeiten zu drücken. Man machte sich gegenseitig Mut, gab Warnungen durch und reichte sich bei besonders engen Stellen die Hand. Dabei fielen dem einen und anderen Habseligkeiten in den Abgrund, ein Kind rutschte und konnte gerade noch am Arm auf sicheren Boden zurückgezogen werden.

Mazzi traute an solchen Stellen keinem außer Luca. Er klammerte sich an Felszacken, tastete sich langsam und mit geschlossenen Augen über die Leere und ließ den Stein erst los, wenn Luca ihm hochheilig versicherte, dass der nächste Meter einigermaßen stabil war. «Ein Alptraum, diese letzte Etappe vor der Brücke», brummte er vor sich hin, «der größte Irrsinn meines Lebens.»

Und erst das fürchterliche Lärmen des Flusses! Bald konnte man sich nur noch schreiend verständigen, und bei der Brücke, die man im Laufe des Nachmittags doch noch heil erreichte, ging auch das nicht mehr: Das Rauschen hallte so laut zwischen den Wänden, dass jedes Wort darin unterging.

Der Konvoi machte Halt, und die erfahrensten Säumer begutachteten die Lage. Die Brücke hatte bessere Tage gekannt, das war ihnen nicht neu. Aber durch diesen ersten Wintereinbruch, den jeder während der letzten Tage am eigenen Leib hatte erleiden müssen, zeigte die Brücke nun doch besorgniserregende Zeichen des Zerfalls: Man sichtete einen geborstenen Tragbalken und fehlende Querträger. Zudem führte das morsche Bauwerk ohne Brüstung über das Wasser.

An Umkehr war trotzdem nicht zu denken. Es dunkelte schon, und die Anstrengung eines steilen Aufstiegs zurück zum Hospiz muteten sich selbst die Muntersten nicht mehr zu. So schickte man sich unter Beten und Bekreuzigen ins Unausweichliche und verfolgte die erste Gruppe von Säumern, die mit gutem Beispiel voranging.

Zu Lucas Belustigung betete und bekreuzigte sich auch Mazzi, der, mehr gezogen als begleitet, an seinem Arm den ersten Schritt wagte. Zwei Lücken hatten die Säumer auf der Brücke gezählt, Mazzi übersprang sie mit angehaltenem Atem und ohne einen Blick ins schreckliche Gebrodel darunter zu werfen.

Schon glaubte er sich und seine Habe gerettet, als sein Fuß kurz vor Ende der Brücke in eine schmale, von Schnee überdeckte Lücke fiel, die dritte, die die Säumer erst gerade entdeckt hatten. Ihre Warnung kam zu spät, Mazzi überhörte sie und stolperte, fiel vornüber und glitt zwischen zwei Querbalken bis zur Hüfte in die Tiefe ab: eingezwängt, die Beine in der Leere und von der Gischt bespritzt, hing Mazzi einem Hampelmann gleich fluchend und um Hilfe krächzend zwischen Himmel und Wasser.

«Nicht schreien, sonst löst Ihr noch eine Lawine aus!»

Die Säumer hatten gut sagen! Der Schrecken hatte Mazzi jeglicher Beherrschung beraubt, er strampelte wild und versuchte sich zugleich mit aller Kraft hochzuhieven, aber er steckte fest, und mit jeder Bewegung schnitten die Balkenkanten tiefer in seine Hüfte, drückte die Mappe im Bündel, das er sich für den Abstieg an den Rücken gebunden hatte, fester und tat weh.

Verdammte Brücke! Noch verdammteres Wasser! Ein Wunder hatte ihn damals vor der venezianischen Kloake gerettet, Gott sei gedankt, aber welch lächerliche Gefahr war jenes stille Wasser doch gewesen verglichen mit diesem teuflischen Tumult. Hier konnte selbst Gott nicht mehr helfen. Mazzi sah sich schon vom Fluss verschluckt, gegen die Felsen geschleudert und weiter unten, im Tal, als unkenntlicher Fleischklumpen an Land gespült werden.

Wer würde sich bei einer solchen Aussicht nicht die Lungen ausschreien? «*Ahimè*! Ich falle!»

«Ruhig, Mastro Mazzi, bitte, beruhigt Euch. Ihr könnt nicht tiefer fallen. Man eilt Euch schon zu Hilfe.»

Luca hielt ihn mit beiden Händen am Mantelkragen fest, aber Mazzi war nicht zu beruhigen. Seine Angst trieb ihn an den Rand der Unvernunft. Wie er hilflos zu Luca hochstarrte, meinte er in seinen Augen – Lavinias Augen –, die eigene Angst widerspiegelt zu sehen, und diese passte nicht zum Zuspruch, den sein Ohr aufnahm: ein Zeichen doch, dass der Junge ihn aufgegeben hatte. «Du lügst, Luca! Ich bin verloren! Sag's doch nur! Ich …»

Eine fremde Hand drückte ihm den Mund zu. «Maul zu, habe ich gesagt. Euer Geschrei bringt uns alle in Gefahr.»

Von da an ging alles schnell. Zwei Männer griffen Mazzi beherzt unter die Arme und zogen mit allen Kräften, während ein dritter mit dem Eispickel Splitter aus den Querbalken hämmerte.

«Vielleicht sollten wir erst sein Bündel losbinden. Das könnte helfen, was meint Ihr?»

Noch eh Mazzi Zeit hatte, etwas dagegen einzuwenden, spürte er Hände im Rücken, die fiebrig in seinen Sachen wühlten. Man hatte Hast. Dunkelheit und Kälte machte die Reisenden unruhig. Mazzi sah sie von beiden Seiten der Brücke aus mit gereckten Hälsen die Rettungsaktion verfolgen, unsicher, ob es sich eines Mannes wegen überhaupt lohnte, den Aufbruch weiter hinauszuschieben. Auch sie hielten ihn wohl für verloren, wagten aber nicht, es laut zu sagen.

«Nichts, da, lasst die Finger von meiner Habe. Die nehm ich mit in den Tod!»

Mazzi wehrte sich umsonst. Man legte ein Kleidungsstück nach dem andern neben ihn auf den Schnee, das

Bündel im Rücken wurde dünner und der Griff des Holzes ließ nach. Als zuletzt die Mappe aus dem Bündel gezerrt wurde, entstand genug Freiraum, damit sich Mazzi mithilfe der beiden Hünen aus der Umklammerung frei machte.

Einen Augenblick blieb er schwer atmend auf der Brücke liegen und schloss die Augen. Er spürte das Holz unter sich beben von den Schritten der Leute, die jetzt wie eine befreite Meute vorwärts drängten und über ihn stiegen.

«Ich wusste doch, dass Ihr es schaffen würdet!» Luca, der frohlockte. Luca, sein Junge, der neben ihm kniete und ihm die Haare aus der Stirn strich.

Die Berührung, leicht und eiskalt, trieb Mazzi Tränen in die Augen. Wieder erinnerte er sich an Lavinia, zum zweiten Mal auf dieser Brücke.

«Ihr müsst jetzt aufstehen, schnell, es geht weiter.»

Mazzi stemmte sich mit dem Ellbogen auf. Neben ihm gähnte, einem Höllenfenster gleich, das Loch, das ihn beinahe verschluckt hatte. Er rückte weg, griff um sich und tastete inmitten von Beinen und Rädern nach seinen verstreuten Siebensachen: Hier lag das Hemd, dort das Wams, etwas weiter, zertrampelt, die Beinkleider.

Und die Mappe? Wo steckte sie?

«Luca! Meine Mappe! Vesals Brief!»

Die Mappe war nirgends. Während ein Reisender nach dem andern an ihm vorbeizog, guckte Mazzi über den Lochrand in die entfesselten Fluten und schrie sich den Hals wund. «Vesals Brief, Vesals Brief, gib ihn mir zurück!», schrie er, selbst nicht wissend, ob er zu Gott sprach oder zum Teufel.

«Ihr zwei da, macht vorwärts.»

«Sie haben recht, Mastro Mazzi. Wir können nicht ewig auf dieser Brücke bleiben.»

«Geh du, Luca, schließ dich den andern an.»

«Und Ihr?»

«Ohne Vesals Brief mache ich keinen Schritt weiter.»

«Und ich keinen Schritt ohne Euch.»

***

Schnaps half Mazzi fürs erste über einen Schmerz hinweg, den niemand außer Luca und er verstand. Zeugen des Vorfalls missbilligten Mazzis Gejammer und rügten ihn einen Theatermann, der die Welt für eine Bühne hält. Man hörte ihn bis Göschenen schniefen, als hätte er nicht eine läppische Mappe in den Fluten verloren, sondern den Sohn, der wie von Stummheit geschlagen, aber doch lebendig, an seiner Seite ging.

Beide tranken unterwegs aus Mazzis Flasche, der Junge in diskreten Schlückchen, der Erwachsene wie ein Verdurstender, um dann, in der Göschener Herberge, besinnungslos auf sein Lager zu fallen und schon nach dem zweiten Atemzug nicht mehr zu wissen, wer er war und wo.

Göschenen, ein Häufchen ineinander gekeilter Häuser, eine Kirche, ein Zollhaus, lag am Morgen des dritten Dezembers unter vereister Schneedecke begraben. Mazzi wollte nach einer Nacht voll wirrer Träume nicht länger als die Zeit eines Frühstücksmahls verweilen und, Kater hin oder her, noch vor Sonnenaufgang Richtung Altdorf losmarschieren.

Luca schlug die Kutsche vor. Es gäbe welche, beteuerte er, in denen noch Plätze frei seien.

«Wie willst du das denn wissen?»

«Als Ihr gestern Abend schlieft, habe ich im Dorf noch eine Runde gedreht und mich umgehorcht.»

«So, so, bist einfach weg, mitten in der Nacht?»

«Die Kopfschmerzen sind wieder gekommen, mir war übel und deshalb konnte ich nicht schlafen.»

«Mm.»

Eine Weile löffelten beide schweigend ihren Brei.

«Mastro Mazzi –»

«Mm?»

«Der Mailänder hat mir eine Geschichte erzählt, die Ihr Euch anhören solltet. Sie wird Euch interessieren.»

«Ha, der Mailänder! Der Kerl ist doch ein Ochs. Mit seinesgleichen will ich mich nicht abgeben.»

«Aber es geht um Vesal. Er hat ihn gekannt.»

«Das glaubst du doch selbst nicht.»

«Doch, es ist wahr. Lasst es Euch von ihm erzählen, dann werdet Ihr es glauben müssen.»

«Nein, Kleiner, ich habe meinen Stolz. Der Kerl hat mich gestern ganz schön beleidigt, für mich ist er so gut wie tot. Außerdem … Vesal …»

«Wie Ihr wollt.»

«Wie kommt es aber, dass er mit dir ausgerechnet über ihn gesprochen hat?»

Luca blickte in seinen Teller und gab kleinlaut zu: «Ich bin Fulvio gestern draußen begegnet, wir haben ein bisschen geschwatzt, und da habe ich ihm gesagt, was Ihr in

Eurer Mappe mittrug. Er schien sich zu wundern, dass Euch der Verlust so nahe ging.»

«Und so hast du ihm verraten, was drin war! Junge, Junge …»

«Es spielt doch jetzt keine Rolle mehr, die Mappe ist weg.»

«Du sagst es, die Mappe ist weg, der Brief ist weg, und bis auf einen Achat, den ich in der Hosentasche habe, sind auch die Gemmen weg. Ich besitze nichts, rein gar nichts mehr. Ach!»

Wie hohl seine Worte klangen! Sie drückten seine gestrige Verzweiflung aus, die er nun, eine Nacht später, nicht mehr empfinden konnte. Sein Verstand oder das Wenige davon, das sich dank der Nahrung aus der alkoholischen Vernebelung zu befreien begann, sagte ihm, dass er am Vortag Gründe genug gehabt hätte, der Mappe in die Fluten nachzuspringen. Das dumpfe Brummen in seinem Kopf beschäftigte ihn in diesem Moment jedoch weit mehr als die verlorene Mappe und die Frage, die ihn im nächtlichen Rausch immer wieder gestreift, aber nie ganz in sein Bewusstsein gedrungen war, die Frage nämlich, die nicht zu beantworten war, ob die Mappe tatsächlich von den Fluten verschluckt oder nicht doch von einem Reisenden aufgelesen worden war.

«Verzeiht, ich wollte Euch jetzt nicht traurig stimmen. Ich meinte nur … Fulvio, er …»

«Nun, sag schon, was mit deinem Freund Fulvio ist. Klar, er ist gelehrter als ich, er liest die Bücher, die du auch liest. Heißt das nun, dass du mit ihm nach Zürich ziehst, statt mit mir nach Basel? Ist es das, was du mir mit deinem

Palaver beibringen willst? Mach, was du für gut hältst. Ich will dir nicht im Weg stehen.»

«Aber was redet Ihr da? Ich will nichts dergleichen.»

«Warum sprichst du also um drei Ecken?»

«Tu ich doch gar nicht. Ich denke bloß, dass Ihr mit ihm reden solltet. Vergesst, was gestern vorfiel. Er hat Vesal gekannt. Vesal! Versteht Ihr den Wink des Schicksals denn nicht? Fulvio kann Euch Nachrichten aus erster Hand über den Mann geben, dessen Brief ihr Wochen lang mit Euch getragen habt, und dies ausgerechnet jetzt, da Ihr den Brief verloren habt! Das kann kein Zufall sein.»

Mazzi wiegte den Kopf ein paar Mal hin und her, zögerte und entschied schließlich: «Nein, Junge. Der Laffe kann mir gestohlen bleiben. Komm, gehen wir weg von diesem schrecklichen Ort. Am Ende gefriert mir hier noch die Seele.»

***

Göschenens Gassen waren nicht breit genug, um unliebsamen Begegnungen auszuweichen, zudem strömte der größte Teil der Reisenden, die hier übernachtet hatten, zum selben Platz. So fanden sich nicht nur Mazzi und Luca am Morgengrauen bei den Kutschen ein, sondern auch ein frisch gekleideter und parfümierter Colombo, der den Zwist vom Vortag mit einer einladenden Geste vom Tisch wischte:

«Meine Kutsche steht bereit, Mastro Mazzi. Ich würde mich sehr freuen, wenn Ihr und Luca mir bis Schwyz Gesellschaft leisten würdet. Ich fahre in den nächsten Minuten.»

«Ich habe keinen *soldo* mehr, Mastro Colombo.»

«Ihr seid selbstverständlich meine Gäste.»

Mazzi winkte ab.

«Bitte, tut mir den Gefallen und lasst mich mit dieser Einladung wenigstens meine unangebrachte Maßregelung von gestern wiedergutmachen. Außerdem braucht Ihr Euch nicht zu sorgen. Falls Euch mit der Mappe auch das Geld abhandengekommen ist, wendet Euch an Luca. Er hat die Taschen voll von Münzen, die vor zwölf Stunden noch die meinen füllten.»

Mazzi konnte seine Schadenfreude nicht verbergen: «Das kommt davon, wenn man sich mit meinem Jungen misst.»

«Fulvio wollte mir gestern Abend nicht glauben, dass ich der bessere Kartenspieler bin.»

Colombo grinste. «Der Fehler ist mir ziemlich teuer zu stehen gekommen. Doch steigen wir ein, die Fahrt geht gleich los.»

Mazzi verfluchte seine Willensschwäche schon nach den ersten Kurven. Er sah zwar ein, dass es sich in der Kutsche dank Kissen und Decken bequem saß, bequem genug jedenfalls, um dem Knarren der Räder und der kalten Zugluft nicht allzu viel Beachtung zu schenken, aber kein noch so weiches Kissen und keine noch so warme Decke hätten die Unannehmlichkeiten aufwiegen können, über die sich Mazzi nun eine Fahrt lang zu ärgern hatte: Colombos penetrantes Parfüm und seine ebenso penetrante Redseligkeit.

Mazzi schloss die Augen und drückte sich in die Polsterung. Er wollte schlafen, aber Colombo ließ es nicht zu: Schon nach der ersten Raddrehung plauderte dieser drauflos, sprach von früheren Reisen und seiner Frau, die das sechste Kind erwartete, und dabei schwebte doch nur dieser eine Name in der Luft, um dessentwillen er Mazzi und Luca zu sich in die Kutsche eingeladen hatte.

Erst als sie die Schlucht im Rücken hatten und das Tal sich mählich von einer freundlicheren, offeneren Seite zeigte, kreuzte Colombo die Beine, lehnte sich vornüber und schlug einen neuen Ton an: «Mastro Mazzi, mir brennt seit gestern Abend eine Frage auf der Zunge.»

«Das merkte ich wohl.»

«Euer Sohn hat mir gestern Abend etwas über Euch erzählt, das mich in großes Staunen versetzt hat. Noch weiß ich nicht, ob es ich wirklich glauben kann. Ihr sollt, so behauptete er, im Besitz eines Briefes von Vesal sein – oder vielmehr gewesen sein. Ist das wahr?»

«Ja, aber ich mag jetzt nicht daran denken. – Verdammte Brücke, verdammtes Schweizerland überhaupt.»

«Klar, klar. Ich verstehe Euren Groll. Der Verlust ist höchst bedauerlich. Ihr solltet jedoch froh sein, dass Ihr noch lebt. Ihr wärt nicht der Erste gewesen, den die Reuss verschluckt. Ich habe schon so viele Unfälle auf dieser Brücke erlebt, dass ich sie gar nicht mehr zählen kann. Von den Lasttieren nicht zu reden.»

«Soll das ein Trost sein?»

«Aber ja. Doch erlaubt mir bitte auf Vesal zurückzukommen. Die Sache mit seinem Brief ist ja höchst interessant. Ist er ein Bekannter von Euch, gar ein Freund?»

«Ich habe ihn nur in den letzten Sekunden seines Lebens gekannt. Wenn das ‹kennen› ist, dann ja.»

«Vesal ist also tot? Der Junge sagte es mir schon, aber kann es wahr sein? Im Frühling war er noch wohlauf. Ich traf ihn in Venedig, da war er voll neuer Zukunftspläne. Wollte vom spanischen Hof weg und wieder in Padua lehren, neue Lehrbücher verfassen, weiter sezieren. Tja, so Vieles wollte er noch machen.»

«Ich habe ihn begraben.»

«Ihr?»

«Ja, eigenhändig und ganz allein.»

«Wie wunderlich doch, dass uns das Schicksal hier zusammenführt. Dieselbe Reise, die wir heute gemeinsam unternehmen, habe ich übrigens vor langer Zeit einmal in Vesals Auftrag gemacht.» Colombo hielt inne, um die Wirkung seiner Worte auf Mazzis Gesicht abzulesen, doch dieser starrte aus dem Fenster, als ginge ihn die Sache nichts an. «Und Vesal selbst», doppelte der Mailänder nach, «hat den Gotthard überquert, ist über dieselbe Brücke gegangen, die Ihr so sehr verabscheut, und hat hier in Göschenen die Nacht verbracht – genau wie Ihr.»

Diesmal horchte Mazzi auf. «Wann war das?»

«Oh, Jahrzehnte her. Er war noch jung und reiste – wiederum wie Ihr, Mastro Mazzi – nach Basel, um dem Drucker bei der Herstellung seines großen Werkes auf die Finger zu schauen.»

«Oporinus?», fragte Luca, aufhorchend.

«Richtig, Junge, Oporinus. Er ist einer der besten seines Faches, aber ich wage mal zu behaupten, dass seine Begeisterung fürs Drucken in den letzten Jahren etwas nachgelassen hat.»

«Ihr meint, er druckt gar nicht mehr?»

«Nein, soweit möchte ich nicht gehen. Aber was er druckt ... nun, darüber ließe sich streiten.»

«Zum Beispiel?», wollte Luca wissen.

«Ich denke da an eine Schrift gegen die Hexenverfolgung. Schön und gut, aber meines Erachtens gäbe es Werke von profunderer Bedeutsamkeit, die der Verbreitung bedürfen.»

«Da bin ich anderer Meinung. Meine Mutter wird immer wieder der Hexerei verdächtigt, und dabei ist sie die Unschuld in Person. Es ist Zeit, dass man aufhört, in allem, was man nicht versteht, des Teufels Werk zu sehen.»

«Junge, Junge, pass auf. Mit solchen Ideen kann es Dir schlimm ergehen.»

«Nicht in Basel. Wenn Oporinus den Mut hat, in seiner Stadt Bücher gegen die Hexenverfolgung zu drucken, dann ist Basel die richtige Stadt für mich.»

«Wie du meinst, aber so einfach ist die Sache nicht. Oporinus ist wegen seiner Bücher schon etliche Male im Gefängnis gelandet. Die päpstliche Zensur hat ihn im Visier.»

«Ha, die päpstliche Zensur! Ich pfeife dar-»

Mazzi stupfte Luca in die Seite und fiel ihm ins Wort: «Und Ihr, Mastro Colombo, erzählt uns doch, wie es kam, dass Ihr Vesal gekannt habt?»

«Vesal beauftragte meine Firma damals, die Druckstöcke seiner ‹Fabrica›, so heißt sein Werk, von Mailand nach Basel zu transportieren. Ich hatte die Ehre, die kostbare Ware bis vor Oporinus' Haus zu begleiten.»

«Wie war er denn, dieser Vesal?», wollte Luca wissen.

«Ach, wie kann man ihn beschreiben? Ein wortkarger Mensch, der nichts von sich preisgab, aber scharf, peinlichst präzise und wenn er nicht sezierte oder schrieb, dann war er wenigstens in Gedanken mit anatomischen Fragen beschäftigt. Ein Wissenschaftler eben, der seinem Fach mit Haut und Haaren verfallen war. Ich glaube, sogar seine Frau litt ein bisschen unter dieser Leidenschaft, die nicht ihr galt.»

«Dann hätte ich ihn wohl kaum gemocht», meinte Mazzi.

«Vesal kümmerte es nicht, ob man ihn mochte oder nicht. Er sagte selbst von sich, dass ihm die Toten mehr bedeuten als die Lebenden und dass er hoffe, genug von ihnen sezieren zu können, um alle Fehler seiner Vorgänger zu berichtigen. Ehrgeiz hatte der Mann, hoch wie der Gotthard!»

«So wie er tot am Strand lag, sah er aber kein bisschen besonderer aus als Ihr und ich.»

«Er war aber besonders. Besonders gelehrt, besonders genial, und wie es eben so ist bei Menschen seines Kalibers, mit einer Prise Wahn.»

«Wahn?» Der Goldschmied schien erstaunt.

«Feuer, wenn Ihr lieber wollt. Das allverzehrende Feuer der Wissenschaft. Wenn der bildliche Ausdruck in diesem Fall nicht so abgeschmackt klänge, würde ich sagen, dass

Vesal bereit war, für seine Wissenschaft über Leichen zu gehen. So einer war er. Jedenfalls ist seine *Fabrica* heute in allen Lehrsälen der Anatomie zu finden. Von Madrid bis Paris und von Heidelberg bis Rom lehrt man die Sezierkunst danach. Aber – der Mensch hatte auch seine Schwächen.»

Wieder wartete Colombo auf eine Reaktion seines Zuhörers, um weiterzufahren, und wieder blieb sie aus. Mazzi schaute die Berghänge hoch, denen sie entlang fuhren, und musste an jene schlimme Leichenschau von Padua zurückdenken, bei der die Studenten sich über Vesals Lehre die Köpfe heiß gestritten hatten. Wie weit jener Tag zurücklag und wie intakt sich trotz der Trubel der letzten Wochen die Erinnerung daran erhalten hatte – auch ohne Garten des Gedächtnisses. Nicht nur stieg in diesem Moment das Bild des aufgeschlitzten Körpers haarscharf vor seinem Auge auf, sondern auch die Gesichter vieler Studenten erkannte er wieder und sah in Einzelheiten, die ihn selbst erstaunten, die Zeichnung auf der hochgehaltenen Tafel, über die man sich so sehr ereifert hatte.

«Schwächen?», sagte Mazzi nach längerer Pause. «Meint Ihr zum Beispiel Vesals Behauptung, dass die Leber aus fünf Lappen bestehe? Soviel ich weiß, ist diese Lehre nicht unumstritten.»

Nun war es an Luca zu staunen. «Mastro Mazzi, Ihr seid ja ein Gelehrter! Warum habt Ihr es mir nie verraten? War Euer Lerneifer denn nur gespielt? Eure Stunden an Bastianos Seite nur ein Vorwand? Ein Vorwand wofür aber?» Luca schüttelte in sichtlicher Ratlosigkeit den Kopf. «Ihr seid also gar nicht derjenige, für den Ihr Euch bis jetzt ausgegeben habt. Und ich …» Er verstummte.

Einen Augenblick lang glaubte Mazzi den Gedanken zu lesen, der Lucas Miene verfinsterte: Es war ein Zweifel mehr als ein Gedanke. Ein Verdacht gar, der womöglich schon daran war, Lucas Glück, dieses wunderbare Gefühl von Unversehrtheit, mit dem sich der Junge auf dünnster Decke des Vergessens über dem Abgrund bewegte, zu vergiften. Luca durfte ihn nicht zu Ende denken.

«Schau mich an, Junge, ja, gut so, blick mir in die Augen: Ich habe dich nicht angeschwindelt. Verstehst du? Ich bin, wen du kennst.»

«Schwört Ihr's?»

«Ja, ich schwöre auf … Lavinias Kopf, dass ich Girolamo Mazzi aus Venedig bin und dass ich bis vor kurzem noch kaum ein Wort … ach, du weißt schon, was ich meine. Ich mag es hier nicht ausbuchstabieren.»

Luca grinste und lehnte den Kopf an Mazzis Schulter, während Colombo sich wieder mit konspiratorischer Miene vornüberbeugte: «Ich muss sagen, dass Ihr mich ebenfalls verblüfft, Mastro Mazzi. Seid Ihr am Ende nicht doch ein Anatom, ein Kollege Vesals?»

«Ich wünschte, ich wäre es. Aber eine Leichenschau allein macht noch keinen Anatomen, nicht wahr?»

«So, habt Ihr an einer Leichenschau teilgenommen? Höchst interessant.»

«Wie man's nimmt. Auch darüber mag ich jetzt nicht sprechen, mir ist schon übel genug.»

Verstand Colombo den Wink? Nein, natürlich nicht, und es schien ihm auch nichts auszumachen, dass der verkaterte Mazzi fortan lange Schweigepausen einlegte und ab Gurtnellen sogar ganz verstummte. Ohne Aufhebens ließ er das Gespräch in einen ruhig vor sich hinplätschernden Monolog übergehen.

Mazzi hätte sich nun leicht erschlagen fühlen können von den Einzelheiten, die ihm das Plappermaul über Vesals Leben glaubte erzählen zu müssen. Aber der Goldschmied verschloss sich dem Wortschwall, indem er dösend im Sitz lag und nur ab und zu ein Auge öffnete, um zu prüfen, ob jener See endlich in Sichtweite komme, dieses ersehnte Wasser, das Schwyz ankündigte und somit die Erlösung von seiner akustischen Qual.

Das Urnerland schien indessen kein Ende nehmen zu wollen, und wenn Mazzi auch den Mantelkragen bis über die Ohren hochstellte, so schnappte er doch das eine oder andere von Colombos Geschwafel auf, das durch seinen Rausch brach.

Der Mailänder hatte Vesal gut gekannt und wohl auch verehrt, ja, verehrte nun den Toten vielleicht sogar mit größerer Inbrunst als den Lebenden, denn es fielen im Laufe der Stunden Kaskaden von Superlativen aus seinem Mund, die sich zu einer einzigen einlullenden Lobeshymne konfigurierten.

Luca war längst eingeschlafen, und auch Mazzi nickte, nachdem er noch den Turm der Edlen in Silenen wahrgenommen und sich über dessen protzige Masse gewundert hatte, kurz ein, als ihn plötzlich ein Misston in Colombos Rede aufhorchen ließ: Vesal, vernahm er, sei bei all seiner Größe immerhin eine fatale Fehlbarkeit nachzuweisen. Eine einzige.

***

Auf dem See, der sich ihnen bei der Ankunft in Flüelen als dunkles, wie in die Berge eingegossenes Metall präsentierte, herrschte Betrieb. Warenballen wurden auf Schiffe umgeladen, Säumer standen mit ihren Tieren bereit für die Reisenden, die den Gotthard in umgekehrter Richtung zu passieren gedachten, und vor der Zollstätte und den Lagerhäusern stand man Schlange.

Colombos Kutsche hielt.

«Verzeiht die Pause, Ihr habt Zeit, Euch hier die Beine zu vertreten, während ich die Verzollung und Signierung meiner Waren regle. In spätestens einer Stunde bin ich wieder da.»

«Eure Ware, richtig. Wo ist sie denn geblieben?»

«Sie ist uns auf einem andern Gefährt vorausgegangen und sollte schon eingetroffen sein. Euretwegen habe ich heute eine Ausnahme gemacht und die Güter nicht persönlich begleitet.» Mit diesen Worten schwang sich Colombo aus der Kutsche und war verschwunden.

«Luca, was meinst du, wollen wir sitzen bleiben oder steigen wir aus?»

«Letzteres natürlich. Mittag ist schon eine Weile vorüber.»

Der Hunger trieb die beiden in den Dorfkern fern der Geschäftigkeit an der Schifflände. Eine Kaschemme, berstend voll von Durchreisenden, bot gebratene Felchen und Brot an, ein Essen, das ihnen nach der Alpenkost delikater vorkam, als es wirklich war.

Eingezwängt zwischen Piemonteser Tuchhändlern und hiesigen Schiffern, die nicht auf bestem Fuß zu stehen schienen – es ging, wie Luca heraushörte, um Zollfragen und überrissene Preise für Seefahrten nach Luzern –, gerieten sie ob des Fischs ins Schwärmen. Luca pries die Barsche und Forellen, die Bastiano am Kaminfeuer golden briet, und Mazzi konterte mit dem rosinenbespickten Sardinenauflauf seiner Mutter, mit Aal und frittierten *mojecche*.

«*Mojecche*?»

«Junge Krabben. Die schluckst du ganz, so zart sind sie.»

Luca rümpfte die Nase.

«Warte nur, einmal werde ich sie dir auftischen.»

«Basel liegt nicht am Meer, dort findet Ihr sicher keine *mojecche*.»

«Stimmt. Aber wir werden auch nicht ewig dort bleiben.»

«Sondern?»

Mazzi zuckte mit den Achseln. Die Frage war ihm nicht genehm. Solange Luca den Tod seines Onkels nicht wahrhaben wollte, empfand er Gespräche über die Zukunft als verlogen und kam sich selbst wie ein Schwindler vor.

«Wollt Ihr etwa nach Venedig zurückkehren?»

«Nein, aber es gibt, auf die Dauer, bestimmt bessere Orte als Basel.»

«Was habt Ihr denn plötzlich gegen Basel?»

«Nichts … außer, dass man eine Sprache spricht, die ich nicht verstehe, und ich keine Ahnung habe, ob ich dort meinen Lebensunterhalt werde verdienen können. Luther ist beliebt in nördlichen Gegenden, und wo Luther war, verzichten viele Kirchen auf Ornamente. Ganz abgesehen davon, dass mir das Goldschmieden verleidet ist. Ich will mich bilden und die Bücher lesen, die du liest. Das ist das Einzige, was ich mir von unserem Aufenthalt in Basel verspreche.»

Luca schob sich schweigend einen Bissen in den Mund.

«Warum schaust du weg? Findest du meinen Anspruch anmaßend? Es ist wahr, ich habe in den letzten Tagen keinen Buchstaben gelesen, aber mit dem Lesen ist es mir ernst. Wenn wir erst in Basel sind und eine Bleibe gefunden haben, werde ich die versäumte Zeit aufholen.»

«Mastro Mazzi, dass Ihr noch immer nach Basel wollt, ist mir überhaupt ein Rätsel. Es ist nicht zu spät, um Eure Route zu ändern, gar umzukehren.»

«Und dich allein weiterreisen lassen?»

«Wenn es sein muss, komme ich zurecht.»

«Daran zweifle ich nicht. Ich dachte aber, dass dir Gesellschaft lieber ist.»

«So nehmt Ihr diese Reise nur meinetwegen auf Euch?»

«Reden wir von etwas anderem, Luca. Das Gespräch erinnert mich nur wieder an Vesals Brief und die Teufelsbrücke.»

«Schmerzt Euch der Verlust noch immer?»

«Schmerz und Wut: Ich weiß nicht, was überwiegt. Das Schicksal hat mir jedenfalls einen üblen Streich gespielt.»

«Nur halb so übel», sagte Luca lachend.

«Da gibt es nichts zu lachen, Junge. Ich habe alle meine Karten auf diesen Brief gesetzt.»

«Es kommt darauf an, was Ihr unter Verlust versteht, Mastro Mazzi.»

«Na, von der Reuss ins Tal gespült oder von einem Mitreisenden gestohlen, der Brief ist weg, wo liegt der Unterschied?»

«Ich rede von der Bedeutung des Wortes ‹Brief› und was Ihr davon genau verloren habt.»

«Hör auf, so spitzfindig zu reden. Du willst mich nur wieder an der Nase herumführen. Wir sind nicht beim Würfelspiel.»

«Ich meine, Mastro Mazzi, dass die Briefblätter wohl verloren sind, nicht aber was darauf geschrieben stand.»

«Die Reuss hat die Tinte doch längst weggewaschen; und falls der Brief gestohlen wurde, steht es für mich auch nicht besser: Ich habe ihn nicht mehr, das ist das Ende der Geschichte.»

«Aber ich habe ihn!», sagte Luca strahlend.

«Du?»

«Ja, da drin ist er, Mastro Mazzi, vom ersten Wort bis zum Schlusspunkt gespeichert und jederzeit abrufbar», verkündete der Junge stolz und zeigte dabei auf seine Stirn.

«Das machst du mir nicht weis.»

«Es ist wahr. Erinnert Ihr Euch nicht mehr an den Garten des Gedächtnisses? Er hat es ermöglicht.»

«Dafür hättest du den Brief erst lesen müssen.»

Luca verzog flüchtig die Mundwinkel, brach ein Stück Brot ab und begann daran zu kauen.

«Heißt das, dass du ihn gelesen hast? Heimlich, ohne meine Erlaubnis?»

Ein Nicken, nicht einmal ein beschämtes, war alles, was Mazzi als Antwort erhielt.

«Wann?»

«Als Ihr in Bastianos Haus wohntet. Ihr habt einen tiefen Schlaf, und ich war neugierig, mehr über Euch zu erfahren. Bitte, seid mir nicht böse. Ihr könnt ja froh sein, dass ich meiner Neugier nachgegeben habe. Der Brief ist Euch dadurch erhalten, und wir werden ihn in Basel drucken lassen, wie es Euer Plan war; wenn nicht bei Oporinus, so bei einem andern Drucker.»

«Du meinst tatsächlich, dass du den Brief vom ersten bis zum letzten Wort aufsagen kannst? Dann los, was wartest du noch.»

Wieder lachte Luca: «Das würde Euch so passen, Mastro Mazzi. Aber ich habe eine andere Idee. Sobald wir wieder allein sind, spielen wir Würfel und Karten, und wenn Ihr gewinnt, sage ich Euch zum Lohn ein paar Zeilen auf anstatt Euch Münzen zu geben, die ohnehin uns beiden gehören.»

«Wie soll das gehen? Ich gewinne ja nie.»

«Das stimmt nicht, das eine oder andere Mal habt Ihr doch schon gewonnen. Um Vesals Brief zu spielen, wird uns die letzten Reisestunden verkürzen.»

***

Vesals Fehlbarkeit! Kaum hatte Mazzi die Kutsche bestiegen, erinnerte er sich wieder an Colombos Worte und hakte nach. Wahrscheinlich habe er falsch gehört, begann er, noch wahrscheinlicher geträumt, aber ihm sei gewesen, als habe Colombo im Zusammenhang mit Vesal einen Makel erwähnt.

«Aha, Vesal interessiert Euch also doch, Mastro Mazzi. Ich wusste es», triumphierte der Mailänder, der sich noch so gern fürs letzte gemeinsame Wegstück in das Thema verwickeln ließ, das ihm so sehr am Herzen lag. «Von einem Verbrechen möchte ich als sein Freund natürlich nicht ausgehen, aber ich muss sagen, dass sich die Gerüchte in medizinischen Kreisen seit dem Frühjahr so hartnäckig halten, dass ich sie nicht einfach vom Tisch wischen kann. Dabei wünsche ich nichts sehnlicher, als dass Vesal auch post mortem, ja, vor allem post mortem, einen unbescholtenen Ruf genießen darf. Die Angehörigen des Adligen, den Vesal mit seinem Skalpell ins Jenseits befördert haben soll, betreiben jedoch seit Monaten Rufmord, was dem Genie weit über die spanischen Grenzen hinaus schadet.»

«Aber dieses Verbrechen, oder diese Fehlbarkeit – worin bestand sie denn?»

«Ich sagte es doch gerade. Darin, Mastro Mazzi, dass Vesal im letzten Winter in Madrid einen Patienten sezierte, dessen Herz noch in der Brust schlug.»

Mazzi zuckte zusammen.

«Da staunt Ihr, nicht wahr? Aber so ohne weiteres dürft Ihr es nicht glauben. Ich jedenfalls kann mir nicht vorstellen, dass Vesal ein solch gravierender Fehler unterlaufen konnte. Nein, nicht ihm. Ihm am allerwenigsten, wage ich zu behaupten. Aber ich muss zugeben: Bei unserem Treffen in Venedig hat mich der Verdacht dennoch gestreift, dass daran etwas Wahres sein könnte. Vesal klagte mir, dass ihm die spanischen Inquisitoren auf den Fersen seien und er sich deshalb für eine Weile ins Heilige Land absetze. Lag es da nicht auf der Hand, seine Reise als Flucht eines Verbrechers zu verstehen?»

«Habt Ihr ihn darauf angesprochen?»

Colombo schüttelt den Kopf. «Keiner wagte in seiner Präsenz von jener misslungenen Sektion zu reden. Er hätte es nicht geduldet.»

«Dann wird man nie herausfinden, was wirklich geschah.»

«Richtig. Und jetzt ist es ohnehin zu spät, weil Vesal sich nicht mehr rechtfertigen kann. Es sei denn … er hat es vor seinem Tod in schriftlicher Form getan, für die Nachwelt sozusagen.»

«Wenn Ihr auf den Brief anspielt, den ich gestern verloren habe, so muss ich Euch enttäuschen. Das Schreiben ist ungelesen in den Fluten verschwunden.»

«Ihr könnt mir nicht vormachen, dass Ihr ihn wochenlang mit Euch herumgetragen habt, ohne einen Blick hineinzuwerfen.»

«Ihr dürft mir glauben, Mastro Colombo: Ich habe nicht die geringste Ahnung, was darin stand.»

Colombo gaffte verdrossen auf seine beiden Gäste, wollte sich aber noch nicht geschlagen geben: «Junge, sag mir, dass es nicht stimmt. Oder dass wenigstens du den Inhalt des Briefes kennst. Stell dir vor, welch kostbares Vermächtnis das Schicksal Euch in die Hände gelegt haben könnte: Nichts Geringeres als Vesals Rehabilitierung vor der ganzen Welt. Wenn du etwas weißt, darfst du nicht schweigen. Du bist ein kluger Junge, sicher leuchtet dir ein, was hier auf dem Spiel steht.»

Er hatte Luca unterschätzt. Statt auf Colombos Anbiederung einzugehen, legte der Junge die Hand an die Brust und log feierlich: «Ich schwöre, dass ich Vesals Brief nicht eingesehen habe. Wie könnte ich auch? Mein Vater trug ihn Tag und Nacht bei sich.»

Colombo schnaubte: «Ich merke wohl, dass Ihr schwindelt. Alle beide. Aber was kann ich tun? Behält in Gottes Namen Euer Geheimnis. Ich kann nur hoffen, dass Ihr in Zukunft Eure Haltung überdenkt.»

Bis Schwyz fiel kaum mehr ein Wort. Luca deutete von Zeit zu Zeit auf ein Haus oder ein Schiff, das ihm auffiel, oder fragte, wie lange die Reise noch dauere, aber sonst waren während Stunden nur das Aufschlagen der Pferdehufe zu hören und die Jubelschreie von Kindern, die der vorbeifahrenden Kutsche vom Wegrand aus zuwinkten.

Mazzi dachte an Guilandino und die Umiliati von Viboldone: Der Preuße hatte Einsicht ins erste Blatt von Vesals Brief gewonnen, zu wenig, um der Welt Erbauliches über Vesal zu erzählen. Anselmo handkehrum hatte das Dokument wohl mindestens überflogen, aber welchen Vorteil konnte er sich daraus erhoffen? Colombo nach Viboldone zu schicken, würde zudem bedeuten, gleich zwei Füchsen einen unverdienten Gefallen zu erweisen. Es war nicht denkbar.

Der Abschied am Fuß des Großen Mythen fiel kühl aus. Immerhin öffnete Colombo seinen Gästen die Wagentür, bedankte sich für die angenehme Gesellschaft und wünschte gute Weiterreise nach Basel. Er wartete jedoch nicht erst ab, bis Mazzi und Luca ihm ähnlich freundliche Wünsche auf den Weg gegeben hatten, sondern forderte den Fuhrmann sogleich mit einem barschen «Avanti!» zur Weiterreise auf.

Basel

Johannes Herbster – in Buchdruckerkreisen und darüber hinaus als Oporinus bekannt – haderte seit Tagen mit Gott im Himmel und den Göttern auf dem Olymp. Er schlief kaum mehr, spürte, sobald er sich hinlegte, einen Alp auf der Brust, den er nur abschütteln konnte, wenn er aus dem Bett sprang und eine Weile mit Talgkerze und Weinflasche durch die Räume seiner Offizin ging. Die Sterne am Himmel schienen ihm stillzustehen in solchen Nächten und die Pressen und Stapel von Papierballen, die er doch so gut kannte, ins Schreckhafte verzerrt.

Es kam vor, dass er wegen des Weins an der Anordnung der Zimmer zweifelte und die Orientierung verlor. Dann ließ er sich in den ersten Sessel fallen, wickelte sich in Decken und griff hinter sich ins Regal nach einem Buch. Irgendeinem. Er suchte Stellen, die ihn versöhnlich stimmen könnten, meist aber genügte der erste Satz, um ihn in seiner gewaltigen Empörung zu bestätigen.

Oporinus war kein Mann der zimperlichen Gefühle, wenn er wetterte, zitterten die Wände und flogen die Bücher! Dabei liebte er sie, seine Bücher, selbst jene, deren abstruse Gotteslehren ihn zur Weißglut brachten. Wie viele hatte er in seinem Leben nicht Korrektur gelesen und gedruckt! Darunter befassten sich nicht wenige mit Gott und Göttern, priesen und beschrieben sie, sodass er sich heute, mit siebenundfünfzig Jahren, in der verwickelten

Welt der Mythen ebenso zurechtfand wie in den Gassen Basels, ja, jene womöglich als ein wirklicheres Zuhause empfand als diese.

Was aber nützte ihm diese Kundigkeit heute? Ha! Einen Pappenstiel nützte sie ihm. Auf das Pack launischer Herrschaften war ja kein Verlass mehr; blinder Willkür hatten sie sich verschrieben und das zum Wohl des Menschen ausgeklügelte Kalkül vergessen.

So zumindest legte sich Herbster den Sachverhalt zurecht, wenn er, zum hundertsten Mal schon, das Schicksal des lesbischen Sängers Arion mit jenem seines Freundes Andreas verglich. Damals, in Hellas' goldenen Zeiten, hatten die Götter sich für die Rettung des Sängers noch zu einer Wundertat aufgerafft, einen Delfin hatten sie dem Ertrinkenden geschickt, nichts Geringeres, doch für den Freund Andreas, der doch kürzlich auf demselben Meer gesegelt war, hatte keiner – keiner! – auch nur den kleinen Finger gerührt, selbst Asklepios nicht. Wo, Donnerwetter, blieb da die berühmte göttliche Gerechtigkeit?

Erst wenn Oporinus ans Fenster trat und sich vergewisserte, dass die Schneedecke auf dem Nadelberg auch an diesem Morgen keine Fußabdrücke aufwies, erinnerte er sich, dass er nicht der einzige Trauernde war in dieser Stadt. Die Pest ging um; wer nicht daran gestorben war, verschanzte sich in den eigenen Wänden. Basel war eine Geisterstadt geworden, geschäftig nur noch zwischen Freie Straße und St. Elisabethen, wo die Siechen warteten, mit den Füßen voran vom Spital zum Gottesacker überführt zu werden.

Mancher Freund war ihm in den letzten Monaten schon weggestorben, zuletzt auch seine gute Maria – möge ihre Seele Ruhe finden –; damit hatte er sich abgefunden. Aber Andreas? Warum er? Müssten für Genies wie seinesgleichen nicht andere Gesetze gelten? Ja, war Andreas überhaupt an der Pest gestorben?

Solche Fragen plagten Herbster, seit er Guilandinos Schreiben empfangen hatte. Von Marias Sterben ganz vereinnahmt, hatte er es zunächst nicht ernst nehmen wollen, schien Guilandino selbst doch, dessen Zeilen zu glauben, Vorbehalte über die Richtigkeit der Nachricht zu hegen: «Dem einzigen Zeugen dieser unglücklichen Kunde, einem Venezianer von zweifelhafter Moral, ist wahrscheinlich Glauben zu schenken, aber urteilt selbst; ich schicke ihn dieser Tage zu Euch nach Basel mit dem letzten Schreiben unseres armen Freundes Vesalius.»

Vier Wochen waren seither verstrichen, und die Nachricht von Andreas' Tod auf Zante inzwischen durch andere Quellen in die Stadt gesickert und zur Tatsache erstarrt. Vier Wochen! Wo nur steckte der vermaledeite Venezianer?

Oporinus wusste sich manchmal nicht anders zu trösten als im Andenken an den teuren Freund ins Leere anzustoßen und bei zunehmender Benebelung in dessen *Fabrica* zu blättern. Allein schon mit den Fingerkuppen über das Papier zu fahren, das Erlesenste natürlich, etwas anderes war für Andreas nie in Frage gekommen, brachte die Monate konzentrierter Zusammenarbeit zurück und die Verbundenheit, die daraus erwachsen war.

Andreas hatte ihm von Anfang an vertraut. «Kein anderer als Herbster kann meine *Fabrica* drucken», erklärte er in der Runde, wenn sie sich nach getaner Arbeit mit Kollegen im *Goldenen Sternen* trafen. «Herbster ist der Beste seines Faches.»

Er hatte Andreas nicht enttäuscht. Jede der 663 Textseiten und jede der über 400 in Birnenholz geschnitzten Illustrationen aus Tizians Werkstatt war, für sich allein genommen, zu einem Leckerbissen für geistige Feinschmecker geraten. Vom Frontispiz nicht zu reden: Kunst und wissenschaftliche Methodik, Tradition und Neuerung: Andreas, selbstherrlich in den Mittelpunkt gerückt und doch demütig die Arbeit eines niederen Scherers verrichtend, hatte alle Widersprüche in das Bild gepackt, die sein Hirn ausdenken konnte, und aus einem Sammelsurium von *docti, studiosi*, Hunden und Putten die rätselhafteste und, wie sich im Rückblick herausstellte, aufrüttelndste Botschaft in die medizinische Welt ausgesandt.

Potz, wie hatte die *Fabrica* eingeschlagen! Andreas hatte Recht gehabt, die *Fabrica* erst kürte ihn in der Öffentlichkeit zum Helden, der er schon lange zu sein wusste. Es war eines gewesen, Galen, dem unanfechtbaren Vater der Anatomie, über zweihundert Fehler nachzuweisen, des Lobes hierfür war sich Andreas gewiss gewesen, aber ein anderes, die Anatomen von ihrem Podest herunterzuholen und anzuweisen, bei der Sektion nicht ins Buch, sondern in die Leiche zu schauen. Selbst zu sägen, zu schneiden und zu öffnen, sich ja nicht zu scheuen, die Hände mit Blut und Sekreten zu beflecken, um zur Wahrheit vorzudringen: Das war, mitunter, Andreas' Lebensaufgabe gewesen.

Herbster grinste: Die Wahrheit! Die meisten seiner Autoren versuchten sie aus der Heiligen Schrift zu destillieren oder tasteten sich, jenen griechischen Text mit diesem lateinischen oder arabischen vergleichend, in mühseliger Kopfarbeit an sie heran.

Andreas hingegen hatte sie mit Messer und Skalpell aus faulenden Leichen herausgeschnitten und gleich selbst in sieben Büchern dargelegt. Diese zu drucken, war kein Leichtes gewesen, fürwahr nicht. Andreas hatte manches Blatt verworfen, zu viel Druckschwärze hier, zu schmal der Rand dort, Divergenzen im Satzspiegel und anderes mehr, aber am Schluss hielt er ein Exemplar in Händen, das sogar ein Lächeln auf seine Lippen zauberte. Ein Lächeln! Er, dem Lachen und Scherzen so schwerfiel, hatte sich, flüchtig nur und auch nur dieses eine Mal, zum Ausdruck seines Glücks hinreißen lassen. Herbster sah ihn wieder vor sich, wie er bebend vor Erregung neben der Presse stand und sich nach allen Seiten drehte, bevor er verkündete: «Johann, mein Freund, wenn du auch nur ahnen könntest, welch bahnbrechendem Werk du eben zur Geburt verholfen hast.»

Die Setzer und Gießer hatten über seine Arroganz die Stirn gerunzelt, er aber, der Geburtshelfer, war bloß erleichtert gewesen, seine Aufgabe zufriedenstellend erfüllt zu haben. Und darin fand er auch heute, bei aller Trauer, noch immer Grund zur Freude.

Das Weinglas in Reichweite und die *Fabrica* auf der letzten Seite aufgeschlagen, fiel Herbsters Blick zu guter Letzt auf die Druckermarke. Einst war er stolz auf sie gewesen; jetzt verabscheute er sie. Aus der schönen Geschichte, die sie ihm früher erzählte, war plötzlich eine andere, dunkle herausgewachsen, und die beiden griffen nun so nahtlos ineinander, dass er sie zu später Stunde und bei leerer Flasche kaum mehr auseinanderzuhalten wusste.

In beiden Geschichten tobte das ionische Meer. Es brauste und schäumte in seiner Vorstellung wie ein wutentbranntes Tier seit Andreas' Tod und konnte nie mehr sein, was der gute Ambrosius in seinem Hexaemeron schrieb, eine Stätte der Ruhe im Diesseits, ein Asyl des Lebensernstes und schon gar nicht – welch ein Hohn! – ein Port der Sicherheit.

Nein, das Meer war des Menschen Feind, nicht Freund, es hielt auf Inseln gefangen, ertränkte, verschluckte. Ihm selbst, der es nur auch Büchern kannte, war, wenn er lauschte, als hörte er es in der Offizin rauschen, ein Schwellen und Sinken, das Arions Gesang und Andreas' Geröchel untermalte und vielleicht doch nur das eigene Blut war, das ihm der Alkohol durch die Adern jagte.

Wie auch immer … so genau wollte er es nicht nehmen, ihre Schiffe hätten sich jedenfalls kreuzen können in einer Welt, in der zweitausend Jahre keine Trennung bedeuten, irgendwo entlang der grünen Küste Messeniens hätten sich Arion und Andreas zuwinken können, bevor das Schiff des einen gen Osten und das andere gen Norden steuerte. Aber das Zusammentreffen hatte nicht stattgefunden, Glückspilz und Pechvogel waren ihre zeitlich getrennten Routen gegangen, Arion mutig seinen letzten Gesang anstimmend, oder jedenfalls, was er für seinen letzten hielt, bevor er sich in die Fluten stürzte, und Andreas ... ja, wie schrieb doch Guilandino in seinem Brief? Auf Zante abgesetzt, ein Sterbender, dem nicht mehr zu helfen gewesen war.

Arion hatte vor Antritt seiner Reise den Tyrannen in Korinth mit Harfe und Stimme erfreut, während Andreas in Madrid sich das Wohlwollen des spanischen mit selbstgebrauten Tinkturen verdient hatte. Beide waren nicht eigentlich zu Seefahrten bestimmt gewesen und doch hatten sie sich eines Tages vom Hofleben losgesagt und das Abenteuer gesucht.

Ob Andreas sich Arions entsann, als er sein Schiff bestieg? Denn Andreas war es gewesen, ausgerechnet, der ihm damals den Sänger als Emblem vorgeschlagen hatte. Arion, meinte er, verkörpere Mut und Glück, und er, Johannes, habe doch beides; dank diesen Tugenden werde das Druckgeschäft gedeihen und die *Fabrica* in alle Welt hinaus strahlen können. «Wähle den lesbischen Sänger», hatte Andreas gedrängt. «Cratander hat es schon getan, auch Aldinus Manutius in Venedig, und sieh, wie teuer man die Bücher aus deren Offizin heute handelt. Deshalb wünsche ich inständigst, dass du meiner *Fabrica* einen Arion-Stempel aufsetzest.»

Oporinus trank sein Glas leer und strich mit der Hand über seine Marke – Arion, der, Harfe in Händen, auf dem Rücken des Delfins durch die Wogen segelt. Andreas hatte es gut gemeint: Das Emblem hatte Cratander und Manutius tatsächlich Glück gebracht. So wie Arion freiwillig in die Fluten gesprungen war, um der habgierigen Besatzung zu entrinnen, und so wie er dann von den Göttern vor dem Ertrinkungstod bewahrt worden war, hatten sich die beiden Verleger ins Geschäft gestürzt und waren, allen widrigen Umständen zum Trotz und wie durch ein Wunder, gänzlich unversehrt zu Geld und Ruhm gekommen.

Selbst wenn dem auch nicht so gewesen wäre: Andreas' inständigstem Wunsch hatte er nicht widerstehen können. Er hatte gehorcht und nach der *Fabrica* kein Buch mehr ohne Arions Bild und den dazu passenden Spruch Ovids aus seiner Offizin entlassen: *Invia virtuti nulla est via*. Der Tapferkeit ist kein Weg ungangbar.

Ach! Wenn es nur wahr wäre! Heute wusste er, dass die Welt mit Tapferkeit allein nicht verbessert und die Menschheit nicht aufgeklärt wird. War er denn nicht tapfer gewesen, als er vor dem Druck der *Fabrica* eine Gefängnisstrafe in Kauf nahm, um die lateinische Übersetzung des Korans zu drucken, die erste überhaupt? Und Castellios lateinische Bibelübersetzung, John Foxes und Pantaleones Werk, brachten sie ihm vor fünf Jahren nicht die Ehre, in den päpstlichen Index verbotener Drucker aufgenommen zu werden? War das nicht tapfer genug?

Offenbar nicht, sonst würde er heute, von Rom verpönt und vom Basler Rat beargwöhnt, kaum auf Tausenden von Bänden sitzen, um die sich die halbe Welt reißt, und dabei doch bis über die Ohren in Schulden stecken. Alles verkaufen? An wen? Augsburg meldete Interesse, rümpfte aber über seine Preise die Nase. Weitermachen? Er war müde.

Und doch bedurften seiner noch wichtige Autoren; ihre Bücher mussten gedruckt und vertrieben werden, die Welt musste verbessert und aufgeklärt werden, mit Wigands *Centurien* zum Beispiel, einem Riesenwerk, dessen Beendung nicht abzusehen war. Und Siber; der gute Adam hörte nicht auf, ihm neue Schriften zum Druck anzubieten, als hätte er hier in Basel nichts anderes zu tun als zu warten, was ihm aus dem fernen Grimma zufliegen würde.

Und Theodor: Neuerdings drängte ihn der Neffe, er möge das enzyklopädische *Theatrum Vitae Humanae* seines verstorbenen Stiefvaters herausbringen. Ein Starrkopf, dieser Theodor, liebenswürdig zwar wie alle Zwingers, aber so hartnäckig auf seine Ideen beharrend, dass er nichts daneben gelten lassen wollte – Andreas hierin gar nicht unähnlich. «Bedenke Onkel», hatte Theodor kürzlich wieder argumentiert: «Conrad Wolffhart ist nicht irgendjemand gewesen, er war Diakon an der Leonhardskirche, an der du selbst doch früher Griechisch unterrichtet hast. Zudem war er der Ehemann deiner Schwester, dein Schwager! Kannst du da noch zögern?»

Nein, natürlich konnte er nicht zögern. Conrad hatte große Arbeit geleistet, sein *Theatrum* fasste alles Wissenswerte, was die Menschheit fürs zukünftige Überleben brauchte. Aber was der junge Theodor nicht in die Waagschale legen wollte, war die Kraft, die ihn, den alten müden Onkel, das Drucken eines solchen Werkes kosten würde – und das Geld. Erstere war am Versiegen, er fühlte es, und was Letzteres betraf, so war schon gar keines vorhanden. Aber absagen? Die Menschheit wegen solcher Lappalien um einen lebensnotwendigen Leitfaden prellen? Niemals! Weitermachen lautete die Devise also, weiter Korrektur lesen, drucken, werben, vertreiben, zur jährlichen Buchmesse nach Frankfurt reisen, immer nur weiter, es war sein Leben, und so musste er es führen, bis der Tod ihn holte.

Kein Tropfen mehr in der Flasche, und kaum ein Sonnenstrahl an diesem Morgen in der pestverseuchten Stadt: Ach, was nun? Klopfte doch endlich dieser verflixte Säumer an seine Tür, den ihm Guilandino wie Speck durch den Mund gezogen hatte. Brächte er ihm endlich Andreas' Brief und sonstige Neuigkeiten über den Freund, dann würde er vielleicht glauben können, was im Oberen Kollegium am Rheinsprung gemunkelt wurde, und dem Besucher seinerseits ein paar Geschichten zum Besten geben.

Zum Beispiel erzählen, wie Andreas sich eines Maitags im fernen Dreiundvierzig einen enthaupteten Verbrecher vom Rat erbeten hatte, um ihn öffentlich zu sezieren und dessen Skelett für den anatomischen Schauunterricht zu präparieren. Wie Andreas nach vollbrachter Sektion die Leiche mazeriert, geblichen und entfettet, sodann die Knochen gewaschen, mit der Ahle durchbohrt, an Drähten montiert und das Konstrukt schließlich dem Collegium vermacht habe; ja, all dies wollte er dem Venezianer schildern, aus Spaß an makabren Details, aber auch um sich zu vergewissern, dass der ahnungslose Mensch – denn als solchen hatte Guilandino den Venezianer bezeichnet –, dass dieser Ahnungslose also die Ehre zu schätzen wisse, die ihm am Tag seiner Begegnung mit dem großen Vesalius zuteil geworden sei. Hierzu aber bedurfte er seines Zuhörers, und dieser steckte weiß der Teufel wo.

Unterwegs

Nur einen Steinwurf entfernt steckte er, *ante portas* sozusagen. Und doch stand in den Sternen geschrieben, dass Mazzi und Luca ihr Ziel auch an diesem fünften Dezember nicht erreichen sollten.

Bereits auf dem Schiff nach Luzern, kaum waren die Karten fürs erste Spiel ausgelegt, befielen Luca wieder Kopfschmerzen, Druck und Stechen diesmal, das ihn schnell in gereizte Stimmung versetzte. Er schmollte und schnappte bei jedem gutgemeinten Wort ein; nur Mazzis Eifer, sich möglichst viele Briefzeilen zu verdienen, rang ihm hie und da ein Grinsen ab.

Bald aber, wie sie inzwischen einen kleineren, in flache Landschaft eingebetteten See entlangfuhren, begann Luca zu frösteln und seltsamst mit den Zähnen zu klappern. Mazzi hatte sich von Vesals Brief gerade erst ein paar Zeilen erspielt, jene schwulstige Anrede an den Herzog von Spanien, König von Kastilien und Aragon, von Neapel-Sizilien, den Niederlanden und der Franche-Comté, die er damals auf dem Schiff von Zante nach Venedig schon selbst entziffert hatte, sowie die Beschreibung von Vesals Ankunft in Palästina, der Wüste und antiker Ruinen. Luca hatte alles lückenlos und ohne Zögern aufgesagt.

Mehr wollte er indessen nicht verraten und weiterspielen schon gar nicht. Dieser verdammte Schädeldruck, fluchte er und beschrieb ihn, als wäre er die Folge eines sich nach allen Seiten ausdehnenden Fremdkörpers in seinem Kopf, der es ihm verunmögliche, sich aufs Spiel zu konzentrieren.

«Sollen wir eine Rast einlegen? Auf einen Tag kommt es nicht mehr darauf an.»

«Eine Rast? Gerade das nicht. Wir müssen doch endlich ankommen, ich habe die Nase voll vom Reisen!»

Recht und schlecht hielt er das Geschüttel der Karosse bis zur nächsten größeren Ortschaft aus, schlief zwischendurch oder stierte in die Landschaft, die beide, Mazzi wie er, in zunehmendes Staunen versetzte. Hügel, Dörfer, Weiden und Bäche fanden sie so sauber und ordentlich angelegt, so lieblich aufeinander abgestimmt, dass sie sich weniger im Schweizerland als inmitten einer weiten Theaterkulisse wähnten.

Trotz dieser Überraschung und der Vorfreude auf bessere Zeiten – wie schön erst würde Basel sein! – empfand Luca die Reise als Qual. In Liestal vertrat er sich noch kurz die Beine, während die Pferde vor der letzten Etappe gefüttert wurden, doch als der Fuhrmann ihn aufforderte, in seinem maroden Gefährt wieder Platz zu nehmen, der Abend nahe und vor Einbruch der Dunkelheit wolle er St. Alban passieren, warf ihm Luca einen derart verzweifelten Blick zu, dass Mazzi dem Mann kurzerhand drei Münzen gab und ebenfalls ausstieg.

«Wie ich Euch danke, Mastro Mazzi. Ihr rettet mir das Leben, denn eine weitere Stunde in dieser Kutsche hätte ich nicht überlebt. Mir ist kotzübel, und mein Körper tut überall weh.»

Noch eine Weile ging Luca wacker neben Mazzi her, bis er dann, beinahe schon ohnmächtig, an einem Wiesenrand in die Knie sank und seitwärts ins gefrorene Gras fiel.

Mazzi hatte keine Ahnung, wo sie waren und wie weit sie bis Basel noch zu gehen hatten. Immerhin sichtete er in nicht allzu großer Ferne ein paar Höfe am Fuß eines Hügels, auf dem zwischen Bäumen die Zinnen einer Burg hervorstachen. Ans Weiterreisen war nicht zu denken.

Er kniete neben dem Jungen nieder und betrachtete das aschfahle Gesicht. Ein Mädchengesicht fast in diesem milden Abendlicht, auch wenn, ganz unmädchenhaft, Schmutzkrusten an seinen Schläfen klebten, und das Tuch, das er sich seit dem Gotthardaufstieg um den Hals gebunden hatte, an den zerfaserten Enden vor Dreck abstand.

Wie Zuans Augen gefunkelt hätten beim Anblick des hübschen Knaben in Lumpenkleidern! Er selbst auch, einer lebenslangen Gewohnheit gehorchend, war flüchtig über Lucas unbewusster, fast schon lasziver Hingabe verstört. Aber der Wunsch, Lucas Mund zu küssen, verflog, noch eh Mazzi sich seiner schämen konnte; diese Frucht war ihm verboten, und es war gut so.

Sacht bettete er Lucas Kopf auf seinen linken Arm und schob den rechten unter die Knie, richtete sich schon halbwegs auf, als ihm Colombos Vorwurf einfiel. Wasser! Aber klar doch, er hatte nur wieder nicht gemerkt, dass Luca am Austrocknen war, seit Luzern hatten sie nichts als die letzten Tropfen ihrer Wasserbeutel zu trinken gehabt – zu wenig. Wie ärgerlich, dass die Tatsachen einem eitlen Affen wie Colombo wieder recht geben mussten.

Mazzi legte den Jungen ins Gras zurück und blickte sich um: weit und breit kein Rinnsal, kein Brunnen. Eis aber gab's, glitzerte am Rand von Pfützen und hing wie erstarrter Regen an den Ästen der Bäume, die den Weg säumten. Mazzi brach einen Zweig vom nächsten Baum und umschloss ihn mit der Faust, bis das Eis zu schmelzen begann, dann zog er ihn langsam über Lucas Lippen, flüsterte «Na, trink schon, Kleiner», und Luca, oh Wunder, trank.

Mit dem Augenaufschlag begann jedoch das Zittern wieder, und als Mazzi die Wangen des Jungen berührte, erschrak er ob der Glut. Wenigstens aber nahm Luca Flüssiges auf, versuchte er sich zu beruhigen, das war doch die Hauptsache, deutete auf rasche Genesung.

Oder täuschte er sich? Machten die Passanten etwa guten Grundes einen Bogen um sie? Ahnten, wussten gar, was den Jungen so plötzlich befallen hatte, und fürchteten, ihm zu nahe zu kommen? Mazzi erkannte Argwohn in ihren Blicken, wenn sie verstohlen herübergafften, und wollte nicht verstehen, warum sie alle, Bauer wie Magd, seine Rufe zu überhören beliebten und sich rasch, mitsamt Vieh, in ihre Behausungen verkrochen.

So wartete er den Anbruch der Nacht ab, um den Jungen heimlich in die Siedlung zu tragen. Diese bestand aus einer von Mauern umfriedeten Kirche und drei, vier Höfen, die sich entlang einer einzigen Gasse reihten, leer und still bis auf einen Köter, der Mazzi beim Vorbeigehen murrend beäugte. Ungestört durchquerte Mazzi die Gasse und stieß am Rande eines Feldes, den Flug einer Schleiereule zurückverfolgend, die sich eben über ihm in die Nacht hinausgeschwungen hatte, auf eine Holzbaracke, die ihm unbewohnt schien.

Das Glück war auf seiner Seite: Höchstens Ungeziefer hauste in dem mannshoch mit Heu aufgefüllten Schuppen. Wie viele Nächte auf ihrer Reise hatten sie nicht schon in solchen Lagerhäusern geschlafen: Ob Heu oder Korn, meist hatte es sich darin gemütlicher gelegen als in den Gaststuben, in denen man Rücken an Rücken mit Fremden schlief, Gerüchen und Geräuschen ausgeliefert, die einem schon vor dem Morgengrauen aus dem Bett jagten. Heu hingegen duftete nach Sommer und sorgenfreien Tagen; inzwischen hatte Mazzi auch gelernt, wie man sich darin zu betten hatte, um in wohliger Wärme die rausten Nächte zu überstehen.

Kaum in seiner Mulde liegend und bis zum Kinn mit Heu zugedeckt, packte Luca indessen eine große Unruhe. Fantasien suchten ihn heim, die ihn bis zum Morgen in ihrem Bann hielten; furchtbare Gebilde mussten es sein, denn er schlug um sich, als müsse er sich eine Horde Ungetüme vom Leib halten.

Auch Bastiano mengte sich in Lucas Hirngespinste, ein Phantom, vom Fieber aus dem Garten des Vergessens vertrieben und, so befürchtete Mazzi, dem Jungen nun doch noch, in der schonenden Sprache des Wahns, als Toter offenbart. Immer wieder murmelte Luca seinen Namen, flehte «Bastiano, no, no!» und weinte gar «Bastiano, innocente che sei!»; so aufgebracht war er, dass

Mazzi ihn weder durch Worte noch behutsames Schütteln aus seiner Hölle befreien konnte. Das Kind schwitzte und keuchte und strampelte sich so gut es konnte durch seine Erinnerungen und war dabei selbst fast in einen Dämon verwandelt.

Innocente! Das Wort fiel immer wieder aus seinen Lippen, kaum deutlich, aber so inständig, dass es Mazzi wieder in die Mordnacht zurückversetzte. Ja, Bastiano war in den Augen des Neffen unschuldig gewesen, aber welches Gewicht hatte der Glaube eines Kindes im Vergleich zu jenem der Inquisition? Auch er selbst, dachte Mazzi weiter, fühlte sich mit seiner Präferenz für junge Liebhaber unschuldig, und doch hatte man ihn hierfür verhaftet. Die Gerechtigkeit? Ein biegsames Schilfrohr im Wind der Macht. *Innocente!* Am Ende war es niemand …

Mazzis Gedanken schweiften ab. Er betrachtete Lucas schmerzverzerrtes Gesicht und sah, von einer Ahnung gestreift, plötzlich den Sterbenden von Zante vor sich. Welches Wort hatte ihm Vesal vor dem Tod zugeflüstert? Etwa dasselbe, das Luca jetzt in die Nacht hinausschrie? Unschuldig? Ja, war es möglich, dass Vesal damals weder *docente* noch *ingente* gehaucht hatte, sondern sich mit diesem einen Wort – *innocente* – für ein nicht begangenes Verbrechen vor der Welt hatte entlasten wollen? War Vesal unschuldig gewesen oder nicht? Luca allein wusste es.

Sein Kampf dauerte bis zum ersten Hahnenschrei, für Mazzi, der schlaf- und ratlos neben dem Jungen lag, die

Ewigkeit. Minute um Minute erlebte er das zögerliche Aufhellen des Himmels in der Lukenöffnung und begrüßte das Erlöschen eines jeden einzelnen Sterns. Erst als auch der Große Hund mit einem letzten Aufflackern am Halsband in die Unsichtbarkeit flüchtete, atmete er auf.

Die Nacht war ausgestanden; im Licht, er hatte es oft genug erlebt, schrumpften die von der Dunkelheit ins Maßlose aufgebauschten Sorgen und Ängste wieder in ihr zumutbares Maß. Dass hingegen ausgerechnet Sirius, der Krankheitsspendende, durch die Luke geleuchtet hatte! Es musste ein Omen sein, und kein gutes. Kaum nämlich war der Stern erloschen, sank Luca ins Heu zurück und verfiel in einen tiefen, dem Tode erschreckend ähnlichen Schlaf.

Konnte Mazzi ihn allein lassen? Die Frage beschäftigte ihn nicht lange, der Junge brauchte Hilfe, und er etwas zu essen.

***

Der Ort, in dem für gewöhnlich Güte und Barmherzigkeit gedeiht, schien ihm in seiner Not der naheliegendste. Ein erster vorsichtiger Blick durchs Kirchenportal belehrte ihn jedoch eines Besseren. Was er sah, oder vielmehr was er alles nicht sah, ließ ihn einen Augenblick vor Verwunderung vergessen, wofür er hergekommen war.

Welch subtiler Zerstörer hatte hier gewütet? Einer, der Scherben gescheut, das Krachen von Holz unter der Axt gemieden hatte, ein Hasser von Freude und optischen Genüssen, der die Residenz von goldenen Engeln, von bunt gemalten Heiligen und Christi in ein einziges kaltes

Vakuum hatte verwandeln wollen. Fürwahr, wie gut war ihm dieses Kunststück geglückt! Die Kirchenwände strahlten Mazzi blank entgegen, nirgends sah er Kerzen leuchten oder mahnte ihn ein Kruzifix an das Opfer, das Gottes Sohn für die Menschheit vollbracht hatte. Das Taufbecken war ausgetrocknet und der Altar, Ort der Kommunion und geheimnisvollen Wandlung, zum schmucklosen Tisch verkommen. Nein, Nächstenliebe und Hilfe waren in diesem entweihten Haus nicht zu erwarten.

Und die Höfe? Die Tür des einen fand er mit Brettern beschlagen und die nächste mit einem schwarzen Kreuz versehen. Mazzi ahnte Ungutes. Nichts war zu vernehmen außer dem Gekrächz von Saatkrähen und einem leisen Tropfen der Schneereste, die an diesem milderen Morgen von den Dächern ronnen. Hinter den Häusern wellten sich Felder mit Reihen von blau schimmerndem Kohl, über die der Nebel strich.

Mazzi klopfte aufs Geratewohl an die erste Tür, hinter der er lebende Menschen vermuten durfte. Ein Mädchen öffnete ihm, acht Jahre alt mochte es sein, gar jünger, starrte mit offenem Mund zu ihm hoch und schien nicht einmal zu staunen, dass ein Unbekannter in fremder Sprache auf es einzureden begann.

«Aiuto, per favore, e qualcosa da mangia. Hilfe, bitte, und etwas zu essen!»

Mazzi hielt inne und schaute genauer. Was redete er von Hunger? Das arme Ding war selbst so mager, dass es in seinem sackähnlichen Jutekleid schier verschwand, bot überhaupt, mit seinen zerkratzten Füßchen und den schorfigen Schrunden am Hals, einen Anblick erbärmlichster Verwahrlosung. Selten hatte Mazzi Traurigeres gesehen.

Hühner gackerten im Hintergrund, dass er schon dachte, das Kind hause allein unter Tieren, dann aber gewahrte er einen Haufen Decken am Boden, unter dem Haarbüschel und ein rosig vernarbter Stummel hervorragten. Als sich die Decken auch noch bewegten, wich Mazzi sich bekreuzigend zurück. Das war kein Tier – aber ein Mensch? In welches Inferno hatte es ihn verschlagen?

Nun wollte ihm auch das Mädchen, das noch immer wie versteinert dastand, als ein Zwitterwesen erscheinen, eines, das sich zwischen Mensch und Tier nicht hatte entscheiden können und nun von beidem zu viel hatte, um ein würdiges Leben zu leben. Und doch war auch es ein Geschöpf Gottes und bedurfte wahrscheinlich dringenderer Hilfe als Luca und er selbst. Bei dieser Überlegung erinnerte er sich an die Münzen in seiner Hosentasche und warf dem Kind zwei vor die Füße.

«Nimm sie, *piccola*», ermunterte er sie, «sie sind für dich.»

Endlich erwachte das Kind aus seiner Erstarrung. Schüttelte sich eine Strähne aus dem Gesicht, zog den Rotz hoch, der ihm grün aus der Nase floss, und schenkte Mazzi sogar ein Lächeln. Dann aber bückte es sich flink nach dem Geld und sprang ins Haus zurück.

Bei den andern Höfen hatte Mazzi nicht mehr Erfolg. Wohl vernahm er Stimmen hinter den Türen und sah Schatten in den Fenstern, aber sobald er anklopfte, hielt alles inne und regte sich nur wieder, wenn er sich entfernt hatte.

Er kehrte bei übelster Laune in den Schuppen zurück. Zwei Kartoffeln und einen Kohlkopf hatte er unterwegs aufgelesen, halbverfaultes Diebesgut, das ihm fürs Erste genügen musste. Luca war damit jedoch nicht geholfen.

Mazzi berührte seine Stirn und fühlte sie kühler unter den Fingerkuppen. Ein paar Strohhalme zupfte er ihm noch aus den Haaren, lockerte den Knoten seines Halstuches, dann setzte er sich im Schneidersitz neben ihn und biß in die erste Kartoffel. Sie schmeckte nach Erde und Schimmel, er hatte es nicht anders erwartet.

Nach der zweiten Kartoffel, die Sonne war erst gerade aufgegangen, fischte Mazzi Cardanus aus Lucas' Bündel heraus und vertrieb sich die Stunden mit Lesen. Erstmals seit San Donato hielt er wieder ein Buch in den Händen. Was auf dem Frontispiz um das ovale Porträt des Autors Hieronimi C. Cardani Medici Mediolanensis geschrieben stand – «nemo propheta acceptus in patria» –, bereitete ihm keine Schwierigkeiten, er erkannte sie als Jesu Worte aus dem Lukas-Evangelium, die er einst im zweifelhaften Unterricht des Dominikanermönchs hatte lesen und kommentieren müssen.

Cardanus aber verweilte, wie Mazzi inzwischen wusste, nicht bei biblischen Sprüchen, seine *Practica Arithmeticae* handelte von der Magie der Zahlen und führte in Dutzenden von Paragraphen Rätsel auf. So angestrengt Mazzi auch grübelte, er vermochte kein einziges zu lösen. Aber war es nicht schon eine Leistung zu verstehen, worin die Rätsel bestanden? Ein Fortschritt, wenn er, dessen immense Ignoranz Guilandino unlängst noch belächelt hatte, hier und dort wenigstens begriff, nach welcher Zahl Cardanus seine Leser auf die Jagd schickte?

In Paragraph 63 zum Beispiel fragte der Weise nach einer Zahl, die sich genau durch sieben teilen lässt, bei der aber, wenn durch zwei, drei, vier, fünf oder sechs geteilt, eine Restzahl übrig bleibt, die jeweils um eins kleiner ist als der Divisor. Mazzi staunte bei der Entzifferung, wie klar ihm die Aufgabe erschien; er freute sich zu erkennen, was von ihm verlangt wurde, und ließ sich doch nicht entmutigen, als er einsah, dass die Lösung ganz außer seiner Reichweite lag. Cardanus verriet sie zum Schluss, es war die Zahl 119, doch auch diese Leiter half Mazzi nicht, das Problem Schritt für Schritt bis zur Fragestellung zurückzuverfolgen.

Er schaute vom Buch auf. Luca schlief noch immer in derselben gekrümmten Stellung, in der das Fieber ihn am Abend übermannt hatte.

Von Zeit zu Zeit legte Mazzi eine Hand an sein Gesicht oder streichelte seinen Arm. Las ihm die Rätsel vor, über die er sich gerade den Kopf zerbrochen hatte, sprach auch, in der Hoffnung, dass der eine oder andere Satz den Weg in Lucas Bewusstsein finden würde. Er begann dem Schlafenden ihre gemeinsame Zukunft in Basel auszumalen, das Haus, in dem sie wohnen würden, und die Studien, die Luca unter den Koryphäen betreiben würde. Gab seiner Hoffnung Ausdruck, dass er selbst unter Lucas Anweisung langsam in höhere Sphären aufsteigen werde, und freute sich am Klang der Worte, der ihm das Gesagte, wie bei der Verdinglichung einer Idee, bereits in die Wirklichkeit zu überführen schien.

«Weißt du noch, Luca, wie du dich in San Donato einmal anerbotst, mich in Latein und Mathematik und Astrologie zu unterweisen? Heute nehme ich dein Angebot an; ich will in Basel mit dir ein Gelehrtenleben führen, so wie-»

Gerade noch rechtzeitig biss sich Mazzi auf die Lippen. Lucas Unschuld verbot ihm, Guilandino und Falloppio in einem Zug zu nennen. In ein paar Jahren vielleicht … nein, eher nicht.

«Nicht wahr, du wirst mir helfen, die vertanen Jahre aufzuholen und das Unrecht wiedergutzumachen, das ich wegen meiner Ignoranz begangen habe? Welches Unrecht?, höre ich dich fragen, und recht hast du zu fragen. – Aber was kann ich dir antworten, Luca? Eine Beichte will ich dir nicht zumuten, nur eines kann ich sagen: Wäre ich ein Gelehrter und hätte damals am Strand von Zante Vesals Brief lesen können, wäre nicht so viel Blut auf meinem Weg vergossen worden.»

***

Gegen Ende der zweiten Nacht beschlich Mazzi die Ahnung, dass Lucas Zustand ernster war, als er es sich eingestanden hatte. Manchmal tauchte der Junge kurz aus seiner Ohnmacht empor, doch wollte er noch immer weder trinken noch das Stückchen Kartoffel hinunterschlucken, das ihm Mazzi zwischen die Zähne schob. Nichts schien er mehr zu bedürfen, lag da in berührbarer Nähe und war doch nur die atmende Hülle eines früheren Selbst, das sich mit jeder Stunde ein bisschen weiter entfernte – so unheimlich lautlos wie die Schleiereule, die eben ins Gebälk zurückgeflogen war.

Aus reinster Ratlosigkeit und kaum, weil er von divinatorischen Methoden mehr verstand, als was ihm seine Mutter einst gezeigt hatte – konfuse Ansätze und buchstäblich blasse Schimmer –, begann Mazzi Karten zu legen, machte Narr und Turm im Licht der Sterne aus – Sirius wieder! – und war darob tatsächlich nicht viel klüger. Ein Narr, ja, das war er oft gewesen, die Karte brauchte es ihm nicht unter die Nase reiben; und der Turm – nun, vage Unangenehmes fühlte er damit verbunden.

Vielleicht aber bedrückte ihn bloß die Erinnerung an die Mutter und nicht der Turm selbst. Hatte sie sich früher nicht besonders gern über dessen Deutung ausgelassen und die beiden Fallenden beschrieben, als habe sie sie persönlich gekannt? «Die zwei Menschen sind Gegensätze und wohnen zusammen in unserer Brust», pflegte sie zu predigen. «Da drin, Giò», sagte sie und bohrte ihm den Zeigefinger in die Rippen, «genau da streiten sie miteinander. Erst wenn sie vom Turm fallen, bist du befreit.»

Reinster Aberglaube! Spätestens seit der Leichenschau in Padua wusste er, das keiner sich in seinem Fleisch tummelte, geschweige denn zwei. Er steckte die Karten in Lucas Bündel zurück und versuchte sich auf ein Gebet zu besinnen. Aber auch Beten half nichts; handeln musste er, nicht untätig zuschauen, wie Luca litt.

Das kleine Mädchen vom Vortag saß am Ausgang der Siedlung unter einem Baum. Mazzi sah es von weitem einen leblosen Knäuel aufspießen und wie eine Fahne in der Luft schwingen, bis die Federn flogen. Sobald es Mazzi wiedererkannte, ließ es den Vogel fallen, stand auf und rannte mit ausgestreckter Hand auf ihn zu.

Von da an war es trotz oder vielleicht gerade wegen der Gabe, die er ihm auch dieses Mal schenkte, nicht mehr abzuschütteln. Es folgte ihm aus der Siedlung Richtung Westen, ob aus Neugier oder in der Hoffnung auf weitere Münzen hätte Mazzi nicht sagen können. Er drehte sich nicht nach ihm um und versuchte nicht mehr, ins Gespräch mit ihm zu kommen, hörte nur an seinem Geschnief und dem Reiben des groben Jutestoffes an seinen Beinen, dass es ihm in zehn, zwölf Schritt Entfernung nachlief.

Er fand das Land auch außerhalb der Siedlung verdächtig öde und unwirtlich. Die Höfe wirkten verlassen, zwischen den Ackerschollen wucherte Unkraut, verdorrten und verfaulten, ungeerntet, die Knollen. Konnte er in dieser tristen Gegend auf das Wunder einer guten Seele hoffen, die seinem Jungen helfen könnte? Er glaubte es kaum mehr, als er am dritten, mit schwarzem Kruzifix gezeichneten Haus vorbeiging. Mit jedem Schritt ging er verzagter, von Zweifeln geplagt, ob er nicht doch besser umkehren sollte.

Da tauchte aber fernab in der Senkung eines Feldes eine Reihe von Pappeln auf, Silbergeflirr im Wind, zwischen dem Mazzi das Gleiten eines Flusses erriet. Sofort änderte er die Gehrichtung und wunderte sich, als er die mächtigen Wassermassen schier über die Ufer treten sah, dass ihm das Geräusch nicht schon früher aufgefallen war.

In einem anderen Moment als diesem hätte es ihm Ausrufe des Entzückens entlockt, aber heuer, ohne seinen kleinen Possenreißer an der Seite, wie konnte er sich freuen? Selbst die Stadt, die sich vor ihm ausbreitete, vermochte ihn nicht aufzuheitern, so schmuck sich auch deren zwischen Zollhaus und Turm erspähte Gassen auf den ersten Blick präsentierten. Doch er fasste neuen Mut. In diesen Häusern wohnten Menschen, vollzog sich gängiger Alltag, selbst wenn ihm auch hier die eine oder andere vernagelte Tür auffiel.

Die äußere Festungsmauer entlang gehend sah er ein bewaldetes Inselchen aus dem Wasser ragen sowie eine Brücke, die die von Riegelhäusern gesäumten Ufer miteinander verband, und wollte schon auf diese zugehen, als ihm am Rande einer nahen Klosteranlange ein Menschenauflauf ins Auge stach. Menschen!

Er meinte, in Basel angelangt zu sein und schickte sich an, im Gedränge nach dem Weg zu Oporinus' Haus zu fragen. Die Vereinheitlichung der Kostümierung – die Leute trugen allesamt schwarze Gewänder, ebensolche Hüte und Schuhe –, machte es Mazzi jedoch nicht leicht, jemanden im Besonderen anzusprechen. Sie schienen ihm bis aufs Alter mehr oder weniger identisch zu sein, vielmehr Teile eines einzigen spinnenartigen Wesens, das von der Welt nichts wahrnehmen wollte außer das Stückchen Erde, das es gerade mit tausend Armen bearbeitete.

Mangels dienlicher Merkmale hielt Mazzi nach dem greisesten Mann Ausschau, der sich auch als der ihm am nächsten stehende erwies, und trat auf ihn zu: «*Per favore*, Nadelberg …?»

Der Rest der Frage blieb ihm im Hals stecken: Der Kreis, an den er guten Mutes herangetreten war, hatte sich beim ersten Wort vor ihm geweitet und gab nun die Sicht auf einen mit Leichen beladenen Karren frei: Tote, stapelweise! Wie damals in Zante zu Zeiten der Pest!

Im wirren Durcheinander von Gliedern und hängenden Köpfen machte Mazzi Männer, Frauen und Kinder aus, die wahllos übereinander zu liegen gekommen waren, nicht anders als Vieh auf dem Weg zum Fleischer. Hier fehlte dem einen ein Schuh, dort wehte, zerschlissen, das Hemd eines andern im Wind; wo dieses die Brust freilegte, erkannte Mazzi an den Beulen und Schröpfflecken, dass seine Erinnerung an Zante ins Schwarze getroffen hatte.

Er leistete keinen Widerstand, als man ihn zurückdrängte. Die Männer – denn, wie Mazzi nun merkte, bestand der Kreis ausschließlich aus solchen – erwarteten, dass der Todesschreck ihm Fersengeld geben würde, und ließen ihn wortlos stehen, um sich wieder ihrer Schaufelarbeit zu widmen. Als Mazzi in der Tat das Weite suchte, huschte ein Grinsen über die sonst ernsten Mienen, und einer rief ihm noch etwas zu, ein Grußwort vielleicht, eine Verwünschung, aber Mazzi war längst außer Hörweite und mit den Gedanken ohnehin schon gar nie erreichbar gewesen.

So schnell das vereiste Gelände es ihm erlaubte, rannte er seinen Weg zurück, nicht, wie die schwarzen Brüder vermutet hatten, aus Angst vor der Ansteckungsgefahr, daran dachte er nicht einmal, sondern einer jähen, niederschmetternden Einsicht wegen.

Das Mädchen hatte er darob vergessen. Bei den Pappeln aber hörte er es wieder in seinem Rücken hecheln und stolpern und konnte nicht umhin, die Hartnäckigkeit zu bewundern, mit der es trotz seiner jungen Jahre Schritt zu halten versuchte. Wenn es strauchelte, immer wieder, entfuhr ihm ein kleiner Schrei, doch rappelte es sich gleich wieder auf und lief weiter, ohne den blutigen Schürfungen an Knien und Händen mehr Beachtung zu schenken.

Selbst nicht sicher auf den Beinen, schalt Mazzi von Zeit zu Zeit eine Pause ein, um die Kleine nicht abzuhängen. Er durchschaute ihre Treue und sie war ihm lästig, aber am Ende, als das Kind sich bettelnd vor den Schuppen stellte, fordernd fast, als glaubte es, er sei ihm für die Begleitung einen Batzen schuldig, ließ er doch eine ganze Handvoll Münzen in ihr Händchen rieseln. Das Mädchen hatte wahrscheinlich nie so viel Geld gesehen, es begann zu hüpfen und zu glucksen und wollte sich ihm gar aus Dankbarkeit vor die Füße werfen, doch er wich verlegen zurück.

«Auf!», befahl er. «Geh weg, ich will dich nicht mehr sehen.» Wie hätte er der Kleinen erklären können, was er sich selbst so ungern eingestand, die Zweifelhaftigkeit seiner Güte, die Feigheit? Ihr leibliches Wohl bedeuteten ihm nichts, einzig die Ahnung des bevorstehenden Unglücks hatte ihn zur Großzügigkeit bewogen, die Hoffnung, sich mit ein paar Münzen eine Wendung zum Guten zu erhandeln.

Das Mädchen aber konnte die plötzliche Verdunkelung von Mazzis Laune nicht begreifen, es hielt sie für einen Scherz und harrte vor dem Schuppen aus, in den Augen noch immer das unerträgliche Leuchten einer Beglückten.

«Via, via!», sagte er noch einmal und brachte das zaudernde Kind endlich mit Zischen und Tritten zum Laufen.

Nun war er allein. Merkte mit einem Mal, wie sehr ihn fror, wie das Zittern von der Haut, seinem Fleisch, sich langsam in geistige Gefilde fraß und dort in Angst umwandelte. Unbändige Angst. Hinter der Schuppentür, gegen die er lehnte, würde sich in den nächsten Tagen, in den nächsten Stunden gar, seine Zukunft entscheiden. Ihm graute, sich ihr mit einem Schulterschlag zu stellen. Seine Augen wanderten über das Kohlfeld und zu den fernen Bäumen, winzige Silhouetten, deren Verästelungen sich im dumpfen Grau des Himmels auflösten. Kein Vogel flog, kein Mensch ging. Mazzi nahm die winterliche Starre durch Tränen der Kälte und des Kummers wahr und glaubte darin in klaren Lettern zu lesen, was seiner blühte.

Luca hatte seine Absenz nicht bemerkt und nahm auch nicht wahr, dass Mazzi sich wieder neben ihn ins Heu legte. Nach wie vor bot er im Schlaf das Bild eines Scheintoten, ging sein Atem unverändert flach und mit einem leisen Pfeifen, dem Mazzi lauschte, als hinge sein eigenes Leben davon ab. Wenn er Lucas Namen flüsterte oder ihn berührte, zitterten dessen Augenlider oder kam ihm ein Wimmern über die Lippen, aber mehr als diese kümmerlichen Lebenszeichen bekam Mazzi im Laufe des Nachmittags nicht aus dem Jungen heraus.

Auf sich selbst gestellt und wohl weil sein Magen wieder zu knurren anfing, ließ er Teller dampfender Nudeln und Bastianos weindurchtränkten Hasenpfeffer an sich vorbeiziehen. Er sog die Düfte ein und gefiel sich, sie gedanklich auf der Zunge zergehen zu lassen, diese wunderbaren Gerichte, doch dämmerte ihm bald einmal, dass solch wehmütig sinnliches Schwelgen nur einem vor Gesundheit Strotzenden gegeben war, und schlug sich beschämt an den Kopf.

Schnee fiel. Eine ferne Glocke läutete.

Gegen Abend, als die Eule ausflog, erfassten Luca die bösen Geister wieder. Ein Schrei riss Mazzi aus dem Halbschlaf, dann schlug ihm ein Arm ins Gesicht, und eh er es sich versah, hatte sich der Junge auf ihn geworfen und schlug mit den Fäusten auf ihn ein.

«Luca, mein Junge, in dir steckt ja noch Kraft! Wer hätte das gedacht.»

Jeden neuen Schlag nahm Mazzi gleichmütig entgegen, ja, er ermunterte den Jungen sogar, härter zu schlagen und lauter zu schreien, wagte zu denken, dass dieser plötzliche Ausbruch das Ende seines Alptraums ankündigte.

Luca fiel indessen schon bald ins Heu zurück; noch immer Opfer seiner Chimären, brüllte und zeterte er eine Weile weiter, obwohl die Kampfkraft ihn bereits verlassen hatte. Dann aber versiegte auch der Lautschwall, und Mazzi musste im Halbdunkel mit ansehen, wie die geballten Hände sich lösten, der Körper das Heu tiefer drückte und die Augen – diese klaren grünen Teiche – sich im Ausdruck abgründigsten Schreckens zu verschleiern begannen.

«Luca, nein!»

Mazzi hievte den Knaben hoch, wiegte ihn sanft hin und her und redete ihm zu, aber dieser sackte, nunmehr stumm und blind, in sich zusammen und glitt mit einem Seufzer aus Mazzis Welt.

Erst viel später in der Nacht, Sirius strahlte längst im Lukenfenster, nahm Mazzi seinen Mut zusammen und knöpfte Lucas Hemd auf. Sehen konnte er kaum, aber mit den Fingern tastete er den Hals ab, fuhr über Brustbein und Rippen bis zu den Achselhöhlen, hinunter zu den Lenden, wo noch ein Restchen Wärme nistete, – und fand, was er befürchtet hatte. Lucas Leib war übersäht von Beulen, hart, nussgroß drückten sie unter der gespannten Haut, wässerten und eiterten: ein wüster Tod.

Mazzi zog die Hand zurück und gab sich einen Augenblick dem schonenden Gefühl der Betäubung hin, bevor er, das Ausmaß seines Unglücks allmählich ermessend, vom Heulager auf den Boden hinuntertaumelte und wie ein Wahnsinniger zwischen den Ballen hin und her zu laufen begann.

«So also geht unsere Reise zu Ende!» brüllte er ins Leere. «Du schleichst dich einfach mit Vesals Brief davon und lässt mich hier, in diesem elenden Stadel stehen. Und das soll Freundschaft sein?! Freundschaft!» Die Worte entbehrten jeglicher Vernunft, er wusste es, und doch beruhigten sie ihn, hielten, schien ihm, die schwindende Hoffnung auf eine Antwort wach, selbst wenn er sich eingestehen musste, dass nichts ihn mehr hätte erschrecken können als ein einziger, noch so leiser Ton aus Lucas Mund.

***

In Zante hatte man sie ihm nachgeworfen, hierzulande musste Mazzi für eine rostige Schaufel die letzte Gemme hergeben. Er hatte keine Wahl, die Brüder ließen nicht mit sich reden, wiesen, um ihm die Kostbarkeit ihres Werkzeuges zu demonstrieren, auf den Karren, dessen Last seit dem Vortag geschrumpft, aber noch lange nicht abgetragen worden war. Mazzi kramte achselzuckend ein paar Münzen aus der Tasche und zeigte sie in der Runde, doch gab man ihm durch Gesten zu verstehen, dass täglich mit neuen Toten, vielen Toten zu rechnen sei und Schaufeln deshalb keinen Preis hätten, jede zähle. Wer würde auf die seine verzichten wollen?

Erst beim Anblick des Achats, den Mazzi widerwillens herauszog und deren braungoldene Marmorierung er jeden Schwarzgewandeten einzeln von allen Seiten bewundern ließ, ward die Frage nach kurzem Zögern und Beraten in ihr Gegenteil gekehrt: Wer würde da nicht auf seine Schaufel verzichten wollen? Nun hatte Mazzi plötzlich die Wahl; er suchte sich die brauchbarste Schaufel aus und händigte dem Besitzer sein letztes Gut aus.

Der Tauschhandel war schnell und wortlos über die Bühne gegangen. Als die Brüder sich jedoch anschickten, zu ihrer traurigen Arbeit zurückzukehren, brachte Mazzi noch einmal seine Frage nach dem Nadelberg vor.

«Nadelberg?»

Keiner der Angesprochenen schien den Ort zu kennen.

«Basilea, vero?»

«Basel, nein, nein. Wir sind hier in Rheinfelden. Rhein-fel-den.»

Von den folgenden Erläuterungen, einem Kunterbunt aus alemannischen Dialekten und lateinischen Einsprengseln, griff Mazzi halbwegs das Wesentliche auf: sein Ziel liege an eben dem Fluss, den er hinter der Klosteranlage rauschen höre, er brauche diesem nur immer abwärts zu folgen, einen halben oder, je nach dem, einen ganzen Tag lang. Aber: wolle er angesichts der Seuche, die dort im Moment besonders krass wüte, seine Reise wirklich fortsetzen?

Ja, das wolle er, entgegnete er, die Seuche mache ihm keine Angst. Täte sie es, wäre er nicht wiedergekommen und stünde jetzt am Rande dieser Grube mit den Karren voll neuster Opfer im Rücken.

«Und Ihr, die Ihr die Toten begräbt, habt Ihr denn nicht Angst?»

Die zwölf schüttelten einmütig den Kopf, und jener, der sich den Achat ausgehandelt hatte und mit Mazzi deshalb auf besonders gutem Fuß zu stehen glaubte, nannte sich und seine Gefährten eine Brüderschaft, die sich im Namen des heiligen Sebastians um die Kranken kümmere und die unleidliche Bestatterarbeit verrichte.

«Habt auch Ihr jemanden zu begraben, dass Ihr für eine gemeine Schaufel einen Edelstein springen lässt? Sollen wir Euch helfen?»

«Um Gottes willen nein, die Arbeit mache ich selbst, es ist nicht das erste Mal.»

Er rechnete zurück, wie viele Wochen seit jenem fatalen Nachmittag am Strand von Porto Peloso verstrichen waren. Acht? Zehn? Ein Leben, schien ihm, und derjenige, der Vesal gefunden und begraben hatte, ein fremder Hanswurst, mit dem er außer Name, Geschlecht und Alter nichts mehr teilte.

«Seid Ihr sicher? Der Boden ist steinhart, Ihr werdet Euch ganz mächtig abschuften müssen.»

«Es muss sein. Je härter der Boden, desto besser.»

«Da, nehmt noch eine Scheibe Brot mit auf den Weg, Ihr scheint schon eine Weile nicht gegessen zu haben.»

***

Mazzi kundschaftete noch am selben Abend das Gelände nach einem geeigneten Grabplatz ab. Nicht zu nahe an den Feldern wollte er ihn haben wegen der Bauern, die sich über das Fleckchen umgestochener Erde wundern würden, auch nicht beim Bach oder am Fuß der Felsen, sondern am besten tief im Gehölz, wo keiner so schnell hinkam. Der Waldboden war stellenweise von morschen Holzstrünken bedeckt, dann wieder wucherte kniehoch der Farn oder versperrte Brombeergestrüpp den Weg.

Welchen Platz auch immer er in diesem Wald wählte, dessen pflanzliche Verwahrlosung würde Lucas letzte Ruhe bis auf weiteres gewährleisten; blieb noch die Frage der Bodenbeschaffenheit. Ein paar wie vom Himmel gefallene Felsbrocken deuteten auf steinigen Grund, doch als Mazzi die Schaufel hier und dort aufs Geratewohl in den Humus stach, fand er ihn lockerer als jenen von Zante, den ein langer Sommer ausgetrocknet hatte. Er säumte in diesem schönen Wald. Riechend und horchend bahnte er sich Wege durchs Unterholz, redete sich ein, dass er weiter suchen musste, bis er sicher war, die allerbeste Stelle gefunden zu haben.

Die Nacht, die Mazzi nicht erleben wollte, ließ sich indessen nicht wegdenken, sie brach an, während er noch zwischen den Bäumen umherirrte und sich die Taschen mit Hagebuttenfrüchten vollstopfte, und zwang ihn, eh die Dunkelheit Wege und Spuren tilgen würde, zum Schuppen zurück. Die Schaufel ließ er, unter Zweigen und Gesträuch versteckt, am Rande der Lichtung zurück.

***

Eine Kerze brannte im Hof, in dem die Kleine wohnte. Beim Vorbeihuschen erkannte er ihren Umriss im Fenster, hager wie ein Vogelscheuche stand sie da und unheimlich fließend im Lichtgeflacker. Sie drückte die Stirn an die Scheibe und hob ein Händchen zum Gruß, den er nicht erwiderte. Stattdessen beschleunigte er seine Schritte, um sie nicht wieder auf den Gedanken zu bringen, ihm hinterherzulaufen.

Die letzten Stunden mit Luca verbrachte er in stumpfer Benommenheit. Ohne Angst vor der tödlichen Krankheit – im Gegenteil, wie gern hätte er sie sich zugezogen, um nicht allein weiterleben zu müssen –, nahm er Lucas kalte Hand in die seine, befühlte die einzelnen Finger mit ihren schmutzgeränderten Nägeln, dann streichelte er

Gesicht und Mund und dachte an alle letzten Dinge, die er vom Jungen in Erinnerung behalten wollte: Lucas letzten Würfelwurf auf der Schiffsreise nach Luzern, sein letztes Lachen und die letzten Worte, die ihm schon nicht mehr bei vollem Bewusstsein entfahren waren: «Bastiano, innocente che sei.»

Sie hatten Bastiano gegolten, diese Worte, nicht ihm; sei's drum. Jetzt waren Onkel und Neffe vereint, und die Frage der Unschuld, die Luca offenbar beschäftigt hatte, erübrigte sich, so wie alle Fragen, die der Junge je gestellt und beantwortet hatte. Was blieb, war ein von der Pest zermarterter Leib. Vesal hätte ihn aufgeschnitten und darin vielleicht die Wurzel der todbringenden Krankheit entdeckt.

Aber Mazzi war nicht Vesal. Die Anfälle der Neugier, die ihn in San Donato noch im Fleisch eines Unbekannten hatten wühlen lassen, waren vorbei, jetzt trauerte er, fühlte Schmerz, weinte wie ein Vater um seinen Sohn und liebte mit einer Innigkeit, die er selbst nicht ganz fassen konnte, was ihm noch für ein paar Stunden von ihm erhalten blieb. In dieser Trauer hatte keine Neugier mehr Platz, sprühte kein Funke wissenschaftlicher Wissensgier mehr. Lucas Leib war im Tod eine heilige Schöpfung.

Gegen Morgen legte Mazzi den Kopf auf die Brust des Jungen, betete, dass Gott ihn mit der Pest segne, und schlief ein.

In seinen Träumen hörte er die Zikaden von Zante zirpen und sah das ionische Meer, blau wie ein großer flüssiger Saphir. Unbeschwert wie er es seit langem nicht mehr gewesen war, schwebte er in seinem mediterranen Glück, punzierte und schweißte wieder, legte Perlenstränge um feine Damenhälse, trank vom harzigen Wein und ließ sich von Hafenjungen verführen. Wie lange war es ihm vergönnt, noch einmal sein altes Leben zu leben? Er hätte es nicht sagen können, die Sonne war noch nicht aufgegangen; lange genug jedenfalls, um in der ersten Sekunde des Erwachens über den Leichnam unter seiner Wange zu erschrecken.

Das Meer schwappte noch ein, zwei Mal an sein dämmerndes Bewusstsein, dann wandelte es sich in den Wind um, der durch die Schuppenluke pfiff. Mazzi richtete sich ächzend auf: Gott hatte sein Gebet nicht erhört. Seine Glieder waren steif von der Kälte, der Hunger der letzten Tage hatte ihn geschwächt, aber Beschwerden, die er als Zeichen der ersehnten Ansteckung hätte deuten können, hatte er keine.

Er war nach wie vor unerträglich gesund. Hatte genug Kraft, um Luca auf den Schultern in den Wald zu tragen und, nach einer Rast, während der er ein paar Hagebuttenfrüchte zerkaute, die Schaufel zu holen und zu graben anzufangen. Er grub weit in den Tag hinein, hinter wild aufschießendem Gesträuch vor dem Blick Fremder geschützt.

Solange Mazzi grub, vermochte die physische Anstrengung seinen Schmerz in Schach halten, sodass er beinahe vergessen konnte, wozu er sie auf sich nahm. Als er am Ende jedoch Lucas Hasenfell am Kopfende in das fertige Loch legte, fühlte er sich noch einmal im Würgegriff einer überwältigenden Trauer. Er starrte auf das Fell hinunter, das einst seidig geglänzt haben musste und jetzt stumpf und fetzig war und obendrein zum Himmel stank, und begann ungehalten zu heulen. Neben Cardanus' mathematischem Rätselbuch war es Lucas kostbarster Schatz gewesen, es war der erste Hase gewesen, den er unter Bastianos Anleitung mit seiner neuen Steinschleuder erlegt und gehäutet hatte. «Das Fell bringt mir Glück», hatte ihm Luca einmal erklärt, und Mazzi hatte ihm halbwegs geglaubt.

Glück? Armer Junge. Es hatte ihn nicht davor bewahrt, sich an die falsche Person zu hängen. Ein Fehler, ein einziger, und schon hatte das Glück sich verflüchtigt. Was blieb nun vom Erlernten, von der Anlegung dieses wunderbaren Gartens des Gedächtnisses, in dem so vieles, nicht aber das schrecklichste Ereignis im Leben des Gärtners Platz gehabt hatte? War sie denn umsonst gewesen, diese immense geistige Leistung?

«Niemals», hauchte Mazzi dem Jungen als Letztes noch unter Tränen ins Gesicht, bevor er ihn aufhob und ins Grab legte, «das verspreche ich dir. Das Unglück begann, als ich mir in Zante einen Brief aneignete, den ich nicht lesen konnte. In meiner Ignoranz glaubte ich, das Schicksal spiele mir damit Geld und Ruhm in die Hände, und so säte ich in meiner Verblendung Tod und Unglück, wohin ich ging.

Aber ich werde sühnen, Luca, und heute noch unsere Reise nach Basel fortsetzen. Bestimmt wird mich Oporinus empfangen, auch ohne Vesals Brief. Ich werde ihm von Zante und unserer Reise erzählen – und von dir, denn er soll hören, was die Welt mit dir verloren hat: So viel Wertvolleres hat sie verloren als den Brief eines Gelehrten. Was wiegt doch ein Schriftstück im Vergleich zu Deiner Seele? Nichts, Luca, rein gar nichts. Trotzdem werde ich aber richtig lesen und schreiben lernen und mein Leben den Wissenschaften widmen, die dich begeistert haben. Dann wenigstens wirst du das deine nicht ganz umsonst gelebt haben. Das ist jetzt meine Aufgabe, und ich werde sie in deinem Andenken erfüllen.»

Es waren große Worte, Mazzi hörte selbst, wie feierlich sie klangen, und doch empfand er sie in dieser Stunde als wahr. «Ich habe eine Aufgabe», wiederholte er ein paar Mal und fühlte, wie seine Zuversicht wuchs.

Schnee begann zu fallen, zuerst in schweren schaukelnden Flocken, dann, mit dem plötzlichen Aufzug von Wind, in nadelscharfen Schauern. Mazzi hatte jetzt Eile. Er bettete Lucas Kopf aufs Hasenfell, bog die erstarrenden Arme zu einem Kreuz auf der Brust zurecht, und legte ihm noch, bevor er mit der Schaufel den ersten Erdbrocken ins Grab wälzte, die beiden Kartenspiele unter die Hände.

Würfel, Steinschleuder und Cardanus' Buch behielt er.

Somerset

Roman
ISBN 978-3-7296-0861-0

Inspiriert von Landschaft und Leuten ihrer Wahlheimat –
der englischen Grafschaft Somerset, wo sie heute lebt –,
ist Alexandra Lavizzari auf eine Fundgrube urtümlicher Traditionen
gestossen. Die aus heidnischen Zeiten überlieferten Fruchtbar-
keitsrituale bilden die thematische Grundlage zu ihrem Buch, das
geschickt zwei Parallelgeschichten miteinander verknüpft
und zu einem dramatischen Finale konvergieren lässt.

Flucht aus dem Irisgarten

Erzählungen
ISBN 978-3-7296-0802-3

Sehnsucht nach dem Anderswo

Ich lehnte mich an die nächste Pappel und krallte die Finger
in ihre Borke, schaute dem Stamm entlang hoch in die Äste,
höher in den Himmel, wollte mich im Schwarm der Stare verlieren,
die über uns ihre schillernden Kreise zeichneten, wollte fliegen,
fliehen.

Wenn ich wüsste wohin

Roman
ISBN 978-3-7296-0733-0

Gestern noch vorbildliche Ehefrau und Mutter, gerät Sarah plötzlich in einen emotionalen Strudel. Sie weiss nicht mehr, wie ihr geschieht. Nach dreiundzwanzig ruhigen Ehejahren von einem Tag auf den andern die Liebe mit ihren Höhenflügen und Enttäuschungen neu zu erleben ... dies lässt am Ende eines wilden Sommers mit verändertem Blick das frühere Leben zurück.

Gwen John – Rodins kleine Muse

Roman
ISBN 978-3-7296-0620-3

Das Schicksal der Malerin Gwen John, die an ihrer unglücklichen Liebe zu Auguste Rodin nicht zerbricht, sondern wächst.
Die Autorin hat Briefe Gwen Johns an Rodin sowie Briefe Rodins und Rilkes an Gwen John beigezogen, um das Porträt dieser ungewöhnlichen Frau zu zeichnen.

Ein Sommer

Novelle
ISBN 978-3-7296-0587-9

Zeitlich auf vierzehn Tage begrenzt, schildert Alexandra Lavizzari aus Sophies Sicht die schleichende Zerrüttung ihrer Familie, bestimmt durch Alkohol, Kontaktarmut, Lieblosigkeit. Der Autorin gelingt es auf eindrückliche Art, den trostlosen Alltag in einer Neusiedlung am Stadtrand zu verdichten. Doch die harmlose Eintönigkeit trügt. Folgerichtig und in schnellem Erzähltempo abgewickelt, verketten sich die unglücklichen Ereignisse und beschwören eine dramatische Auflösung herbei.

Therese Bichsel

Die Walserin

Roman

ISBN 978-3-7296-0898-6

Im Jahr 1300 verlässt die junge Walserin Barbara
mit ihrem Mann und Mitwanderern das von Armut und Natur-
katastrophen geprägte Lötschental und lässt sich im hinteren
Lauterbrunnental nieder, wo die Siedler Mürren, Gimmelwald und
den Weiler Ammerten begründen.

Die Autorin verwebt verschiedene Zeitebenen zu einer
eindrücklichen Familiensaga über mehrere Jahrhunderte,
die exemplarisch für viele Auswandererschicksale
in der Schweiz steht.

Grossfürstin Anna

Roman

ISBN 978-3-7296-0851-1

Die vierzehnjährige Juliane, Prinzessin von Sachsen-Coburg, reist
auf Befehl der Zarin (Katharina die Grosse) mit Mutter
und Schwestern nach St. Petersburg: Der Enkel von Katharina,
Konstantin, soll sich unter den drei Schwestern eine Frau aus-
suchen. Er wählt und heiratet die Jüngste, die hübsche, lebhafte
Juliane. Sie wird damit zur russischen Grossfürstin Anna
und begründet den Aufstieg des Hauses Coburg an die Spitze der
europäischen Königsfamilien: Ihr Bruder Leopold wird
zum ersten König der Belgier, ihre Nichte zur grossen englischen
Queen Victoria.

Ursula Meier-Nobs

Der Pfauenruf

Roman
ISBN 978-3-7296-0893-1

Oberitalien, 13. Jahrhundert: Seit Generationen ist
das kleinwüchsige Volk der Veneter, das über jahrhundertealtes
Bergbauwissen verfügt, im Auftrag des Dogen von Venedig
auf der Suche nach Bodenschätzen, dies geheim und oft in fremden
Territorien. Abgeschieden von der Welt führen die Bergleute
ein Leben im Verborgenen und verkehren nur über normal-
wüchsige Mittelsmänner mit der Aussenwelt. Um sie herum toben
die guelfisch-ghibellinischen Machtkämpfe, die Städte und
Land verwüsten. Inmitten der Kriegswirren treffen der zwergen-
hafte Gaukler Giorgio und die kleinwüchsige Adelige Lydia
aufeinander – und werden sogleich wieder auseinandergerissen.

Der Sakralfleck

Roman
ISBN 978-3-7296-0744-6

Die Geschichte handelt vom Leben zweier Menschen, dem
Luzerner Findelkind Julia und dem Mongolen Bator,
deren Schicksalsfäden sich kurz verknüpfen und dann in
entgegengesetzter Richtung weiterfliessen. Meier-Nobs Roman
beginnt in der Mongolei im Jahre 1769 und endet Anfang
des 19. Jahrhunderts.